いのちの初夜

北條民雄

角川文庫
22422

目次

いのちの初夜

駅を出て二十分ほども雑木林の中を歩くともう病院の生垣《いけがき》が見え始めるが、それでもその間には谷のように低まった処や、小高い山のだらだら坂などがあって人家らしいものは一軒も見当たらなかった。東京からわずか二十マイルそこその処であるが、奥山へはいったような静けさと、人里離れた気配があった。

梅雨期にはいるちょっと前で、トランクを提《さ》げて歩いている尾田は、十分もたたぬ間にはやじっとり肌が汗ばんで来るのを覚えた。ずいぶん辺鄙《へんぴ》な処なんだなあと思いながら、人気の無いのを幸い、今まで眼深にかぶっていた帽子をずり上げて、木立を透かして遠くを眺《なが》めた。見渡す限り青葉で覆われた武蔵野で、その中にぽつんぽつんと蹲《うずくま》っている藁屋根《わらやね》が何となく原始的な寂寥《せきりょう》を忍ばせていた。まだ蟬の声も聞こえぬ静まった中を、尾田はぽくぽくと歩きながら、これから後自分はいったいどうなって行くのであろうかと、不安でならなかった。真黒い渦巻の中へ、知らず識らず墜《お》ち込んで行くのではあるまいか、今こうして黙々と病院へ向かって歩くのが、自分にとっていちばん適切な方法なのだろうか、それ以外に生きる道はないのであろうか、そういう考えが後から後からと突き上がって来て、彼はちょっと足を停めて林の梢《こずえ》を眺めた。やっぱり今死んだ方が良いのかもしれない。梢には傾き初めた太陽の光線が若葉の上を流れていた。明るい午後であった。

病気の宣告を受けてからもう半年を過ぎるのであるが、その間に、公園を歩いている時でも街路を歩いている時でも、樹木を見ると必ず枝ぶりを気にする習慣がついてしまった。その枝の高さや、太さなどを目算して、この枝は細すぎて自分の体重を支えきれないとか、この枝は高すぎて登るのに大変だなどという風に、時には我を忘れて考えるのだった。木の枝ばかりでなく、薬局の前を通れば幾つも睡眠剤の名前を想い出して、眠っているように安楽往生をしている自分の姿を思い描き、汽車電車を見るとその下で悲惨な死を遂げている自分を思い描くようになっていた。けれどこういう風に日夜死を考え、それがひどくなって行けば行くほど、ますます死にきれなくなって行く自分を発見するばかりだった。今も尾田は林の梢を見上げて枝の具合を眺めたのだったが、すぐ貌《かお》をしかめて黙々と歩き出した。いったい俺は死にたいのだろうか、生きたいのだろうか、俺に死ぬ気が本当にあるのだろうか、ないのだろうか、と自ら質《ただ》してみるのだったが、結局どっちとも判断のつかないまま、ぐんぐん歩を早めていることだけが明瞭に判るのだった。死のうとしている自分の姿が、一度心の中にはいって来ると、どうしても死にきれない、人間はこういう宿命を有《も》っているのだろうか。

二日前、病院へはいることが定まると、急にもう一度試してみたくなって江の島まで出かけて行った。今度死ねなければどんな処へでも行こう、そう決心すると、うまく死ねそうに思われて、いそいそと出かけて行ったのだったが、岩の上に群がっている小学生の姿や、茫漠と煙った海原に降り注いでいる太陽の明るさなどを見ていると、死などを考えている自分がひどく馬鹿げて来るのだった。これではいけないと思って、両眼を閉じ、なんにも見えない間に飛び込むのがいちばん良いと岩頭に立つと急に助けられそうに思われて仕様がないのだった。助けられたのでは何にもならない、けれど今の自分はとにかく飛び込むという事実がいちばん大切なのだ、と思い返して波の方へ体を曲げかけると、「今」俺は死ぬのだろうかと思い出した。「今」どうして俺は死なねばならんのだろう、「今」がどうして俺の死ぬ時なんだろう、すると「今」死ななくても良いような気がして来るのだった。そこで買って来たウイスキーを一本、やけにたいらげたが少しも酔いが廻って来ず、なんとなく滑稽な気がし出してからからと笑ったが、赤い蟹《かに》が足もとに這って来るのを滅茶に踏み殺すと急にどっと瞼が熱くなって来たのだった。非常に真剣な瞬間でありながら、油が水の中へはいったように、その真剣さと心が遊離してしまうのだった。そして東京に向かって電車が動き出すと、また絶望と自嘲が蘇《よみが》えって来て、暗澹《あんたん》たる気持になったのであるが、もうすでに時は遅かった。どうしても死にきれない、この事実の前に彼は項垂《うなだ》れてしまうよりほかにないのだった。

一時も早く目的地に着いて自分を決定するほかに道はない。尾田はそう考えながら背の高い柊《ひいらぎ》の垣根に沿って歩いて行った。正門まで出るにはこの垣をぐるりと一巡りしなければならなかった。彼はときどき立ち止まって、額を垣に押しつけて院内を覗《のぞ》いた。おそらくは患者たちの手で作られているのであろう、水々しい蔬菜《そさい》類の青葉が眼の届かぬかなたまでも続いていた。患者の住んでいる家はどこに在るのかと注意して見たが、一軒も見当たらなかった。遠くまで続いたその菜園の果てに、森のように深い木立が見え、その木立の中に太い煙突が一本大空に向かって黒煙を吐き出していた。患者の生活もそのあたりにあるのであろう。煙突は一流の工場にでもあるような立派なもので、尾田は、病院にどうしてあんな巨《おお》きな煙突が必要なのか、怪しんだ。あるいは焼き場の煙突かもしれぬと思うと、これから行く先が地獄のように思われて来た。こういう大きな病院のことだから、毎日夥《おびただ》しい死人があるのであろう、それであんな煙突も必要なのに違いないと思うと、にわかに足の力が抜けて行った。だが歩くに連れて展開して行く院内の風景が、また徐々に彼の気持を明るくして行った。菜園と並んで、四角に区切られた苺畑が見え、その横には模型を見るように整然と組み合わされた葡《ぶ》萄《どう》棚が、梨の棚と向かい合って見事に立体的な調和を示していた。これも患者たちが作っているのであろうか、今まで濁ったような東京に住んでいた彼は、思わず素晴らしいものだと呟《つぶや》いて、これは意想外に院内は平和なのかもしれぬと思った。

道は垣根に沿って一間くらいの幅があり、垣根の反対側の雑木林の若葉が、暗いまでに被《かぶ》さっていた。彼が院内を覗《のぞ》きのぞきしながら、ちょうど梨畑の横まで来た時、おおかたこの近所の百姓とも思われる若い男が二人、こっちへ向いて歩いて来るのが見え出した。彼らは尾田と同じように院内を覗いては何か話し合っていた。尾田は嫌な処で人に会ってしまったと思いながら、ずり上げてあった帽子を再び深く被ると、下を向いて歩き出した。尾田は病気のために片方の眉毛がすっかり薄くなっており、代わりに眉墨が塗ってあった。彼らは近くまで来ると急に話をぱたりとやめ、トランクを提《さ》げた尾田の姿を、好奇心に充ちた眼差しで眺めて通り過ぎた。尾田は黙々と下を向いていたが、彼らの眼差しを明瞭に心に感じ、この近所の者であるなら、こうして入院する患者の姿をもう幾度も見ているに相違ないと思うと、屈辱にも似たものがひしひしと心に迫って来るのだった。

彼らの姿が見えなくなると、尾田はそこへトランクを置いて腰を下ろした。こんな病院へはいらなければ生を完うすることのできぬ惨《みじ》めさに、彼の気持は再び曇った。

眼を上げると首を吊《つる》すに適当な枝は幾本でも眼についた。この機会にやらなければいつになってもやれないに違いない、あたりを一わたり眺めて見たが、人の気配はなかった。彼は眸《ひとみ》を鋭く光らせると、にやりと笑って、よし今だと呟いた。急に心が浮きうきして、こんな所で突然やれそうになって来たのを面白く思った。綱はバンドがあれば充分である。心臓の鼓動が高まって来るのを覚えながら、彼は立ち上がってバンドに手を掛けた。その時突然、激しい笑う声が院内から聞こえて来たので、ぎょっとして声の方を見ると、垣の内側を若い女が二人、何か楽しそうに話し合いながら葡萄棚の方へ行くのだった。見られたかな、と思ったが、始めて見る院内の女だったので、急に好奇心が出て来て、急いでトランクを提げると何喰わぬ顔で歩き出した。横目を使って覗いて見ると、二人とも同じ棒縞の筒袖を着、白い前掛が背後から見る尾田の眼にもひらひらと映った。貌形《かおかたち》の見えぬことに、ちょっと失望したが、後ろ姿はなかなか立派なもので、頭髪も黒々と厚いのが無造作に束ねられてあった。無論患者に相違あるまいが、どこ一つとして患者らしい醜悪さがないのを見ると、何故ともなく尾田はほっと安心した。なお熱心に眺めていると、彼女らはずんずん進んで行って、ときどき棚に腕を伸ばし、房々と実ったころのことでも思っているのか、葡萄を採るような手付をしては、顔を見合わせてどっと笑うのだった。やがて葡萄畑を抜けると、彼女らは青々と繁った菜園の中へはいって行ったが、急に一人がさっと駈け出した。

後の一人は腰を折って笑い、駈けて行く相手を見ていたが、これもまた後を追ってばたばたと駈け出した。鬼ごっこでもするように二人は、尾田の方へ横貌《よこがお》をちらちら見せながら、小さくなって行くと、やがて煙突の下の深まった木立の中へ消えて行った。尾田はほっと息を抜いて女の消えた一点から眼を外《そ》らすと、とにかく入院しようと決心した。

すべてが普通の病院と様子が異なっていた。受付で尾田が案内を請うと四十くらいの良く肥えた事務員が出て来て、

「君だな、尾田高雄は、ふうむ」

と言って尾田の貌《かお》を上から下から眺め廻すのであった。

「まあ懸命に治療するんだね」

無造作にそう言ってポケットから手帳を取り出し、警察でされるような厳密な身許調査を始めるのだった。そしてトランクの中の書籍の名前まで一つひとつ書き記されると、まだ二十三の尾田は、激しい屈辱を覚えるとともに、全然一般社会と切り離されているこの病院の内部にどんな意外なものが待ち設けているのかと不安でならなかった。それから事務所の横に建っている小さな家へ連れて行かれると、

「ここでしばらく待っていてください」

と言って引きあげてしまった。後になってこの小さな家が外来患者の診察室であると知った時尾田は喫驚《びっくり》したのであったが、そこには別段診察器具が置かれてある訳でもなく、田舎駅の待合室のように、汚れたベンチが一つ置かれてあるきりであった。窓から外を望むと松栗檜欅《ひのきけやき》などが生え繁っており、それらを透して遠くに垣根が眺められた。尾田はしばらく腰を下ろして待っていたが、なんとなくじっとしていられない思いがし、いっそ今の間に逃げ出してしまおうかと幾度も腰を上げてみたりした。そこへ医者がぶらりとやって来ると、尾田に帽子を取らせ、ちょっと顔を覗《のぞ》いて、

「ははあん」

と一つ頷《うなず》くと、もうそれで診察はお終《しま》いだった。もちろん尾田自身でも自ら癩に相違ないとは思っていたのであるが、

「お気の毒だったね」

癩に違いないという意を含めてそう言われた時には、さすがにがっかりして一度に全身の力が抜けて行った。そこへ看護手とも思われる白い上衣をつけた男がやって来ると、

「こちらへ来てください」

と言って先に立って歩き出した。男に従って尾田も歩き出したが、院外にいた時のどことなくニヒリスティクな気持が消えて行くとともに、徐々に地獄の中へでも堕《お》ち込

んで行くような恐怖と不安を覚え始めた。生涯取り返しのつかないことをやっているように思われてならないのだった。

「ずいぶん大きな病院ですね」

尾田はだんだん黙っていられない思いがしてきだしてそう訊ねると、

「十万坪」

ぽきっと木の枝を折ったように無愛想な答え方で、男はいっそう歩調を早めて歩くのだった。尾田は取りつく島を失った想いであったが、葉と葉の間に見えがくれする垣根を見ると、

「全治する人もあるのでしょうか」

と知らず識らずの中に哀願的にすらなって来るのを、腹立たしく思いながら、やはり訊《き》かねばおれなかった。

「まあ一生懸命に治療してごらんなさい」

男はそう言ってにやりと笑うだけだった。あるいは好意を示した微笑であったかもしれなかったが、尾田には無気味なものに思われた。

二人が着いた所は、大きな病棟の裏側にある風呂場で、すでに若い看護婦が二人で尾田の来るのを待っていた。耳まで被さってしまうような大きなマスクを彼女らはかけていて、それを見ると同時に尾田は、思わず自分の病気を振り返って情けなさが突

き上がって来た。

風呂場は病棟と廊下続きで、獣を思わせる嗄《しわが》れ声やどすどすと歩く足音などが入り乱れて聞こえてきた。尾田がそこへトランクを置くと、彼女らはちらりと尾田の貌を見たが、すぐ視線を外《そ》らして、

「消毒しますから……」

とマスクの中で言った。一人が浴槽の蓋《ふた》を取って片手を浸しながら、

「良いお湯ですわ」

はいれと言うのであろう、そう言ってちらと尾田の方を見た。尾田はあたりを見廻したが、脱衣籠もなく、ただ、片隅に薄汚ない蓙《ござ》が一枚敷かれてあるきりで、

「この上に脱げと言うのですか」

と思わず口まで出かかるのをようやく押えたが、激しく胸が波立って来た。もはやどん底に一歩を踏み込んでいる自分の姿を、尾田は明瞭に心に描いたのであった。この汚れた蓙の上で、全身虱《しらみ》だらけの乞食《こじき》や、浮浪患者が幾人も着物を脱いだのであろうと考え出すと、この看護婦たちの眼にも、もう自分はそれらの行路病者と同一の姿で映っているに違いないと思われて来て、怒りと悲しみが一度に頭に上るのを感じた。逡巡《しゅんじゅん》したが、しかしもうどうしようもない、半ば自棄《やけ》気味で覚悟を定めると、彼は裸になり、湯ぶねの蓋を取った。

「何か薬品でもはいっているのですか」

片手を湯の中に入れながら、さっきの消毒という言葉がひどく気がかりだったので訊いてみた。

「いいえ、ただのお湯ですわ」

良く響く、明るい声であったが、彼女らの眼は、さすがに気の毒そうに尾田を見ていた。尾田はしゃがんでまず手桶に一杯を汲んだが、薄白く濁った湯を見るとまた嫌悪が突き出て来そうなので、彼は眼を閉じ、息をつめて一気にどぼんと飛び込んだ。底の見えない洞穴へでも墜落する思いであった。すると、

「あのう、消毒室へ送る用意をさせて戴きますから――」

と看護婦の一人が言うと、他の一人はもうトランクを開いて調べ出した。どうとも自由にしてくれ、裸になった尾田は、そう思うよりほかになかった。胸まで来る深い湯の中で彼は眼を閉じ、ひそひそと何か話し合いながらトランクを掻《か》き廻している彼女らの声を聞いているだけだった。絶え間なく病棟から流れて来る雑音が、彼女らの声と入り乱れて、団塊になると、頭の上をくるくる廻った。その時ふと彼は故郷の蜜柑《みかん》の木を思い出した。笠のように枝を厚ぼったく繁らせたその下でよく昼寝をしたことがあったが、その時の印象が、今こうして眼を閉じて物音を聞いている気持と一脈通ずるものがあるのかもしれなかった。また変な時に思い出したものだと思っていると、

「おあがりになったら、これ、着てください」

と看護婦が言って新しい着物を示した。垣根の外から見た女が着ていたのと同じ棒縞の着物であった。

小学生にでも着せるような袖の軽い着物を、風呂からあがって着け終わった時には、なんという見《み》窄《すぼ》らしくも滑稽な姿になったものかと尾田は幾度も首を曲げて自分を見た。

「それではお荷物消毒室へ送りますから——。お金は拾壱円八十六銭ございました。二、三日の中に金券と換えて差し上げます」

金券、とは初めて聞いた言葉であったが、おそらくはこの病院のみで定められた特殊な金を使わされるのであろうと尾田はすぐ推察したが、初めて尾田の前に露呈した病院の組織の一端を摑《つか》み取ると同時に、監獄へ行く罪人のような戦慄《せんりつ》を覚えた。だんだん身動きもできなくなるのではあるまいかと不安でならなくなり、親爪をもぎ取られた蟹《かに》のようになって行く自分のみじめさを知った。ただ地面をうろうろと這い廻ってばかりいる蟹を彼は思い浮かべて見るのであった。

その時廊下の向こうでどっと挙《あ》がる喚声が聞こえて来た。思わず肩を竦《すく》めていると、急にばたばたと駈け出す足音が響いて来た。とたんに風呂場の入口の硝子《ガラス》戸が開くと、腐った梨のような貌《かお》がにゅっと出て来た。尾田はあっと小さく叫んで一歩後ずさり、顔からさっと血の引くのを覚えた。奇怪な貌だった。泥のように色艶が全くなく、ちょっとつつけば膿汁が飛び出すかと思われるほどぶくぶくと脹《ふく》らんで、その上に眉毛が一本も生えていないため怪しくも間の抜けたのっぺら棒であった。駈け出したためか昂奮した息をふうふう吐きながら、黄色く爛《ただ》れた眼でじろじろと尾田を見るのであった。尾田はますます眉を窄《すぼ》めたが、初めてまざまざと見る同病者だったので、恐る恐るではあるが好奇心を動かせながら、幾度も横目で眺めた。どす黒く腐敗した瓜に鬘《かつら》を被せるとこんな首になろうか、顎にも眉にも毛らしいものは見当たらないのに、頭髪だけは黒々と厚味をもったのが、毎日油をつけるのか、櫛《くし》目も正しく左右に分けられていた。顔面とあまり不調和なので、これはひょっとすると狂人かもしれぬと尾田が、無気味なものを覚えつつ注意していると、

「何を騒いでいたの」

と看護婦が訊《き》いた。

「ふふふふふ」

と彼はただ気色の悪い笑い方をしていたが、不意にじろりと尾田を見ると、いきなりぴしゃりと硝子戸を閉めて駈けだしてしまった。

やがてその足音が廊下の果てに消えてしまうと、またこちらへ向かって来るらしい足音がこつこつと聞こえ出した。前のに比べてひどく静かな足音であった。

「佐柄木さんよ」

その音で解るのであろう。彼女らは貌を見合わせて頷き合う風であった。

「ちょっと急がしかったので、遅くなりました」

佐柄木は静かに硝子戸を開けてはいって来ると、まずそう言った。背の高い男で、片方の眼がばかに美しく光っていた。看護手のように白い上衣をつけていたが、一目で患者だと解るほど、病気は顔面を冒していて、眼も片方は濁っており、そのためか美しい方の眼がひどく不調和な感じを尾田に与えた。

「当直なの？」

看護婦が彼の貌を見上げながら訊くと、

「ああ、そう」

と簡単に応えて、

「お疲れになったでしょう」

と尾田の方を眺めた。貌形《かおかたち》で年齢の判断は困難だったが、その言葉の中には若々しいものが満ちていて、横柄だと思えるほど自信ありげな物の言いぶりであった。

「どうでした、お湯熱くなかったですか」

初めて病院の着物を纏《まと》うた尾田のどことなくちぐはぐな様子を微笑して眺めていた。

「ちょうどよかったわね、尾田さん」

看護婦がそう引き取って尾田を見た。

「ええ」

「病室の方、用意できましたの？」

「ああ、すっかりできました」

と佐柄木が応えると、看護婦は尾田に、

「この方佐柄木さん、あなたがはいる病室の附添いさんですの。解らないことあったら、この方にお訊きなさいね」

と言って尾田の荷物をぶら提《さ》げ、

「では佐柄木さん、よろしくお願いしますわ」

と言い残して出て行ってしまった。

「僕尾田高雄です、よろしく――」

と挨拶すると、

「ええ、もう前から存じております。事務所の方から通知がありましたものですから」

そして、

「まだ大変お軽いようですね、なあに癩病恐れる必要ありませんよ。ははは、ではこちらへいらしてください」

と廊下の方へ歩き出した。

木立を透して寮舎や病棟の電燈が見えた。もう十時近い時刻であろう。尾田はさっきから松林の中に佇立《ちょりつ》してそれらの灯《ひ》を眺めていた。悲しいのか不安なのか恐ろしいのか、彼自身でも識別できぬ異常な心の状態だった。佐柄木に連れられて初めてはいった重病室の光景がぐるぐると頭の中を廻転して、鼻の潰れた男や口の歪んだ女や骸骨のように目玉のない男などが眼先にちらついてならなかった。自分もやがてはああ成り果てて行くであろう、膿汁《のうじゅう》の悪臭にすっかり鈍くなった頭でそういうことを考えた。半ば信じられない、信じることの恐ろしい思いであった。——膿《うみ》がしみ込んで黄色くなった繃帯《ほうたい》やガーゼが散らばった中で黙々と重病人の世話をしている佐柄木の姿が浮かんで来ると、尾田は首を振って歩き出した。五年間もこの病院で暮らしたと尾田に語った彼は、いったい何を考えて生き続けているのであろう。

　尾田を病室の寝台に就《つ》かせてからも、佐柄木は急がしく室内を行ったり来たりして立ち働いた。手足の不自由なものには繃帯を巻いてやり便をとってやり、食事の世話すらもしてやるのであった。けれどもその様子を静かに眺めていると、彼がそれらを真剣にやって病人たちをいたわっているのではないと察せられるふしが多かった。それかと言ってつらく当たっているとはもちろん思えないのであるが、何となく傲然《ごうぜん》としているように見受けられた。崩れかかった重病者の股間に首を突っ込んで絆創膏《ばんそうこう》を貼っているような時でも、決していやな貌《かお》を見せない彼は、いやな貌になるのを忘れているらしいのであった。初めて見る尾田の眼に異常な姿として映っても、佐柄木にとっては、おそらくは日常事の小さな波の上下であろう。仕事が暇になると尾田の寝室へ来て話すのであったが、彼は決して尾田を慰めようとはしなかった。病院の制度や患者の日常生活について訊くと、静かな調子で説明した。一語も無駄を言うまいと気を配っているような説明の仕方だったが、そのまま文章に移して良いと思われるほど適切な表現で尾田は一つひとつ納得できた。しかし尾田の過去についても病気の具合についても、何一つとして尋ねなかった。また尾田の方から彼の過去を尋ねてみても、彼は笑うばかりで決して語ろうとはしなかった。それでも尾田が、発病するまで学校にいたことを話してからは、急に好意を深めて来たように見えた。

「今まで話相手が少なくて困っておりました」

と言った佐柄木の貌には明らかによろこびが見え、青年同志としての親しみが自ずと芽生えたのであった。だがそれと同時に、今こうして癩者佐柄木と親しくなって行く自分を思い浮かべると尾田は、いうべからざる嫌悪を覚えた。これではいけないと思いつつ本能的に嫌悪が突き上がって来てならないのであった。

　佐柄木を思い病室を思い浮かべながら、尾田は暗い松林の中を歩き続けた。どこへ行こうという的《あて》がある訳ではなかった。眼をそ向ける場所すらない病室が耐えられなかったから飛び出して来たのだった。

林を抜けるとすぐ柊の垣にぶつかってしまった。ほとんど無意識的に垣根に縋《すが》ると、力を入れてゆすぶってみた。金を奪われてしまった今はもう逃走することすら許されていないのだった。しかし彼は注意深く垣を乗り越え始めた。どんなことがあってもこの院内から出なければならない。この院内で死んではならないと強く思われたのだった。外に出るとほっと安心し、あたりをいっそう注意しながら雑木林の中へはいって行くと、そろそろと帯を解いた。俺は自殺するのでは決してない。ただ、今死なねばならぬように決定されてしまったのだ、何者が決定したのかそれは知らぬ、がとにかくそうすべて定まってしまったのだと口走るように呟いて、頭上の栗の枝に帯をかけた。風呂場で貰った病院の帯は、縄のようによれよれとなっていて、じっくりと首が締まりそうであった。すると、病院で貰った帯で死ぬことがひどく情けなくなってき出した。しかし帯のことなどどうでも良いではないかと思いかえして、二、三度試みに引っ張ってみると、ぽってりと青葉を着けた枝がゆさゆさと涼しい音をたてた。まだ本気に死ぬ気ではなかったが、とにかく端を結わえてまず首を引っかけてみると、ちょうど具合良くしっくりと顎にかかって、今度は顎を動かせて枝を揺ってみた。枝がかなり太かったので顎ではなかなか揺れず、痛かった。もちろんこれでは低すぎるのであるが、それならどれくらいの高さが良かろうかと考えた。縊死体《いしたい》というのはたいてい一尺くらいも頸が長くなっているものだともう幾度も聞かされたことがあったので、嘘かほんとか解らなかったが、もう一つ上の枝に帯を掛ければ申し分はあるまいと考えた。しかし一尺も頸が長々と伸びてぶら下がっている自分の死状はずいぶん怪しげなものに違いないと思いだすと、浅ましいような気もして来た。どうせここは病院だから、そのうちに手ごろな薬品でもこっそり手に入れてそれからにした方がよほどよいような気がして来た。しかし、と首を掛けたまま、いつでもこういうつまらぬようなことを考え出しては、それに邪魔されて死ねなかったのだと思い、そのつまらぬことこそ自分をここまでずるずると引きずって来た正体なのだと気付いた。それでは――と帯に頸を載せたまま考え込んだ。

その時かさかさと落ち葉を踏んで歩く人の足音が聞こえて来た。これはいけないと頸を引っ込めようとしたとたんに、穿《は》いていた下駄がひっくり返ってしまった。

「しまった」

さすがに仰天して小さく叫んだ。ぐぐッと帯が頸部に食い込んで来た。呼吸もできない。頭に血が上ってガーンと鳴り出した。

死ぬ、死ぬ。

無我夢中で足を藻掻《もが》いた。と、こつり下駄が足先に触れた。

「ああびっくりした」

ようやくゆるんだ帯から首をはずしてほっとしたが、腋《わき》の下や背筋には冷たい汗が出てどきんどきんと心臓が激しかった。いくら不覚のこととはいえ、自殺しようとしている者が、これくらいのことにどうしてびっくりするのだ、この絶好の機会に、と口惜しがりながら、しかしもう一度首を引っ掛けてみる気持は起こって来なかった。

　再び垣を乗り越すと、彼は黙々と病棟へ向かって歩き出した。――心と肉体がどうしてこうも分裂するのだろう。だが、俺は、いったい何を考えていたのだろう。俺には心が二つあるのだろうか、俺の気付かないもう一つの心とはいったい何ものだ。二つの心は常に相反するものなのか、ああ、俺はもう永遠に死ねないのではあるまいか、何万年でも、俺は生きていなければならないのか、死というものは、俺には与えられていないのか、俺は、もうどうしたら良いんだ。

　だが病棟の間近くまで来ると、悪夢のような室内の光景が蘇って自然と足が停ってしまった。激しい嫌悪が突き上がって来て、どうしても足を動かす気がしないのだった。仕方なく踵《きびす》を返して歩き出したが、再び林の中へはいって行く気にはなれなかった。それでは昼間垣の外から見た果樹園の方へでも行ってみようと二、三歩足を動かせ始めたが、それもまたすぐいやになってしまった。やっぱり病室へ帰る方がいちばん良いように思われて来て、再び踵を返したのだったが、するともうむんむんと膿の臭いが鼻を圧して来て、そこへ立ち停るより仕方がなかった。さてどこへ行ったら良いものかと途方にくれ、とにかくどこかへ行かねばならぬのだが、と心が焦立って来た。あたりは暗く、すぐ近くの病棟の長い廊下の硝子戸が明るく浮き出ているのが見えた。彼はぼんやり佇立したまま森《しん》としたその明るさを眺めていたが、その明るさが妙に白々しく見え出して、だんだん背すじに水を注がれるような凄味を覚え始めた。これはどうしたことだろうと思って大きく眼を瞠《みは》って見たが、ぞくぞくと鬼気は迫って来るいっぽうだった。体が小刻みに顫え出して、全身が凍りついてしまうような寒気がしてき出した。じっとしていられなくなって急いでまた踵を返したが、はたと当惑してしまった。全体俺はどこへ行くつもりなんだ。どこへ行ったら良いんだ、林や果樹園や菜園が俺の行き場でないことだけは明瞭に判っている、そして必然どこかへ行かねばならぬ、それもまた明瞭に判っているのだ。それだのに、

「俺は、どこへ、行きたいんだ」

ただ、漠然とした焦慮に心が煎るるばかりであった。――行き場がないどこへも行き場がない。曠野に迷った旅人のように、孤独と不安が犇々《ひしひし》と全身をつつんで来た。熱いものの塊《かたまり》がこみ上げて来て、ひくひくと胸が鳴咽し出したが、不思議に一滴の涙も出ないのだった。

「尾田さん」

不意に呼ぶ佐柄木の声に尾田はどきんと一つ大きな鼓動が打って、ふらふらッと眩《め》

暈《まい》がした。危うく転びそうになる体を、やっと支えたが、咽喉が枯れてしまったように声が出なかった。

「どうしたんですか」

笑っているらしい声で佐柄木は言いながら近寄って来ると、

「どうかしたのですか」

と訊いた。その声で尾田はようやく平常な気持を取り戻し、

「いえちょっとめまいがしまして」

しかし自分でもびっくりするほど、ひっつるように乾いた声だった。

「そうですか」

佐柄木は言葉を切り、何か考える様子だったが、

「とにかく、もう遅いですから、病室へ帰りましょう」

と言って歩きだした。佐柄木のしっかりした足どりに尾田も、何となく安心して従った。

駱駝《らくだ》の背中のように凹凸のひどい寝台で、その上に布団を敷いて患者たちは眠るのだった。尾田が与えられた寝台の端に腰をかけると、佐柄木も黙って尾田の横に腰を下ろした。病人たちはみな寝静まって、ときどき廊下を便所へ歩む人の足音が大きか

った。ずらりと並んだ寝台に眠っている病人たちの状《さま》ざまな姿体を、尾田は眺める気力がなく、下を向いたまま、一時も早く布団の中にもぐり込んでしまいたい思いでいっぱいだった。どれもこれも癩《くず》れかかった人々ばかりで人間というよりは呼吸のある泥人形であった。頭や腕に巻いている繃帯も、電光のためか、黒黄色く膿汁がしみ出ているように見えた。佐柄木はあたりを一わたり見廻していたが、

「尾田さん、あなたはこの病人たちを見て、何か不思議な気がしませんか」

と訊くのであった。

「不思議って？」

と尾田は佐柄木の貌を見上げたが、瞬間、あっと叫ぶところであった。佐柄木の美しい方の眼がいつの間にか抜け去っていて、骸骨のようにそこがぺこんと凹んでいるのだった。あまり不意だったので言葉もなく尾田が混乱していると、

「つまりこの人たちも、そして僕自身をも含めて、生きているのです。このことを、あなたは不思議に思いませんか。奇怪な気がしませんか」

　急に片目になった佐柄木の貌は、何か勝手の異なった感じがし、尾田は、錯覚しているのではないかと自分を疑いつつ、恐々《こわごわ》であったが注意して佐柄木を見た。佐柄木は尾田の驚きを察したらしく、つと立ち上がって当直寝台――部屋の中央にあって当直の附添いが寝る寝台――へすたすたと歩いて行ったが、すぐ帰って来て、

「ははは。目玉を入れるのを忘れていました。驚いたですか。さっき洗ったものですから——」

そう言って尾田に掌手《てのひら》に載せた義眼を示した。

「面倒ですよ。目玉の洗濯までせねばならんのでね」

そして佐柄木はまた笑うのであったが、尾田は溜まった唾液《つば》を呑み込むばかりだった。義眼は二枚貝の片方と同じ恰好《かっこう》で、丸まった表面に眼の模様がはいっていた。

「この目玉はこれで三代目なんですよ。初代のやつも二代目も、大きな嚔《くさめ》をした時飛び出しましてね、運悪く石の上だったものですから割れちゃいました」

そんなことを言いながらそれを眼窩《がんか》へあててもぐもぐとしていたが、

「どうです、生きてるようでしょう」

と言った時には、もうちゃんと元の位置に納まっていた。尾田は物凄い手品でも見ているような塩梅《あんばい》であっけに取られつつ、もう一度唾液を呑み込んで返事もできなかった。

「尾田さん」

ちょっとの間黙っていたが、今度は何か鋭いものを含めた調子で呼びかけ、

「こうなっても、まだ生きているのですからね、自分ながら、不思議な気がしますよ」

言い終わると急に調子をゆるめて微笑していたが、

「僕、失礼ですけれど、すっかり見ましたよ」

と言った。

「ええ？」

瞬間解《げ》せぬという風に尾田が反問すると、

「さっきね。林の中でね」

相変わらず微笑して言うのであるが、尾田は、こいつ油断のならぬやつだと思った。

「じゃあすっかり？」

「ええ、すっかり拝見しました。やっぱり死にきれないらしいですね。ははは」

「…………」

「十時が過ぎてもあなたの姿が見えないのでひょっとすると――と思いましたので出かけてみたのです。初めてこの病室へはいった人はたいていそういう気持になりますからね。もう幾人もそういう人にぶつかって来ましたが、まず大部分の人が失敗しますね。そのうちインテリ青年、と言いますか、そういう人は定まってやり損いますね。どういう訳かその説明は何とでもつきましょうが――。すると、林の中にあなたの姿が見えるのでしょう。もちろん大変暗くて良く見えませんでしたが。やっぱりそうかと思って見ていますと、垣を越え出しましたね。さては院外《そと》でやりたいのだなと思ったのですが、やはり止《と》める気がしませんのでじっと見ていました。もっとも他人がとめなければ死んでしまうような人は結局死んだ方がいちばん良いし、それに再び起ち上がるものを内部に蓄えているような人は、定まって失敗しますね。蓄えているものに邪魔されて死にきれないらしいのですね。僕思うんですが、意志の大いさは絶望の大いさに正比する、とね。意志のないものに絶望などあろうはずがないじゃありませんか。生きる意志こそ絶望の源泉だと常に思っているのです。しかし下駄がひっくり返ったのですか、あの時はちょっとびっくりしましたよ。あなたはどんな気持がしたですか」

尾田は真面目なのか笑いごとなのか判断がつきかねたが、その太ぶとしい言葉を聞いているうちに、だんだん激しい忿怒《ふんぬ》が湧き出て来て、

「うまく死ねるぞ、と思って安心しました」

と反撥してみたが、

「同時に心臓がどきどきしました」

と正直に白状してしまった。

「ふうむ」

と佐柄木は考え込んだ。

「尾田さん。死ねると安心する心と、心臓がどきどきするというこの矛盾の中間、ギャップの底に、何か意外なものが潜んでいるとは思いませんか」

「まだ一度も探ってみません」

「そうですか」

そこで話を打ち切りにしようと思ったらしく佐柄木は立ち上がったが、また腰を下ろし、

「あなたと初めてお会いした今日、こんなこと言って大変失礼ですけれど」と優しみを含めた声で前置きをすると、

「尾田さん、僕には、あなたの気持が良く解る気がします。昼間お話しましたが、僕がここへ来たのは五年前です。五年以前のその時の僕の気持を、いや、それ以上の苦悩を、あなたは今味わっていられるのです。ほんとにあなたの気持、良く、解ります。でも、尾田さんきっと生きられますよ。きっと生きる道はありますよ。どこまで行っても人生にはきっと抜け道があると思うのです。もっともっと自己に対して、自らの生命に対して謙虚になりましょう」

意外なことを言い出したので尾田はびっくりして佐柄木の顔を見上げた。半分潰れかかって、それがまたかたまったような佐柄木の顔は、話に力を入れるとひっつったように痙攣《けいれん》して、仄《ほの》暗い電光を受けていっそう凹凸がひどく見えた。佐柄木はしばらく何ごとか深く考え耽っていたが、

「とにかく、癩病に成りきることが何より大切だと思います」

と言った。不敵な面魂が、その短い言葉に覗かれた。

「まだ入院されたばかりのあなたに大変無慈悲な言葉かもしれません。今の言葉。でも同情するよりは、同情のある慰めよりは、あなたにとっても良いと思うのです。実際、同情ほど愛情から遠いものはありませんからね。それに、こんな潰れかけた同病者の僕がいったいどう慰めたら良いのです。慰めのすぐそこから嘘がばれて行くに定まっているじゃありませんか」

「良く解りました、あなたのおっしゃること」

続けて尾田は言おうとしたが、その時、

「どうじょぐざん」

と嗄れた声が向こう端の寝台から聞こえて来たので口をつぐんだ。佐柄木はさっと立ち上がると、その男の方へ歩んだ。「当直さん」と佐柄木を呼んだのだと初めて尾田は解した。

「なんだい用は」

とぶっきら棒に佐柄木が言った。

「じょうべんがじたい」

「小便だなよしよし。便所へ行くか、シービンにするか、どっちが良いんだ」

「べんじょさいぐ」

　佐柄木は馴れきった調子で男を背負い、廊下へ出て行った。背後から見ると、負われた男は二本とも足が無く、膝小僧のあたりに繃帯らしい白いものが覗いていた。

「なんというもの凄い世界だろう。この中で佐柄木は生きると言うのだ。だが、自分はどう生きる態度を定めたら良いのだろう」

　発病以来、初めて尾田の心に来た疑問だった。尾田は、しみじみと自分の掌を見、足を見、そして胸に掌をあててまさぐってみるのだった。何もかも奪われてしまって、ただ一つ、生命だけが取り残されたのだった。今さらのようにあたりを眺めて見た。膿汁に煙った空間があり、ずらりと並んだベッドがある。死にかかった重症者がその上に横たわって、他は繃帯でありガーゼであり、義足であり松葉杖であった。山積するそれらの中に今自分は腰かけている。――じっとそれらを眺めているうちに、尾田は、ぬるぬると全身にまつわりついて来る生命を感じるのであった。逃れようとしても逃れられない、それは、鳥黐《とりもち》のようなねばり強さであった。

　便所から帰って来た佐柄木は、男を以前のように寝かせてやり、

「ほかに何か用はないか」

と訊きながら布団をかけてやった。もう用はないと男が答えると、佐柄木はまた尾田の寝台に来て、

「ね、尾田さん。新しい出発をしましょう。それには、まず癩に成りきることが必要

だと思います」

と言うのであった。便所へ連れて行ってやった男のことなど、もうすっかり忘れているらしく、それが強く尾田の心を打った。佐柄木の心には癩も病院も患者もないのであろう。この崩れかかった男の内部は、我々と全然異なった組織ででき上がっているのであろうか、尾田には少しずつ佐柄木の姿が大きく見え始めるのだった。

「死にきれない、という事実の前に、僕もだんだん屈伏して行きそうです」

と尾田が言うと、

「そうでしょう」

と佐柄木は尾田の顔を注意深く眺め、

「でもあなたは、まだ癩に屈伏していられないでしょう。まだ大変お軽いのですし、実際に言って、癩に屈伏するのは容易じゃありませんからねえ。けれど一度は屈伏して、しっかりと癩者の眼を持たねばならないと思います。そうでなかったら、新しい勝負は始まりませんからね」

「真剣勝負ですね」

「そうですとも、果し合いのようなものですよ」


月夜のように蒼白く透明である。けれどどこにも月は出ていない、夜なのか昼なのかそれすら解らぬ。ただ蒼白く透明な原野である。その中を尾田は逃げた、逃げた。胸が弾《はず》んで呼吸が困難である。だがへたばっては殺される。必死で逃げねばならぬのだ。追手はぐんぐん迫って来る。迫って来る。心臓の響きが頭にまで伝わって来る、足がもつれる。幾度も転びそうになるのだ。追手の鯨波《とき》はもう間近まで寄せて来た。早くどこかへ隠れてしまおう。前を見てあっと棒立ちに竦んでしまう。柊の垣があるのだ。進退全く谷《きわ》まった、喚声はもう耳もとで聞こえる。ふと見ると小さな小川が足もとにある、水のない堀割りだ、夢中で飛び込むと足がずるずると吸い込まれる。しまったと足を抜こうとするとまたずるりと吸い入れられる。はや腰までは沼の中だ。藻《も》掻《が》く、引っ掻く、だが沼は腰から腹、腹から胸へと上って来る一方だ。底のない泥沼だ、身動きもできなくなる。しびれたように足が利かない。眼を白くろさせて喘《あえ》ぐばかりだ。うわああと喚声が頭上でする。あの野郎死んでるくせに逃げ出しやがった。畜生もう逃さんぞ。逃すものか。火炙《あぶ》りだ。捕まえろ。捕まえろ。入り乱れて聞こえて来るのだ。どすどすと凄《すご》い足音が地鳴りのように響いて来る。ぞうんと身の毛がよだって脊髄までが凍ってしまうようである。——殺される、殺される。熱い塊が胸の中でごろごろ転がるが一滴の涙も枯れ果ててしまっている。ふと気付くと蜜柑の木の下に立っている。見覚えのある蜜柑の木だ。粛条《しょうじょう》と雨の降る夕暮れである。いつの間にか菅笠《すげがさ》を被《かぶ》っている。白い着物を着て脚絆《きゃはん》をつけて草鞋《ぞうり》を穿《は》いているのだ。追っ手は遠くで鯨波をあげている。また近寄って来るらしいのだ。蜜柑の根もとに蹲《かが》んで息を殺す、とたんに頭上でげらげらと笑う声がする。はっと見上げると佐柄木がいる。恐ろしく巨きな佐柄木だ。いつもの二倍もあるようだ。樹から見下している。癩病が治ってばかに美しい貌なのだ。二本の眉毛も逞《たくま》しく濃い。尾田は思わず自分の眉毛に触ってはっとする。残っているはずの片方も今は無いのだ。驚いて幾度も撫《な》でてみるがやっぱり無い。つるつるになっているのだ。どっと悲しみが突き出て来てぼろぼろと涙が出る。佐柄木はにたりにたりと笑っている。

「お前はまだ癩病だな」

樹上から彼は言うのだ。

「佐柄木さんは、もう癩病がお癒りになられたのですか」

恐る怖る聴いてみる。

「癒ったさ、癩病なんかいつでも癒るね」

「それでは私も癒りましょうか」

「癒らんね。君は。癒らんね。お気の毒じゃよ」

「どうしたら癒るのでしょうか。佐柄木さん。お願いですから、どうか教えてください」

太い眉毛をくねくねと歪めて佐柄木は笑う。

「ね、お願いです。どうか、教えてください。ほんとうにこのとおりです」

両掌を合わせ、腰を折り、お祈りのような文句を口の中で呟く。

「ふん、教えるもんか、教えるもんか。貴様はもう死んでしまったんだからな。死んでしまったんだからな」

そして佐柄木はにたりと笑い、突如、耳の裂けるような声で大喝した。

「まだ生きてやがるな、まだ、貴、貴様は生きてやがるな」

そしてぎろりと眼をむいた。恐ろしい眼だ。義眼よりも恐ろしいと尾田は思う。逃げようと身構えるがもう遅い。さっと佐柄木が樹上から飛びついて来た。巨人佐柄木に易々《やすやす》と小《こ》腋《わき》に抱えられてしまったのだ。手を振り足を振るが巨人は知らん顔をしている。

「さあ火炙りだ」

と歩き出す。すぐ眼前に物凄い火柱が立っているのだ。炎々たる焔の渦がごおうっと音をたてている。あの火の中へ投げ込まれる。身も世もあらぬ思いでもがく。が及ばない。どうしよう、どうしよう、灼熱した風が吹いて来て貌《かお》を撫でる。全身にだらだらと冷汗が流れ出る。佐柄木はゆったりと火柱に進んで行く。投げられまいと佐柄木の胴体にしがみつく。佐柄木は身構えて調子をとり、ゆさりゆさりと揺すぶる。体がゆらいで火炎に近づくたびに焼けた空気が貌を撫でるのだ。尾田は必死で叫ぶのだ。

「ころされるう。ころされるう。他人《ひと》にころされるう――」

血の出るような声を搾《しぼ》り出すと、夢の中の尾田の声が、ベッドの上の尾田の耳へはっきり聞こえた。奇妙な瞬間だった。

「ああ夢だった」

全身に冷たい汗をぐっしょりかいて、胸の鼓動が激しかった。他人《ひと》にころされるうーと叫んだ声がまだ耳殻にこびりついていた。心は脅《おび》えきっていて、布団の中に深く首を押し込んで眼を閉じたままでいると、火柱が眼先にちらついた。再び悪夢の中へ惹《ひ》きずり込まれて行くような気がし出して眼を開いた。もう幾時ころであろう、病室内は依然として悪臭に満ち、空気はどろんと濁ったまま穴倉のように無気味な静けさであった。胸から股のあたりへかけて、汗がぬるぬるしてい、気色の悪いこと一とおりではなかったが、起き上がることができなかった。しばらく、彼は体をちぢめて蝦《えび》のようにじっとしていた。小便を催しているが、朝まで辛棒しようと思った。とどこからか歔欷《すすりな》きが聞こえて来るので、おやと耳を澄ませると、時に高まり、時に低まりして、袋の中からでも聞こえて来るような声で断続した。唸《うめ》くようなせつなさで、締め殺されるような声であった。高まった時はすぐ枕もとで聞こえるようだったが、低まった時は隣室からでも聞こえるように遠のいた。尾田はそろそろ首をもち上げてみた。ちょっとの間はどこで泣いているのか判らなかったが、それは、彼の真向かいのベッドだった。頭からすっぽり布団を被って、それが幽《かす》かに揺れていた。泣き声を他人に聞かれまいとして、なお激しくしゃくり上げて来るらしかった。

「あっ、ちちちい」

泣き声ばかりではなく、何か激烈な痛みを訴える声が混じっているのに尾田は気付いた。さっきの夢にまだ心は慄《おの》のき続けていたが、泣き声があまりひどいので怪しみながら寝台の上に坐った。どうしたのか訊いてみようと思って立ち上がったが、当直の佐柄木もいるはずだと思いついたので、再び坐った。首をのばして当直寝台を見ると佐柄木は、腹ばって何か懸命に書き物をしているのだった。泣き声に気付かないのであろうか、尾田は一度声を掛けてみようかと思ったが、当直者が泣き声に気付かぬということはあるまいと思われるとともに、熱心に書いている邪魔をしては悪いとも思ったので、彼は黙って寝衣を更えた。寝衣はもちろん病院からくれたもので、経帷《かた》子《びら》とそっくりのものだった。

二列の寝台には見るに堪えない重症患者が、文字どおり気息奄々《えんえん》と眠っていた。誰も彼も大きく口を開いて眠っているのは、鼻を冒されて呼吸が困難なためであろう。尾田は心中に寒気を覚えながら、それでもここへ来て初めて彼らの姿を静かに眺めることができた。赤黒くなった坊主頭が弱い電光に鈍く光っていると、次にはてっぺんに大きな絆創膏を貼りつけているのだった。絆創膏の下には大きな穴でもあいているのだろう。そんな頭がずらりと並んでいる恰好は奇妙に滑稽な物凄さだった。尾田のすぐ左隣の男は、摺子木《すりこぎ》のように先の丸まった手をだらりと寝台から垂らしてい、その向かいは若い女で、仰向いている貌は無数の結節で荒れ果てていた。頭髪もほとんど抜け散って、後頭部にちょっとと、左右の側に毛虫でも這っている恰好でちょびちょびと生えているだけで、男なのか女なのか、なかなかに判断が困難だった。暑いのか彼女は足を布団の上にあげ、病的にむっちりと白い腕も袖がまくれて露《あら》わに布団の上に投げていた。惨《むご》たらしくも情慾的な姿だった。

そのうち尾田の注意を惹《ひ》いたのは、泣いている男の隣で、眉毛と頭髪はついているが、顎はぐいとひん曲がって、仰向いているのに口だけは横向きで、閉じることもできぬのであろう、だらしなく涎《よだれ》が白い糸になって垂れているのだった。年は四十を越えているらしい。寝台の下には義足が二本転がっていた。義足と言ってもトタン板の筒っぽで、先が細まり端に小さな足型がくっついているだけで、玩具のようなものだった。がその次の男に眼を移した時には、さすがに貌を外向《そむ》けねばいられなかった。頭から貌、手足、その他全身が繃帯でぐるぐる巻きにされ、むし暑いのか布団はすっかり踏み落とされて、かろうじて端がベッドにしがみついていた。尾田は息をつめて恐る怖る眼を移すのだったが、全身がぞっと冷たくなって来た。これでも人間と信じて良いのか、陰部まで電光の下にさらして、そこにまで無数の結節が、黒い虫のように点々とできているのだった。もちろん一本の陰毛すらも散り果てているのだ。あそこまで癩菌は容赦なく食い荒らして行くのかと、尾田は身顫いした。こうなってまで、死にきれないのか、と尾田は吐息を初めて抜き、生命の醜悪な根強さが呪《のろ》わしく思われた。

生きることの恐ろしさを切々と覚えながら、寝台を下りると便所へ出かけた。どうして自分はさっき首を縊《つ》らなかったのか、どうして江ノ島で海へ飛び込んでしまわなかったのか――便所へはいり、強烈な消毒薬を嗅ぐと、ふらふらと目眩《めまい》がした。危うく扉にしがみついた、間髪だった。

「たかを！　高雄」

と呼ぶ声がはっきり聞こえた。はっとあたりを見廻したがもちろん誰もいない。幼い時から聞き覚えのある、誰かの声に相違なかったが誰の声か解らなかった。何かの錯覚に違いないと、尾田は気を静めたが、再びその声が飛びついて来そうでならなかった。小便までが凍ってしまうようで、なかなか出ず、焦《あせ》りながら用を足すと急いで廊下へ出た。と隣室から来る盲人にばったり出会い、繃帯を巻いた掌ですうっと貌を撫《な》でられた。あっと叫ぶところをかろうじて呑み込んだが、生きた心地はなかった。

「こんばんは」

親しそうな声で盲人はそう言うと、また空間を探りながら便所の中へ消えて行った。

と尾田も仕方なく挨拶したのだったが、声が顫えてならなかった。

「これこそまさしく化物屋敷だ」

と胸を沈めながら思った。

佐柄木は、まだ書きものに余念もない風であった。こんな真夜中に何を書いているのであろうと尾田は好奇心を興したが、声をかけるのもためらわれて、そのまま寝台に上った。すると、

「尾田さん」

と佐柄木が呼ぶのであった。

「はあ」

と尾田は返して、再びベッドを下りると佐柄木の方へ歩いて行った。

「眠られませんか」

「ええ、変な夢を見まして」

佐柄木の前には部厚なノォトが一冊置いてあり、それに今まで書いていたのであろう、かなり大きな文字であったが、ぎっしり書き込まれてあった。

「御勉強ですか」

「今晩は」

「いえ、つまらないものなんですよ」

　歔欷きは相変わらず、高まったり低まったりしながら、止むこともなく聞こえていた。

「あの方どうなさったのですか」

「神経痛なんです。そりゃあひどいですよ。大の男が一晩中泣き明かすのですからね」

「手当てはしないのですか」

「そうですねえ。手当てと言っても、まあ麻酔剤でも注射して一時をしのぐだけですよ。菌が神経に食い込んで炎症を起こすので、どうしようもないらしいんです。何しろ癩が今のところ不治ですからね」

　そして、

「初めの間は薬も利きますが、ひどくなって来れば利きませんね。ナルコポンなんかやりますが、利いても二、三時間。そしてすぐ利かなくなりますので」

「黙って痛むのを見ているのですか」

「まあそうです。ほったらかして置けばそのうちにとまるだろう、それ以外にないのですよ。もっともモヒをやればもっと利きますが、この病院では許されていないのです」

　尾田は黙って泣き声の方へ眼をやった。泣き声というよりは、もう唸《うな》り声にそれは近かった。

「当直をしていても、手の付けようがないのには、ほんとに困りますよ」

と佐柄木は言った。

「失礼します」

と尾田は言って佐柄木の横へ腰をかけた。

「ね尾田さん。どんなに痛んでも死なない、どんなに外面が崩れても死なない。癩の特徴ですね」

佐柄木はバットを取り出して尾田に奨めながら、

「あなたが見られた癩者の生活は、まだまだほんの表面なんですよ。この病院の内部には、一般社会の人の到底想像すらも及ばない異常な人間の姿が、生活が描かれ築かれているのですよ」

と言葉を切ると、佐柄木もバットを一本抜き火をつけるのだった。潰れた鼻の孔から、佐柄木はもくもくと煙を出しながら、

「あれをあなたはどう思いますか」

指さす方を眺めると同時に、はっと胸を打って来る何ものかを尾田は強く感じた。彼の気付かぬうちに右端に寝ていた男が起き上がって、じいっと端坐しているのだった。もちろん全身に繃帯を巻いているのだったが、どんよりと曇った室内に浮き出た

姿は、何故とはなく心打つ厳粛さがあった。男はしばらく身動きもしなかったが、やがて静かにだがひどく嗄《しわが》れた声で、南無阿弥陀仏南無阿弥陀仏と唱えるのであった。

「あの人の咽喉《のど》をごらんなさい」

見ると、二、三歳の小児のような涎掛《よだれか》けが頸部にぶら下がって、男は片手をあげてそれを押えているのだった。

「あの人の咽喉には穴が空いているのですよ。その穴から呼吸をしているのです。喉頭癩と言いますか、あそこへ穴を空けて、それでもう五年も生き伸びているのです」

尾田はじっと眺めるのみだった。男はしばらく題目を唱えていたが、やがてそれをやめると、二つ三つその穴で吐息をするらしかったが、ぐったりと全身の力を抜いて、

「ああ、ああ、なんとかして死ねんものかいなあ―」

すっかり嗄れた声でこの世の人とは思われず、それだけにまた真に迫る力がこもっていた。男は二十分ほども静かに坐っていたが、また以前のように横になった。

「尾田さん、あなたは、あの人たちを人間だと思いますか」

佐柄木は静かに、だがひどく重大なものを含めた声で言った。尾田は佐柄木の意が解しかねて、黙って考えた。

「ね尾田さん。あの人たちは、もう人間じゃあないんですよ」

尾田はますます佐柄木の心が解らず彼の貌を眺めると、

「人間じゃありません。尾田さん、決して人間じゃありません」

佐柄木の思想の中核に近づいたためか、幾分の昂奮すらも浮かべて言うのだった。

「人間ではありませんよ。生命です。生命そのもの、いのちそのものなんです。僕の言うこと、解ってくれますか、尾田さん。あの人たちの『人間』はもう死んで亡びてしまったんです。ただ、生命だけがびくびくと生きているのです。なんという根強さでしょう。誰でも癩になった刹那《せつな》に、その人の人間は亡びるのです。死ぬのです。社会的人間として亡びるだけではありません。そんな浅はかな亡び方では決してないのです。廃兵ではなく、廃人なんです。けれど、尾田さん、僕らは不死鳥です。新しい思想、新しい眼を持つ時、全然癩者の生活を獲得する時、再び人間として生き復《かえ》るのです。復活そう復活です。びくびくと生きている生命が肉体を獲得するのです。新しい人間生活はそれから始まるのです。尾田さん、あなたは今死んでいるのです。死んでいますとも、あなたは人間じゃあないんです。あなたの苦悩や絶望、それがどこから来るか、考えてみてください。一たび死んだ過去の人間を捜し求めているからではないでしょうか」

　だんだん激して来る佐柄木の言葉を、尾田は熱心に訊くのだったが、潰れかかった彼の貌が大きく眼に映って来ると、この男は狂っているのではないかと、言葉の強さに圧されながらも怪しむのだった。尾田に向かって説きつめているようでありながら、その実佐柄木自身が自分の心内に突き出して来る何ものかと激しく戦って血みどろとなっているように尾田には見え、それが我を忘れて聞こうとする尾田の心を乱しているように思われるのだった。とはたして佐柄木は急に弱々しく、

「僕に、もう少し文学的な才能があったら、と歯ぎしりするのですよ」

その声には、今まで見て来た佐柄木とも思われない、意外な苦悩の影がつきまとっていた。

「ね尾田さん、僕に天才があったら、この新しい人間を、今までかつて無かった人間像を築き上げるのですが――及びません」

そう言って枕もとのノォトを尾田に示すのであった。

「小説をお書きなんですか」

「書けないのです」

ノォトをぱたんと閉じてまた言った。

「せめて自由な時間と、満足な眼があったらと思うのです。いつ盲目になるかわからない、この苦しさはあなたにはお解りにならないでしょう。御承知のように片方は義眼ですし、片方は近いうちに見えなくなるでしょう、それは自分でもわかりきったことなんです」

さっきまで緊張していたのが急にゆるんだためか、佐柄木の言葉は顚倒しきって、

感傷的にすらなっているのだった。尾田は言うべき言葉もすぐには見つからず、佐柄木の眼を見上げて、初めてその眼が赤黒く充血しているのを知った。

「これでも、ここ二、三日は良い方なんです。悪い時にはほとんど見えないくらいです。考えてもみてください。絶え間なく眼の先に黒い粉が飛びまわる焦立たしさをね。あなたは水の中で眼を開いたことがありますか、悪い時の私の眼はその水中で眼を開けた時とほとんど同じなんです。何もかもぼうっと爛《ただ》れて見えるのですよ。良い時でも砂煙の中に坐っているようなものです。物を書いていても、読書していても一度この砂煙が気になり出したら最後ほんとに、気が狂ってしまうようです」

ついさっき佐柄木が、尾田に向かって慰めようがないと言ったが、今は尾田にも慰めようがなかった。

「こんな暗いところでは――」

それでもようやくそう言いかけると、

「もちろん良くありません。それは僕にも解っているのですが、でも当直の夜にでも書かなければ、書く時がないのです。共同生活ですからねえ」

「でも、そんなにお焦《あせ》りにならないで、治療をされてから――」

「焦らないではいられませんよ。良くならないのが解りきっているのですから。毎日毎日波のように上下しながら、それでも潮が満ちて来るように悪くなって行くんです。

ほんとに不可抗力なんですよ」

尾田は黙った。佐柄木も黙った。歔欷きがまた聞こえて来た。

「ああ、もう夜が明けかけましたね」

外を見ながら佐柄木が言った。黝《くろ》ずんだ林のかなたが、白く明るんでいた。

「ここ二、三日調子が良くて、あの白さが見えますよ。珍しいことなんです」

「一緒に散歩でもしましょうか」

尾田が話題を更《か》えて持ち出すと、

「そうしましょう」

とすぐ佐柄木は立ち上がった。

冷たい外気に触れると、二人は生き復《かえ》ったように自ずと気持が若やいで来た。並んで歩きながら尾田は、ときどき背後を振り返って病棟を眺めずにはいられなかった。生涯忘れることのできない記憶となるであろう一夜を振り返る思いであった。

「盲目になるのはわかりきっていても、尾田さん、やはり僕は書きますよ。盲目になればなったで、またきっと生きる道はあるはずです。あなたも新しい生活を始めてください。癩者に成りきって、さらに進む道を発見してください。僕は書けなくなるまで努力します」

その言葉には、初めて会った時の不敵な佐柄木に復っていた。

「苦悩、それは死ぬまでつきまとって来るでしょう。でも誰かが言ったではありませんか、苦しむためには才能が要るって。苦しみ得ないものもあるのです」

そして佐柄木は一つ大きく呼吸すると、足どりまでも一歩一歩大地を踏みしめて行く、ゆるぎのない若々しさに満ちていた。

あたりの暗がりが徐々に大地にしみ込んで行くと、やがて燦然《さんぜん》たる太陽が林のかなたに現われ、縞目を作って梢を流れて行く光線が、強靭な樹幹へもさし込み始めた。

佐柄木の世界へ到達し得るかどうか、尾田にはまだ不安が色濃く残っていたが、やはり生きてみることだ、と強く思いながら、光の縞目を眺め続けた。

（昭和十一年『文學界』二月号）

眼帯記

ある朝、眼をさましてみると、何か重たいものが眼玉の上に載せられているような感じがして、球を左右に動かせると、瞼の中でひどい鈍痛がする。私は思いあたることがあったので、はっとして眼を開いてみたが、ものの十秒と開いていることができなかった。曇った朝、まだ早くだったので、光線は柔らかみをもっているはずだったのに、私の眼は鋭い刃物を突きさされたような痛みを覚えるのだ。眼をつぶったまま、充血だな、と思いながら床の中で二十分ほどもじっとしていた。部屋の者はみな起き上がっていたが、私は不安がいっぱい拡がって来るので起きる気がしなかったのである。

　昨夜の読書がたたったのに違いない、と私は考えた。昨夜、私は十二時が過ぎるまで読み続けたのである。もっとも、これが健康な時だったら、十二時が一時になっても別段なんでもないのだが、私らの眼はそういう訳には行かない。病気が出てから三年くらいたつと、誰でもかなり視力は弱るし、それに無理に眼を使うと悪い結果はてきめんに表われるのである。癩者が何か書いたり、本を読んだりするのは、それだけでもかなりもう無理なことであるのに、私は昨夜はローソクの火で読んだりしたのである。それは消燈が十時と定められているためで、何もそんなにまでして読まねばならないということはなかったのであるが、それが小説で、面白かったものだからつい夜更《ふか》ししてしまったのだ。

　起き上がると、私はまず急いで鏡を取り出して調べてみた。痛むのを我慢して、眼球を左右にぐりぐりと動かせてみたり、瞼をひっくり返してみたりして真っ赤になっているのを確かめると、今押し込んだばかりの布団をまた押入れから引き出して横になった。左はそれほどでもなかったが、右眼は兎のようになっていたのだ。私はまだ子供のころにはずいぶん眼を患らって祖父母を悩ませたものであるが、大きくなってからは一度も医者にかかったことがなかった。洗眼一つしたことがなかったので、不安はよけい激しかった。

　それに私を不安にするのは、こうした充血が確実に病気の進行を意味しており、一度充血した眼は、もう絶対に恢復《かいふく》することがないからである。もちろん充血はすぐ除れるが、しかし一度充血するとそれだけ視力が衰えているのである。そして、こういうことが重なり重なって、一段一段と悪くなり、やがて神経痛が始まったり、眼の前に払っても払っても除れない黒いぶつぶつが飛び始める。塵埃のようなそのぶつぶつは次第に数を増し、大きくなり、細胞が成長するように密著し合ってついに盲目が来るのである。これは結節癩患者が、最も順調に病勢の進行した場合であるが、その他にも強烈な神経痛で一夜のうちに見えなくなったり、見えなくなってはまた見え、また見えなくなっては見えしているうちについに失明してしまったり、それは色々の場合がある。とにかく充血は盲目に至る最初の段階なのである。

癩でもまだ軽症なうちは、自分が盲目になるなどなかなか信ぜられるものではない。盲人を眼の前に見ている時は、ああ自分もそうなるのかなあ、と歎息するが、盲人がいない所ではたいてい忘れているし、芯から俺は盲目になると実感をもって思うことなどできないのである。

私もやっぱりそうで、たとえ盲目になることに間違いはないとしても、そう易々《やすやす》とはならないに違いない、おそらくは何年か先のことであろう、それまでに死ねるかもしれない、などと思って、身近なこととして感ずることができなかった。ところがこの充血である。私は否応なく、自分が盲目に向かって一歩足を進めたことを思わねばならなかった。床の中で、私はもうこのまま見えなくなってしまうのではあるまいかと思ったりした。すると五分と眼を閉じたままでいることができなかった。幾度も、そっと開けてみてはまたつぶった。

九時になると、私は右の眼を押えて、不用意に開くようなことがあっても光線のはいらぬようにして、医局へ出かけた。

眼科の待合室にはいってみると、すでにもう二十人あまりもの人が待っている。私は片方の眼で、それらの一人びとりを注意深く眺めた。誰も彼もみな盲目の一歩手前を彷徨《ほうこう》している人々ばかりである。みんなうつむき込んで腰をかけ、眼を閉じ、光線を恐れるように見えた。誰かに話しかけられて貌《かお》をあげる時でも決して充分眼を開くということはなかった。

そのうち、特に目立つのは、まだ年若い女が二人、並んで腰掛けている姿だった。一人は熱心なクリスチャンで、健康だった時分は小学校の教師であったという。いくらか面長な貌で鼻その他の恰好もよく、全体と調和がとれ、その輪廓から推《お》して以前はかなり美しい女であったに違いない。しかしいかんせん、すでに病勢は進み眉毛はなく、貌色が病的に白い。皮膚の裏に膿汁がたまっているような白さである。

もう一人の女は、まだ二十二、三であろうと思われる若さで、全体の線が太く、ちょっと楽天的なものを感じさせる。貌の色は前の女とほとんど同じであったが、こちらはその白さの中になんとなく肉体的な魅力を潜めている。よく肥えていて、厚味のある胸や腰は、ある種の男性を惹《ひ》きつけねば置かないものがあるが、それは、いま腐敗しようとするくだものの強烈な甘さ、そういったものを思わせる。二人とも、もうほとんど失明していた。

私は暗たんたるものを覚えながらも、ちょっとした充血くらいでこんなに不安を覚えている自分が羞《は》ずかしく思われた。みんな明日にも判らぬ盲目を前にして黙々と生きているじゃないか、死ねなかったから生きているだけじゃないかと軽蔑するのは易《やす》い、しかし生きているというこの事実は絶対のものでありそれ自身貴いのだ、とそんなことを考えるのだった。

もう大分前のことだったが、私はこういう文字を読んだことがある。「癩者の復活など信じられないし――（むしろ死が美しく希《のぞ》ましい場合もある）――不健康な現実への無責任な拝跪《はいき》など、末期以外には感じられない。生というものはだいたい不健康な部分に対して仮借なく、審判し排除する物である」

これを読んだあと、数日は夜も睡《ねむ》ることができなかった。この無慈悲な言葉が、私にはどうにも真実と思われたからである。しかし今はこんな言葉は信用しない。死が美しく希ましい場合など一つだってありはしないのである。私はまた理くつがいいたくなったようだが、それはやめにしよう。しかしただひとつだけいいたいのは、癩者の世界は少しも不健康ではない、ということである。これだけの肉体的苦痛、それを背負って、しかも狂いもせず生きているということは、それだけでも健康、何ものにも勝って健康である証拠ではないか！　肉体的不健康など問題ではない。また右の言葉を吐いた人も肉体上の不健康などを問題にするほど頭の下等な人ではないことを信じている。ドストエフスキーは癲癇《てんかん》と痔と肺病をもっていたのである。そのうち、呼ばれたので私は暗室の中へはいった。学校を出たばかりと思われる若い医者は、

「どうしたのですか」とまだ私が椅子《いす》にもつかないうちにいった。

「いや、ちょっと充血したものですから」

「そう。どれどれ。ふうむ、大分使い過ぎましたね」瞼をひっくり返し、レンズをかざして覗《のぞ》き込みながらいった。「少し休むんですね。疲れていますよ」

私は洗眼をしてもらい、眼薬をさしてもらって外へ出た。出がけに医者は白いガーゼと眼帯をくれた。私はその足ですぐ受付により、硼酸水と罨法《あんぽう》鍋とを交付してもらって帰った。

私は生まれて初めての眼帯を掛けると、友だちを巡って訪ねた。

誰でもこの病院へ来たばかりのころは、周囲の者がみなどこか一ヵ所は繃帯を巻いているので、自分に繃帯のないことがなんとなく肩身の狭いような感じがして、たいして神経痛もしないのにぐるぐると腕に巻いてみたり足に巻いてみたりして得意になる。奇妙なところで肩身が狭くなるものだ。まるきり院外にいたころとは反対である。私が友だちのところを巡ったのも幾分そんな気持に似たところがあった。眼帯など掛けたことのない俺が掛けているのを見ると、みんなびっくりしたり、珍しがったりし

て色々のことを訊くに違いない——と。たあいもないことであるが、我ながら眼帯を掛けた自分の姿が珍しかったのだ。

友人たちは案の条珍しがって色々のことを訊いた。

「おい、どうしたい。眼帯なんか掛けて、ははあまた雨を降らせるつもりだな」

「うん？　充血した。そいつあいけない。大事にしろよ。盲目になるから」

「はははは、いい修業さ」「そろそろいかれ始めたかな。もうそうなりゃしめたもんだ。確実に盲目《めくら》になるからな。今のうちに杖の用意をしとくんだなあ。俺、不自由舎に識り合いがあるから一本貰って来てやっても良いよ」

みんなはそんな風なことをいって、私をおどかしたり笑ったりした。私はわざと大げさに悲観している風を見せたり、盲目、そんなもの平気だ、と大きなことをいったりした。しかし内心やはり憂鬱で不安でならなかった。そして片眼を覆うということがいかに不快極まるものであるかを思い知らされたのであった。もっとも、慣れてしまえばなんでもないのだろうけれども、しかしそう容易に慣れられるものではなかったし、私の場合になってみると、今までそんなに悪いとも思わなかった眼が不意に充血し、今や盲目の世界に向かって一歩足を踏み入れたのだという感じ、その感じがあるものだから余計暗い気持にならされたのである。

私は終日いらいらした気持で暮らした。何か眼のさきに払っても払っても無くならない黒い幕のようなものが垂れ下がって、絶えず眼界を邪魔しているような感じがしてならないのだ。すると暑くもないのに体中にじりじり汗が出て頭に血が上り、腹が立って来て一日に十度も十一度も眼帯をむしり取る。むしり取るたびに強い光線がはいり、瞼の下が痛むので、いけない、と自分を叱ってまた掛けるのだった。あたりがなんとなく暗がっているように感じられて、明るい真昼間でありながら、なんとなく夜のような気がする。今はたしかに明るい昼だ、しかし、はたしてほんとにこれが昼だろうか、これが光のある昼だろうか、これは夜ではないだろうか、これがほんとに昼だとしたら、夜というものはどこにあるのだろう、昼と夜とを区別して考える人間の習慣ははたして真実のものだろうか、夜というものは、この明るい何でも見える昼の底に沈んで同時にあるのではあるまいか……そんなことを考えたりするのだった。が、何よりも困ったのは見当の外れることだった。例えば湯呑にお茶をついだりする場合きっと畳にこぼした。自分ではちゃんと見当をつけてついでいる気でいながら、実は外れていて湯呑の外へ流しているのである。家の中にいると憂鬱でたまらないので、私は一日中、方々を歩きまわったが、どうにも足の調子がうまくとれないのである。低いと思った所が意外に高かったり、向こうの方にあるはずであるのがすぐ側にあったりして、ともすればつまずいてよろけるのだ。

文字を書いてもやはりそうだった。その時ちょうどこの病院を退院して働いている友だちから手紙が来たので、その返事を書こうとかかったが、どうしても行をまっすぐに書くことができなかった。私はつくづく情けなくなった。ただ片眼を失うだけでもこんなに生活が狂って来るものなのかと。もしこれが両眼とも見えなくなったらどんなであろう、その上指が落ち、あるいは曲がり、感覚を失ったりしたら、それでもやっぱり生きて行けるだろうか。私はこの広い武蔵野の中に住んでいながら、まるきり穴のない、暗い、小さな、井戸の底にでもいるような気がした。生きているということ、そのことすらも憎みたくなった。憎みきりたいとさえ思った。

だが、と私は自省する。憎みきりたいと思うことは今日だけか、今度が初めてかと。病気になって以来幾度となく考えたことではなかったか、いや、発病以来三ヵ年の間、一日として死を考えなかったことがあるか、絶え間なく考え、考えるたびにお前は生への愛情だけを見て来たのではなかったか、そして生命そのものの絶対のありがたさを、お前は知ったのではなかったか、お前は知っているはずだ、死ねば生きてはいないということを！　このことを心底から理解しているはずだ。死ねばもはや人間ではないのだ、この意味がお前には判らんのか。人間とは、すなわち生きているということなのだ、お前は人間に対して愛情を感じているではないか。自分自身が人間であるということ、このことをお前は何よりも尊敬し、愛し、喜びとすることができるではないか——夜になって、床にはいるたびに私はこういうことを自問自答するのであった。

私は心臓が弱いのでちょっと昂奮するとすぐ脈搏が速くなりそれが頭に上って眠れない。こういう自問自答をしている時は定まってどきどきと動悸《どうき》がうつ。睡眠不足は悪影響を及ぼして、翌日になると余計充血が激しかったりするのだった。

私は一日に三回、二十分ないし三十分くらいずつの長さで眼を罨法した。医局から貰って来た硼酸水を小さな罨法鍋に移し、火をかけてぬるま湯にすると、それをガーゼに浸して眼球の上に載《の》せて置くのである。仰向《あおむ》けに寝転んで、私はじっとしている。ほのかな温《ぬく》もりが瞼の上からしみ入って来て、溜まった悪血が徐々に流れ去って行くような心地良さである。その心地良さの中にはいい様のない侘《わび》しさが潜んでいる。癩になって、こうした病院へはいり、この若さのままいっさいを、投げ捨てて生きて行かねばならない、そうした自分の運命感が、その心地良さの底深く流れているためである。

私はふとこういうことを思い出した。それは私が入院してからまだ二、三ヵ月にしかならないころだった。もう夕方近く、私は同室の者に連れられて初めて女舎へ遊びに行ったのである。それは女の不自由舎であったが、その舎はかなり古い家だったので、部屋の中はひどい薄暗さで、天井は黒ずみ、畳は赤茶けた色で湿気《しけ》ていた。私はまだこの病院に慣れていなかったので、部屋の中へはいるのがなんとなく恐怖されるのだった。暗い穴蔵の中へでもはいって行くような感じがしてならないのである。が慣れきった友人がどんどんはいってしまったので、私も後についてはいった。私たちは若い附添婦にお茶をすすめられて呑んだ。

そのうち、附添婦の一人が——この部屋には二人いた、たいてい一部屋一人であるが——廊下から蓙《ござ》を一枚抱えて来て畳の上に拡げた。どうするのかと、好奇心を動かせながら眺めていると私が今使っているのと同じ罨法鍋がその蓙の上に六箇、片側に三つずつ二列に並べられるのであった。するともう盲目の近づいた六人の少女が向かい合って鍋を前にして坐り、じっとうつむいたまま罨法を始めた。揃《そろ》って鍋の中のガーゼをつまみ上げてはしぼり、しぼったガーゼを静かに両眼にあてて手で押えている。じょじょじょじょと硼酸水がガーゼから滴《した》たり鍋の中に落ちた。

私はその時、人生そのものの侘しさを覚えた。真黒い運命の手に摑まれた少女が、しかし泣きも喚《わめ》きもしないで、いや泣きも喚きもした後に声も涸《か》れ果てて放心にも似た虚《うつ》ろな心になってじっと耐え、黙々と眼を温めている。温めても、結局見えなくなってしまうことを知りながらも、しかし空しい努力を続けずにはいられない。もう暗くなりかかった眼を、もう一度あの明るい光の中に開きたい、もう一度あの光を見たい、彼女らは、全身をもってそう叫んでいるようであった。これを徒労と笑う奴は笑え、もしこれが徒労であるなら、過去幾千年の人類の努力はすべて徒労ではなかったか！　私は貴いと思うのだ。

　充血はなかなかとれなかった。気の短い私も、ことが眼のことになるとそう短気を起こしていられなかったので、毎日根気良く罨法を続けた。初めに馬鹿にした友人たちも、あまり充血の散るのが遅いので、心配して見舞いに来るようになった。眼科の治療日にはかかさず出かけて洗眼し、薬をさしてもらった。

　ところが、そうしたある日、私は久しぶりで十号病室の附添夫をやっているTのところへ遊びに行き、意外なところで良くなる方法を発見した。発見といっても、私だけのことで、知っている人はすでにみなやっているのであるが、私はうれしかったのでまるで自分が発見したことのように思った。それは吸入器を眼にかけて洗眼と罨法を同時に行なうのである。

　Tは私よりずっと眼は悪く、片方はほとんど見えないし、良く見えるという方も、もう黒いぶつぶつが飛び廻って見え、盲目になるのも決して遠いことではないと自覚し、覚悟しているほどである。だから眼のことになると私なんかより十倍もくわしい。だからこの男の前では私は、羞ずかしくて自分の眼のことなどいわれた義理でないのであるが、しかし、私の最も親しい友人であるし、彼もまた私を心配して、

「俺、毎日、夕方吸入かけてるんだが、君もかけてみないか」とすすめてくれた。

タンクの水がくらくらと煮立ち、やがてしゅっと噴き出した霧の前に坐ると、私はひどく気味が悪くなって来た。

「おい、煮え湯が霧にならないで、かたまったまま飛び出してくるようなことはないかい。気味が悪いなあ」

「そりゃ、無いとはいえんよ。そうなったら盲目になりゃいいさ」

「おいおい、ほんとか」

笑っているので、私は安心して霧の中に貌をつっ込んだ。

「ははは。鼻にばかり霧は吹きつけてるじゃないか、そうそう、もうちょっと下だ、よし。眼を開けてなきゃ駄目だ、そう、かっと開けてるんだ、目玉を少々動かして――」

私は彼のいうとおりにし、思いきって眼を開き、目玉を動かせた。貌一面に吹きつけて来る噴霧は、冷えびえとした感触で皮膚を柔らげ、鼻の先からはぽつんぽつんと雫《しずく》がしたたり、顎の下へ流れ込んだ。良い気持だった。すると彼は急に腹をかかえて笑い出した。なんだい、と訊《き》くと、

「うははは。なんだいそのだらしのない恰好は。水っ鼻を垂《た》らして、涎《よだれ》をだらだら垂らして、うはははまるで泣きべそかいた子供より見っともないぞ」

「ちえ。俺は良い気持さ」

やがて適量の硼酸水を終わると、私は手拭《てぬぐい》で貌を拭《ふ》いた。さっぱりとした気持だ。

四、五日こうしたことを続けているうち、私の充血はすっかり消えた。

「しかし吸入なんかかけても、やがて効かなくなるよ。だがまあ君の眼ならここ五年や六年で盲目になるようなことはないよ」

「五年や六年でか」私はあまりに短いと思われたのだ。

「今のうちに書きたいことは書いとけよ」

彼は真面目な調子でいった。私は黙ったまま頷《うなず》いた。

（昭和十一年『文學界』九月号）

癩院受胎

老人のことがあってからのち数日は、成瀬利夫は自分の蹠《あし》の麻痺がひどく気にかかってならなかった。もっとも彼は、病気のこととなると病的なほど神経を昂《たかぶ》らせる癖があったのであるが、たとえば、朝など起きぬけに廊下へ踏み出した蹠になんの感じも伝わって来ないのを意識すると、ただそれだけのことでその日一日どうにも動きのとれない悒鬱《ゆううつ》に襲われてしまうのである。熱っぽくなった素足を廊下に出したとたんに、すうっと感ぜられる冷気の爽快さというものは、ほんのとるに足りぬことのように思われるが、しかしそれを失ってしまった今の彼には、決してとるに足りぬことではなかったのである。こうした一見ささいな知覚上の快感が無数に重なり合って、こうした小さなことにも、すぐ癩者の救われがたさが思われ、自分もまた、すべての癩者がそうであるようにひとつひとつ人間らしい生活がうち毀《こわ》され、奪われて行くのだと、強く考えさせられるのであった。

老人のことというのは、ついせんだってのできごとで、それは成瀬と同室の老人の蹠に、三寸はたっぷりある釘《くぎ》が突きささったのである。老人はもう六十を二つばかり超えていたが、それでもなかなか元気の良いじいさんで、作業も土方に出ているほどであった。土方といっても病人のことであるから、もちろんそう激しい労働をする訳ではなく、たいていは道路修理とか、病院を取り巻いている垣根のつくろいとか、そういった風なものである。もっとも、その日は、どこかの財団からこの病院に寄附された古家屋が着いたので、その古材についている釘を朝から抜いていたのだそうである。

ところが、その日の夕方、仕事を終えて帰って来た老人がどうしたのか玄関先に蹲《かが》み込んだまま何かしきりにうんうん唸《うな》っては、いつものように部屋へ上がって来ないのだ。いつもならすぐ部屋にはいって、やれやれ、と呟いて火鉢の前に腰を下ろし、うまそうに一服つけるところである。作業を持っていない成瀬は、例のようにみんなが帰ってくるころなので膳箱を出したり冷えたおかずを火に掛けたりしていたが、あまりに長い間唸り声が続くので、どうしたのかと出てみると、老人は額にべっとり汗をにじませながら、一心に地下足袋《じかたび》を脱ごうとしているのであった。不思議に思い、

「どうしたの」

と声を掛けてみたが、どうやら老人は、さっきから懸命に努力しているのに脱げないので腹を立てているらしく、返事もせず、下を向いたまま首をひねって、

「おかしい。どうもおかしい」

と呟いてはまた腰を丸めて足袋を引っぱるのであった。片方はすでに脱いでい、横に置いている。

「足袋が脱げない？　そんな馬鹿なことってあるかしら」

「おかしい、どうもおかしい。わしは、さっきから力を入れて引っぱっとるのに、どうしても脱げて来ない。どうしたこっちゃろう。指が曲がっとるんで手が不自由じゃが、いつでも間違いなくすぐ脱げとる。それに、今日はどうしたこったか」

「どれどれ」

成瀬もやはりおかしいと思ったので、そこへ踞《かが》み、脱がせてやろうとその片足を持ち上げたとたんにさっと貌《かお》から血の気が退いた。足袋の裏からぶっすり突きささった釘が、骨の間を縫って甲の上まで貫いているからである。

「冗談じゃないね、釘がささっているよ」

仰天させまいと思ったので、何気ない調子でそういったが、しかしさすがに背筋に冷たいものの走るのを覚えた。

老人はかなり重症の結節癩で、不幸にも眼をおかされていて、もう薄明りの視力では自分の足にささっている釘の頭に気がつかなかったのである。もっとも掌《て》でも満足であれば脱ごうとしているうちに解りもしたのであろうが、その掌も、火鉢の中に突っ込まれてじゅんじゅん焼かれていても気がつかないでいられるという有様なのである。おそらくは釘のささったまま、老人は歩きまわったり仕事をしたりしていたのであろう、黒い布で見かけは水にでも濡れているような足袋も、触ってみるとべっとりと掌《てのひら》が赤くなった。

　成瀬は急いで抜いてやろうとしたが、指で引いたくらいではなかなか抜けるものではなかった。いわゆる「肉が巻いた」のだろう、仕方なく釘抜きを持ち出して、折よく帰って来た同室の者に老人の足をしっかり摑えさせ、力を入れて引き抜いたのであった。どっと溢れ出た血を見て、老人は初めて蒼くなり、たちまち発熱してその夜はひと晩じゅう唸り続けて、翌日の夕方、重病室へかつぎ込まれた。

　こうしたことは、もちろんこの病院の中にあってはさほどに珍しいできごとではないし、成瀬もこれ以上のひどいことを幾度も見て来たのであったが、しかし自分の蹠が麻痺してしまってから間もないころだったためか、このことは深く印象づけられ、自分の運命を眼の前に突き出されたかのように激しく打たれたのであった。

　彼の足は、入院以前から左は膝小僧から下ずっと枯れたようになっていたのであるが、右足にまで及んで来たのは入院後のことに相違なかった。しかしいつごろからそうなったのか、彼自身にも覚えはなく、初めて気付いたのは老人のことがあるちょっと前、陰鬱な梅雨が降り始めた日であった。

もう午《ひる》さがりであったであろうか、彼は誰もいない部屋の中に一人立って、窓の外に降りしきる雨足を眺めていた。頭の中には入院以来二年近くの月日に眺め聴き触れて来た隔離生活の破片が、秩序もなく混がらがって思い出され、どんよりと沈んだ悪臭とともにぐるぐる廻るのであった。また入院前半年ばかりの社会生活に味わった暗い気持や、発病当時の重苦しい日々などが浮かび上がって、いまここにこうして生き長らえている自分の姿が、なんともいえぬ不可思議なものにすら思われるのであった。そしてこの病院の中で、はや齢《とし》すらも二つを重ねていることを思うと、なにか信ずることのできないことにぶつかったような気持にならされた。それは無限に長い時間であると同時に、また瞬時に過ぎ去ったイメージの重なりのようにも思えるのである。いったい、自分はこの中でいつまで暮らすつもりなのであろう、これは今までにも何度も頭を襲った疑問であるが、彼はそのたびにただ暗い気持を味わい、悒愁《ゆうしゅう》に心が包まれて、答えを出すことができなかった。死ぬまでこの中で暮らさねばならないのだ、と否応なく思われるまでは、やはり彼は自分の軽症さに縋《すが》りつきたかったのである。なあに五、六ヵ月もみっちり治療をやってごらんなさい、きっと退院できますよと慰めてくれた事務員の言葉を信じて入院した彼には、その五、六ヵ月が瞬《また》く間に過ぎ、二年に近い現在に及んでも、まだこの中で生涯を埋める心の用意は築かれなかった、築くに恐ろしい思いであったのだ。

　雨が小降りになると、彼は北口の窓を開いて外を眺めた。幾重にもかさなり合った雲が襞積《ひだ》を作って低く流れ、濃灰色に覆われた空全体がうごいてでもいるかのようである。遠くに柊の垣が望まれ、その向こうに果てしなくうち続いた雑木林が薄白く煙って、静かな風の流れとともに徐徐に北へうつって行くように感ぜられる。薄墨の日本絵を見るようなさびと愁いを、成瀬は感じながらふと雨の多い自分の故郷に遊ぶ思いになったのである。早くから田舎を捨てて東京生活を続けて来た彼には、めったに故郷の風物など思い出すことはなかったのであるが、この日はどうしたのかふっと少年時代の楽しさなどが次々と心の中に蘇《よみが》えるのだった。

　窓の外はすぐ植込みになっており、厚く葉を繁らせた楓《かえで》や、さつき、檜、もくれん、遠くからでもはっきりと葉脈の白く見える鈴懸などが、雨に打たれてぶつぶつと呟くような音を立てていた。地面にはうっすらと苔がはんで、木々の葉末から滴《した》たる雫がぽつんぽつんと花のように散っていた。枝々をつたって落ちて来る雨は、太い幹にあつまって地面に流れ、小さな水流をつくって低まった地点へなだれていった。海に近い四国の寒村に育った彼は、まだ七つか八つの少年のころから、荒々しい海の唸《うめ》きと、粛条《しょうじょう》と林の中に降る細雨の美しさとを、同時に強い印象として記憶の底に沈ませていた。兎のように、小さな、丸まるとした体を、パンツもつけずに駈けまわったのもそのころのことである。頭から雨をかぶり、跣《はだし》になって水溜りや浜辺を走り廻るのだが、ただもう無性に痛快であったのだ。

雨にしめり、生き生きと青みを増して来た苔や、ふっくらとやわらかみを浮かせて来た地面を見ると、彼は跣のまま外へ出てみたのであった。重苦しく濁った暗い気持につつまれていた彼が、ひとつ吐け口を見つけたかのようであったが、とたんにさっと蒼白なものが面《おもて》を走り、棒立ちになって地上に竦《すく》んだ、やがて彼は、注意深く地面を幾度も踏んでみたり、苔の上に足を上げ、すうっと辷《すべ》らせてみたりした。しかしもはや彼の蹠には何の感じも伝わっては来なかったのである。彼自身にも気付かぬ速度で、病菌は徐々に肉体を蝕み、営々と執拗な進行を続けつつあったのである。泣いても喚《わめ》いても、何の反響もない、懸命に治療に心掛けようが掛けまいが、彼らはそ知らぬ貌《かお》で自らの腐蝕作業を黙々と続けていたのである。入院後二年の今になって、彼は初めて癩の怖ろしさを、自分のものとして識ったのであった。徐々に迫って来る真っ黒いものが、もう眼の先までも押し寄せて来たのを感じて、反抗するように胸を張り、ぐっと立ち直ろうとするのだったが、しかし彼は激しい昏迷を覚えて茫然と立ち竦んでしまうのだった。

足もとの窓を開けると、右手には医局へ通ずる長い廊下が見え、前方には一号病室と二号病室のある大きな病棟が立ちはだかっており、窓下からその病棟までの間は、四角く区切られた中庭になっている。熱が幾分さがると、老人は寝台の上に坐って硝子越しに中庭を眺めながら、ぼんやりとした貌つきで一日を過ごすことが多かった。生まれてからこの方、手足を動かせて働くよりほかは、何ひとつとして識らなかった老人には、朝も夜も寝台の上にいなければならないとなると、もうどうして良いのか見当もつかないのであろう。庭には靭《しな》やかな葉の間からぽっちりと蕾《つぼみ》を覗かせ始めたグラジオラスやダリヤなどが梅雨に濡れながら植えられてい、小さな築山の下に造られた池には、金魚が赤いひれをひらひらさせながら浮かび上がったり沈んだりしていた。附添夫たちはときどき庭に下りて、金魚をすくったり花を折ったりして病人の枕もとに置いてやるのだった。淫雨はいつやむともなく降り続けて、病人たちはみな憂鬱そうに押し黙って日を過ごした。

入室後四、五日は、高い熱に唸され続けて飯も食わず、老人はすっかり力を失ってしまったが、熱が下がるとまた少しずつ元気を取り戻して来た。しかし一時にどっと老い込んで、舎にいたころのような気力はなくなり、煙草《たばこ》の味も悪くなったというのであった。蹠《あし》の疵《きず》は化膿し、手術を受けたので重たいばかりの繃帯《ほうたい》が捲《ま》いてあった。

それでも成瀬が、

「どう？　具合は良いかい」

と見舞ってやると、人の良い微笑を結節で脹《は》れ上がった面にただよわせて、

「うん。ありがとう」

と子供のように頭を下げた。

成瀬は、夕方になってみんなが作業から帰って来ると、老人を見舞いに病室まで出かけるのが日課の一つになっていたのである。親族はもとより子供にまでも捨てられてしまってどこからも仕送りがある訳ではなく、そのためこの年になってまで作業賃を稼がねばならなかった老人を見るとさすがに成瀬は憫《あわ》れを覚えて、入室後はずっと世話してやろうと思っていたのだった。

「わしは湿性じゃからのう、義足にはならんが、麻痺《しび》れとるんで疵がなかなかに癒《なお》らん」

そして寝台の端に取りつけられたけんどんの中から、かのこなど取り出して、食えというのだった。老人のいうように、麻痺部にできた疵は非常に癒りが悪く、乾性の患者などはこうした疵や、小さな火傷がもとで足を一本切断せねばならないような破目におちいることも決して珍しくはなかったのである。

老人は松葉杖をつきながら便所へ通わねばならなかったので、それが面倒であるのだろう、寝台から下りることはめったになかった。

「退くつだろうね、一日寝台の上ばかりにいるんでは」

小柄な体の老人が、胴を丸くして坐っている姿は、今までに受けて来た数々の苦労に押しひしがれ、いためつけられて、反抗する気力もなく不幸な運命の前にただ項垂《うなだ》れているように見え、それが成瀬の心を暗く圧えるのだった。

「業な病じゃのう」

と老人は小さな充血した眼をしょぼつかせながら、細い声でいった。答えようもなく成瀬は黙ったままあたりを見廻すのだった。

「あきらめたよ。成瀬さん、わしはもう何もかもあきらめたわい」

　そして老人は苦しげな息を吐き出して横たわるのであった。働いている時には、仕事にとりまぎれて忘れていた病気のことが、一日じゅう寝台の上で暮らすようになったためどっと心に襲って来たのであろう。

　成瀬は眠られない幾夜を過ごした。床に就《つ》くと老人の姿や、老人と並んで寝台に横たわっている病人たちの姿が、幻のように浮かび上がって、入院した時に感じたような恐怖が襲って来るのだった。結局、自分もああなって行く運命を背負っているのか、そして生き抜く道は、老人のいったとおり、あきらめてしまうよりほかにないのか、何のなす所もなくこの病院に生涯を埋め、ただ生に執着する本能の前に屈伏して、浅ましい廃惨の姿を生き永らえて行く、それだけが自分に残された道なのであろうか――――成瀬はこんこんと寝返りながら自分の体内に流れている若々しい血が吐け口もなく奔騰し渦巻くのを感じて、大声で叫びたい苛立《いらだ》ちを覚えるのであった。そして彼はやり場のない肉体の唸《うめ》きを聴き、圧迫され、締めつけられた自分の、青年を感ずるのである。

あきらめる、これが成瀬にはたまらなかった。そこには若葉のように新鮮な感受性もなければ、奔流を抗して上る魚のような意欲もなかった、否むしろそれらのものを殺し抑圧して灰汁の中に身を沈めねばならなかった。成瀬は、腐敗してゆく自分の肉体をじかに感ずるのであった。

そうしたある夕方、入院以来親しく交わっている船木兵衛が、老人と同室に入室したのであった。船木は成瀬と同県の由緒ある家に生まれたが、大学の法科を中途で発病し、二、三年の間実家に隠れて治療を続けているうちに、続いて妹の茅子《かや》が発病したので、彼女を連れてこの病院をおとのうたのであった。こういう旧家にありがちなことであるが、兵衛と茅子は兄妹とはいいながら十歳にあまる年齢の違いがあった。兵衛は成瀬より八つ上ですでに三十を一つ超えていたが、茅子はまだ二十一であった。兵衛は発病後もう十年に近く、症状もかなりの重態で、眼は片方を奪われ、残った片方もほとんど薄明りであったが、茅子は兄に比べて病齢が若い上に、女であるため病気の進行が遅く、両方の眉毛が薄くなっていたが、それでもさほどに醜いというほどではなかった。もう一ヵ年も前のことであるが、ある日兵衛は成瀬に向かって、妹を指しながら、

「僕とこいつとが船木家の最後の生き残りですよ。兄妹二人きりなんです。俺とこい

つとが死ねば船木家はもうお終《しま》いになる。旧家の血なんて、弱っているし、それに濁っている。どんな病気でも伝染しやすいに違いないんだ。そんな血は滅んでしまった方がよい。しかしやっぱり寂しいですね」

成瀬は寂しげに曇っている兄妹の貌《かお》を見較べながら、滅び去らねばならぬ運命的な血の唸きを感じ取ったのであった。

その日、もう五時過ぎであったであろうか、成瀬はいつものように老人を見舞い、帰ろうと振り返った時入口の硝子戸が開いて、顔面いっぱいに繃帯を捲いた兵衛がはいって来たのである。彼は非常に痩《や》せていたが、脊は人並みよりも高く、成瀬はすぐに兵衛だな、と解ったので、挨拶を交そうと一歩ふみ出したが、続いてどやどやと五、六名の男女がはいって来たので立ち停った。成瀬は一目で兵衛が入室するのだと知った。顔に繃帯を捲いているところをみると、顔面神経痛か急性結節であろう。五、六名の人たちは、それぞれ布団や毛布や、茶碗、歯磨、石鹸など日用品を入れためざる等を抱えて、老人の向かい側の空寝台をぐるりと取り捲いた。茅子を除いてみな病気の重い人ばかりで、ある者は指が全部脱落した乾性であり、ある者は高度の浸潤に貌も手足もどす黒く脹れ上がった湿性であった。やがて寝台の上に布団が敷かれ、こまごました日用品がけんどんの中に蔵《しま》われると、兵衛は、

「すみませんでした、御苦労さんでした」

と礼を述べるのであったが、顔面が痛むのであろう、ねじれるような声であった。茅子もまた兄に代わって礼を述べ、幾度も頭を下げてから兄に向かい、

「枕の具合、ちょうど良いかしら。この寝台曲がっているのね、右の方が低いでしょう」

などといって、凹凸のひどい寝台にちょっと貌を曇らせると、低まったところへは布団の下から坐布団や着物を畳んだのなどを差し込んでやり、とんとんと軽く叩いて平らにしてやるのだった。そのたびに兄はうん、よしよしと頷《うなず》き、多くを語らなかった。

「舎の方は何か忘れものありませんか。あったらいってください。すぐ持って来る——」

といい残して人々が帰ってしまうと、茅子もまた、

「用ありませんかしら、わたし今日ちょっと忙しいの」

「そうか。帰って良い。ええと、ちょっと待ってくれ、茅、お前明日の晩で良いからちょっと僕の所へ来てくれるように久留米にいってくれないか」

「久留米さんに？」

「ああ」

茅子は何かひどくためらう風に首を動かせ、兄を見ながら、

「どんなお話なさるの？」

とおずおず訊《き》いた。兄は急に強く、

「どんな話でも良い。ぜひそう伝えてくれ」

「はい」

　茅子の声はどうしたのか、泣くような細い弱々しげなものに変わっていた。そして話が途切れると、茅子は、しばらくその想いに耽《ふけ》っている様子であったが、やがて兵衛の方に視線を向けた。老人にも挨拶をして置こうかどうかに迷う風であったが、成瀬がいるのに気がつくと、ちょっと驚いたようであった。が、すぐ頬に薄っすらと微笑を浮かばせて、落ち着いた調子でいった。

「まあ、しばらくでございましたわ。お体、いかがですの」

　成瀬はさっきから兵衛に言葉を掛けようと思いつつ、茅子との話の邪魔になっては、とためらっていたのである。

「ええ、お蔭様で、どうにか元気です。兄さん、どうなさったのですか」

「顔面――ですの」

　この瞬間、二十三の成瀬は、はっと異様なものを感じて胸がときめいた。

　そういうことに対して彼の神経が特に鋭くなっていたのであろうが、彼はこの間髪に、茅子の肉体的な成熟、女になったのではないかという奇妙な不安がひらめいたのである。成瀬は、茅子と話し会ったことはほんの二、三度しかなかったのであるが、その二、三度に受けた印象の娘むすめしたものが、失われた訳ではなかったが、彼は、その娘らしい彼女の肢体や言葉の中に今までなかった不思議な魅力が潜んでいるのに強く心を動かされたのである。

間もなく、茅子が帰ってしまうと、成瀬は兵衛の枕もとに寄り、見舞った。かなり痛むらしく、彼は言葉を途切らしとぎらし、苦しげで、成瀬はあまり長いことといるのが悪いように思われたのですぐ別れて帰った。

「顔面だけだとまだ良いが、眼をやられるともうお終いです。しかしどうやら眼の方へも来るらしい。覚悟はしています」

といった兵衛の言葉が成瀬の頭から離れがたかった。

この病院に収容されると、誰でも最初の一週間を重病室に入れられ、そこで病歴が調べられたり、余病の有無を検査されたりした後普通の病舎に移り住むのであった。もっとも今では収容病室というのが新しく建てられたので入院ただちに重病室に入れられるということはなくなったのであるが、成瀬が来た当時はそれもできていなかったのである。成瀬が兵衛と初めて親しく口を利き合うようになったのは、その重病室に入れられて五日目、真夜中のことであった。

まだ入院したばかりの彼には、三度の食事も満足に咽喉《のど》を通らず、終日悪夢を見続けてでもいるかのような状態であった。夜は激しい不眠に悩まされて、夢とも幻覚とも思われる奇怪な患者たちの形相が浮かび上がって、襲って来る睡魔と幻影の中でどろどろと自分の肉体が融かされて行くかのように思われるのである。その夜も彼は十二時を過ぎるころになってとろとろと浅い眠りに落ちたが、熟睡する間もなく覚まされてしまった。

ばたばたと慌《あわただ》しく廊下を駈け出す跫音《あしおと》や、切迫した声などが入り乱れて耳にはいりどうしたのであろうと彼は寝台の上に坐った。見ると、彼からはずっと離れている向こう端の寝台に七、八人もが塊って、何ごとか緊張した声でひそひそといい合っているのである。と、さっき廊下を駈け出した男の後を追ってまた一人があわを食ったように横飛びに走り出し、間もなく遠く医局のあたりで、

「早くせんと息が断《き》れるぞ！」

とどなっている声が、薄暗い空間を響かせて聴こえて来るのであった。成瀬は何ごとが起こったのか判らなかったが、異常な雰囲気にうたれて急いでそこへ行ってみた。人々の背後から伸び上がって覗《のぞ》くと、もう五十近いであろうと思われる男が、腐った果物のようになった顔面を仰向け、頸を縊《くく》られた鶏のようにひくひくと全身を痙攣させながら手足をばたばたともがいているのであった。どす黒くなった額には血管がみ

みずのようにふくれ上がり、ククッククククと咽喉《のど》を鳴らせてのた打っているのだ。眼は宙にひっつり、掌を固く握りしめて、文字どおり今にも息が切れようとしているのである。

間もなく附添夫ががらがらと手押し車を挽《ひ》き込んで来ると、叩《たた》き込むように病人を車に載せて手術室へ駈け出して行った。

「医者《とうちょく》さんは出て来たか！」

と叫びながら三、四人が追って行った。残った人々は室の中央に置かれた大きな角火鉢を取り囲んでほっとしたように煙草を吸い出した。その中に船木兵衛がいたのである。異常な光景に昂奮した成瀬は、兵衛のいることに気付かなかったが、兵衛はすでに知っているらしく、視線が合うと彼は成瀬に微笑んで見せるのであった。親しく言葉を交したことはもちろんなかったが、それでもそれまでに二、三度出会ったこともあり、兵衛はすでに成瀬が同県人であることを知っていたのであろう、そのたびに好意のこもった微笑を、成瀬は受けていたのである。後になって成瀬は知ったが、手術室に運ばれた男と兵衛は病舎の方では同室に起居していたのである。咽喉がつまって呼吸困難におちいるほどであるからもちろん重症であり、手術が遅れて死ぬことも珍しくはなかったので、兵衛は当直の附添人を助けて、補助看護に来ていたのであった。

兵衛は近寄って来ると、寝台の前にぶら下がっている体温表をちょっと眺め、坐っ

ている成瀬に、

「具合はどうですか」

と無造作に訊いた。成瀬は昂奮がさめきらず胸はまだ激しくゆらいでいたが、兵衛は顔色ひとつ変えなかった。

「喉頭癩なのでしょうか」

と舌のねばるのを覚えながら訊くと、兵衛は、もう吸い口のあたりまで短く煙って来た紙巻《バット》を、じゅっと思いきり吸ってから、もくもくと煙を鼻穴から噴き出しながら捨てると草履《ぞうり》の下に踏みつけていった。

「そう」

兵衛の貌は、腫脹《しゅちょう》や潰裂はなかったが、それでもかなり激しいそれらの痕《あと》が残っていて色はどす赤く猩々《しょうじょう》を連想させるものがあった。茶色っぽく濁った眼には赤く血を孕《はら》んだ血管が縦横に走っていた。

手術室に運ばれた男は、やがて穴を開けた咽喉に金具《カニューレ》を白く光らせながら帰って来た。やはり車の上に横たわってぐったりと死人のようであった。それでも呼吸が楽になったのにはほっとしているらしく、笛のようにひゅっひゅっと金具を鳴らせながらせわしく息を吐くのであった。人人が手をとり足をとって静かに寝台につかせると、男はちょっと手をあげて金具に触って見ようとするらしかったが、それはみなにとめられた。

「ああして吭《のど》を切っても、運の悪いのは二、三日で死んでしまうんですよ。五年も十年も生きている人もありますがね」

と兵衛がいった。本能とはいえ、あんなになってまでまだ命をのばしたいのかと、成瀬は生に執着する人間の性質が呪わしく思われるのだった。「ノドキリ三年っていうから、まあ三年はそれで命を拾った訳さ」

　そのとき誰かがいった。

「馬鹿いえ、あれで十年は生きるつもりさ」

とそれに答えて別の一人が笑いながらいうのだった。成瀬はいきなりどん底に投げ込まれた思いで言葉も出ず、顔面がこわばるのを覚えて、その方を眺めるのさえも何かはばかるものを感じるのであった。兵衛は成瀬の気持を察したらしく、急に好意に充ちたまなざしを向けながら、

「驚いたでしょうね。僕もここへ来た当時は、実に生きた心地もしなかった」

　そして明日遊びに来なさいといって、自分の舎名と部屋を教えた。兵衛が帰ると成瀬は気疲れにぐったりして急いで布団の中へもぐり込むと、この印象は黒い核のように自分の頭の中にいつまでも取れないに違いないと、どこか心の遠くで思いながらとろとろと浅い眠りに落ちたのである。

翌朝、眼を覚ますと彼はすぐ昨夜のことを思い出し、ふと、あれは悪夢の中のできごとではなかったのか、などと疑ったりしながら兵衛の部屋を訪ねたのであった。兵衛は快く迎え、茶など奨めるのだったが、成瀬はなんとなく落ち着いた気持になれなかった。初めてはいった部屋のためもあろうがそれよりも彼は、まだ病院全体の雰囲気に馴染《なじ》むことができず、無意識的に反撥し嫌悪しているのであった。兵衛は、病気の状態を訊いたり、発病後何年になるかなどと尋ね、さらにこの病気の性質や医療などを成瀬に説明するのだった。

「退院される人もずいぶんあるように聴きましたが、全治するのでしょうか」

と訊くと、兵衛は、

「退院する者はあるが――」

と言葉尻を曇らせて考えていたが、

「結局あなたにも終いには解ってしまうのだから、ほんとのことを言っときますが、全治、という訳には行かないのでね。ここの言葉でいえば一時、病気が落ち着くんですよ。まあ、結核と同じようなもので」

「再発するんですね」

「そう。こいつの再発と来ると、全く確実なんです。乾性――つまり神経型にはごくまれに再発しないでいるのもあるが、まあ千人に一人でしょう。湿性――つまり結節型はもう間違いなく再発するらしい。僕は医者じゃないから断定はできませんが」

そのうち話は当然昨夜のできごとに及び、

「僕なんだかまだあの光景が眼の先で行なわれているような気がしてなりません。悪夢か幻覚のように思えるのです」

と成瀬がいうと、

「そうでしょう。あればかりでなく、この病院全体が幻覚のような気がする、来たばかりのころは。あなたの気持はよく判りますよ。しかしあの男なんか稀に見る幸福者なんですよ。たいていの者は盲目になってからやられるんですが。あれは急激に咽喉に来たから――」

「恐ろしい病気ですね」

兵衛はしかし、この新患者くさい言葉にも別段苦笑せず、

「そう、恐ろしい病気ですよ。たしかに恐ろしい病気だ」

そして彼は両眼を閉じ、何ごとか深く考えている様子であったが、強く、

「肉体を持っている限りここでは生きられません。断じて肉体は捨てなきあならないんです。そうでなければ、ここでは自殺するよりほかにないんですよ」

と力を込めていうのであった。成瀬は、しかしこの言葉をぴんと受け取ることのできない新患者であった。が、そういう兵衛の内部に潜んでいる苦悩は感じ取れ、

「そうでしょうねえ」

と間の抜けた返答をするばかしであったのである。

「癩者の闘いは、あなたのいう、恐ろしい病気の実感から始まるのです。あなたは昨夜の光景と、あのとき誰かのいった言葉を聴いたでしょう。あんなになっても、もう十年は生きるつもりなんですからね。あの男は発病後二十年近くになるが、あれがつまり癩者の本当の言葉なんです。生命の声ですよ」

　次の日、成瀬は今の病舎に移ったのであるが、それから二、三ヵ月の間は、舎の生活にも慣れることができなかったし、話し相手とてもなかったので一週間に一度は兵衛を訪ねた。

「僕の眼は、ちょうど消えかかった自転車の電池のようなものです。あと二年くらい保てばよい方ですよ」

といって豪快にはははと笑い、

「あなたはまだ気がついていないでしょうが、これで僕の眼は、片方はもうほとんど見えないんですよ。非常に深い霧の中にいるような具合ですね」

　そういわれてみて成瀬は初めて兵衛が失明を前にしていることを知ったのだった。そして注意して見るとその悪いという方の眼は、なんとなく、意識を失った者の眼に似て生気がなく、良い方の眼と較べてみると成瀬にもはっきり判るのであった。よく見える方の眼が、むしろ充血は激しかったが、しかし悪い方と較べて、白い部分と黒い部分が明瞭《はっきり》と分かたれていたが、悪い方は、鞏膜《きょうまく》が瞳孔に向かって流れ込んだように、眼球全体が白っぽくただれていたのである。

「治療法はないのですか」

と訊くと、

「あるが、無いのも同然ですね。手術なんかやりますが、一時見えるようになって、また日が過《た》つと間違いなく見えなくなる。それに手術したために余計早く見えなくなった、なんてのがずいぶんあってね。医者の説では、癩患者は、見えるのが不可思議な現象で、見えないのが普通だ、ってことですよ。もっとも、これは僕の親しい医者の冗談ですが、しかし真実ですよ」

「…………」

「僕らの行く手には、眼帯、松葉杖、義足、杖、そんなものが並べてあるんですよ。それをひとつひとつ拾ってゴールインするんですね。無論、焼き場へですよ。ははははは」

　成瀬は言葉も出なかった。

「覚悟するよりほかありません。生き抜く道はその上にあるでしょう。肉体を捨てることです。どんな廃惨の肉体の中にも、美しい精神は育つんですからね」

「肉体を捨てきることが、人間にできるでしょうか」

人間として最も完全な形態は、たくましい肉体と美しい精神が融合したものではあるまいか、そして人間は本質的にたくましい肉と美しい精神を同時に欲望する。その一つを捨てるということが、はたして人間に可能であろうか――。

「できます！」

と兵衛は強い声でいった。しかしその強さが、彼自身の内部に盛り上がって来る不安と絶望に向けられてい、それを叱責する言葉であったように成瀬には思われた。そしてこの思いはその後ずっと成瀬にある不安なものを植えつけたのだった。

雨はびしょびしょと降り続いていた。外へ出ると六月も半ば過ぎているのに、四月の夜のような肌ざむさであった。成瀬は、盲人のために敷かれた石だたみの道を、こつこつと下駄で踏みながら、今会った茅子の姿やら兵衛の繃帯に包まれた貌などを思い描いた。

「僕の眼はあと二年保てば良い方ですよ」といった言葉に思い当たり、やはりあれは間違いではなかった、顔面神経痛にやられての入室だというが、今にきっと眼もやられるに違いない、そう思うと、成瀬は、まるで自分の眼が見えなくなってゆくかのような不安を覚え、心が滅入った。兵衛はああなってもなお強烈な精神を失わず生きて行くであろうが、自分が今あの場合に置かれたとすればどうだろう。成瀬は、さっと頭に閃《ひらめ》いた「狂う」という言葉の破片にぞっと寒気を覚え、それ以上考え続けることができなかった。

ざざ、ざざと雨は傘に注ぎ、道は暗かった。あちこちに点々とつけられている常夜燈が、濃緑色の木々の間に明滅して、細雨の中に射し込んだ光の穂先が闇の中に吸われていた。

温室の横まで来ると、成瀬は何気なくその方に眼をやったが、はっとして立ち停った。降りそそぐ雨足に濡れ、内部の水蒸気にぼうっとにじんだ中に、大きく咲いている花蔭に茅子の姿をみとめたのである。彼は急いでのび上がり、注意してみると、無論それは錯覚であった。

舎に着くと、もう九時を過ぎていた。二人はすでに深い眠りにはいって、くらげのようにただれた唇を開き苦しげな呼吸をしていたが、あとの三人は夜食のうどんをうでているところである。成瀬はなんとなく心が滅入ってならなかったので、すぐ布団を敷いて横になった。うどんができると、三人は部屋の隅に塊《かた》まって、

「うめいなあ」

「うめえ、うめえ」

といってはびちゃびちゃと食うのであった。

「成瀬さんどうですかい、一杯」

「夜食は病気に悪いっていうが、一杯ぐらい大丈夫だぜ」

成瀬はさっきから茅子の姿が眼先にちらついて、返事をするのもひどく面倒に思われるのだった。あの時兵衛の口から出た久留米という男は、おそらく茅子の何かであろう、が成瀬は、茅子に男がついていようがいまいが、それはどちらでも良いことだと思った。もちろん茅子に対してどうしようという気持は、成瀬にはなかった。が、さっき病室で会った時の彼女のほとんど動物的とも思われる魅力が蘇えって来ると、自分の内部にあるけものじみたものが、今にも猛然と起き上がろうとするかのように思われるのだった。兄妹といえ、もちろんここでは離れて住んでいるので兵衛にはよく会っても茅子とはめったに会うこともなかった。それでも今までに彼女と口を利いたことも二、三度あったのである。しかし今夜のような感じは受けたことがなかったのに思い当たると、いつの間にか激しい変わりようをしたものだと、成瀬は女の変化に驚くのだった。が、また自己に振り返ってみると、茅子をあんな風に感じたのも、茅子の成熟ではなく実は自分の心の中に巣喰っているものがそう思わせたのではあるまいかとも考えられたが、しかし彼はやはり茅子は変わったと思う心をどうしようもないのであった。

久留米については、成瀬は全然知らぬということもなかった。親しく口を利いたことはないが、道を歩いている時に見かけたこともあり、また病院に芝居や映画など、催しものある時にも見たことがあった。ついせんだっても、院内の茶摘みが行なわれた時、すぐ隣り合って葉を取ったりしたのである。

背は低く、顔全体に圧しつけられたような憂鬱さがみなぎっていたが、病気は軽く、外見にはちょっと病人とは思えないくらいであった。眼は幾分兵衛に似て、細く小さく、笑うとかえって泣いているように見えるのであった。しかしそれが対手に向かってじいっと釘づけされると、異様な、蛇のような執拗さをもって何もかも見透してしまうような光を放出するのだった。成瀬は一見するなり、これはただ者ではないと思った。

彼は成瀬が入院してから一ヵ年ほどたったころ入院した。かなり激しい性情であるらしく、入院後五、六ヵ月ほど過ぎたころ、自分に宛てられた手紙が二日も遅れて手にはいったのはどういう訳かと、事務所へどなり込んだりした。もちろんこれはちょっとした事務員の手違いから起こったことで、ことが荒立ちもせずすんだが、彼はその二、三日は夜も眠られぬといって、危うく逃走しようとしたりしたほどであった。これを聴いた時成瀬は、単純な奴だと軽蔑する気持になったが、なんとなく好奇心も湧いたのであった。彼は、この病院の機関紙である「槭樹の下」などにもときどきエッセエ風の文章を書いたが、それには久留米六郎と署名してあった。

成瀬は雨だれを聴きながら幾度も寝返りをうち、兵衛と茅子の会話を思い出すと、では明日の晩はぜひ兵衛を見舞って久留米にも会いたいものだと思った。そうすれば久留米と茅子の間柄も自ずと判るに違いない——彼はもう無意識のうちに、茅子と久留米との関係をはっきり摑《つか》みたくなっている自分に気付くと、嫌なものを味わい、不快であったが、しかしこれは茅子をほしいと思うためでは決してない、と明瞭《はっきり》いえると思うのであった。

成瀬はふと足を停めると、病室の窓をちょっと見上げ、それから築山の下に咲き始めているグラジオラスの方に眼を向けて、よし悪い気持がないにせよ、そういう下心があって兵衛を見舞う自分が不快で、入口の扉を開くのが躊躇されるのだった。雨はやんでいたが、今にも降り出しそうに雲が低く、夕暮れの迫ったあたりは薄暗かった。しかし自分にそういう気持もないのに躊躇するのはなおおかしいことだと思われたので、何気ない調子で扉を開け、瞬間ぷんと臭って来る膿臭に鼻孔をちぢめながら、兵衛の方にまず眼をやると、やはり久留米は来ていて、横たわった兵衛の寝台を挟《はさ》んで茅子と向かい合っていた。はいろうかどうしようかとまた逡巡する心を圧えて老人の方を見ると、老人はもう成瀬の来訪に気付いていて、視線をこちらに向けているのだった。

「お前さまの来るのを待っとったよ」

体温表を見るとまた上がっていて、三十七度の赤線を突き抜けて九度五分を指しているのだった。

「どうしたの、また上げているじゃないか」

「すまんがのお、注射を頼んで来てくれんかの」

兵衛ら三人は何か小さな声で話し合っていた。成瀬は無意識のうちにもその方へ耳が澄み返って行くのをどうしようもなかった。茅子は始終黙って、兄と久留米とを交わるがわる見ては、哀願するような眼つきをし、今にも泣き出しそうに頬の筋肉を顫《ふる》わせたりするのが、痛いほど成瀬の眼に食い入って来るのであった。兵衛は顔面いっぱいの繃帯の下から小さな声で話の内容も摑めなかったが、久留米はときどき激情的に声が大きくなり断片的にはその意味も察せられるのであった。そして久留米と茅子とが恋愛以上の関係にあることも察せられ、憎しみ、というほどのものでないにしろ、久留米に対して一種の嫌悪と反感とを覚えるのを、成瀬は致し方もなかったのである。

「あなた、そんな……」

久留米の激しい言葉に対しておずおずといった茅子の言葉が、注射を頼みに医局の方へ足を向けた成瀬の耳にぴんと響き入って、彼は思わず足の浮くのを覚えたのであった。

医局から帰って来ると、もう三人の話は終わったらしく、菓子をつまみながらお茶を飲んでいた。

「成瀬君、お茶いかがですか」

と兵衛が声をかけたので、

「どうですか今日は、具合」

奇妙に言葉をまごつかせながら成瀬は、三人の間に割り込んだ。

「ありがとうございます。とても今日は楽なんですの」

と兵衛に代わって茅子が答え、けんどんの上の湯呑にお茶をさして奨めるのであった。久留米も成瀬もすでにお互いの名前を聞き知っているのでちょっと頭を下げ合って、成瀬は湯呑を口にもっていった。三人とも、今まで話し合っていたことがまだ頭の中にひっかかっているとみえ、成瀬もまた成瀬で三人から除外されているような場違いを意識して話ははずみようもなく、初めのうちはお互いに言葉も途切れがちであった。兵衛がこの病院の政治的なことについて二、三話したがそれもすぐ沈黙の中に墜《お》ち込んでしまい、あとは文学のことなどこの現実からはかけ離れたことが話され、誰もこの世界から眼を遠ざけ、それに触れたくないようであった。久留米はどうしたのかひどく不機嫌そうに黙り込んで、兵衛が何かいってもぶっきら棒な返事を短く千切ったように答えるだけで、成瀬はなんとなく取りつく島もない思いになった。自ずと反感に似たものも募って来て成瀬は、ではお大事にしてくださいと別れの言葉を思い浮かべた時ふとさっき医局で見たことを思い出して、何の気もなく、

「ここの看護婦にもシェストフを読んだりしているのもいるんですね。僕以外な気がしましたよ」

「ああれですか」

と兵衛は知っているらしく、

「久留米が借したんですよ。『悲劇の哲学』ってのでしょう?」

と続けていうと、久留米が不機嫌そうにいった。

「あいつら、もの好きさ」

「そうでもないだろう。しかし僕は思っているんだが、あいつあ地獄の使者だよ」

「ふん」

久留米は軽蔑したように傲然《ごうぜん》と鼻を鳴らせた。兵衛は久留米を指しながら成瀬に向かい、

「ところが、久留米は悲劇の哲学以前でぺしゃんこになっているんですよ。悲劇を哲学して、悲劇を食って生き抜くことなんか、この男からはおよそ遠いんですね。悲劇に圧倒されてしまって呼吸困難におちいっているんですからね、不幸な男ですよ」

久留米は急に小さな眼をきらりと光らせると、

「あれや壮健の書いたものだ」

と嚙《か》みつくようにいった。

「それで、君は、癩患者だってのか」

「シェストフの体は腐らないんだよ。死ぬまで生きていられるんだ、あいつあ。俺たちは死ぬ前にすでに息を引き取ってるんだ。体が腐るんだからな」

「精神が腐るか？」

「精神が腐らなかったって体は腐るんだ。体の腐らん奴が書いたものなんかこの病院《なか》で通用するもんか。俺だって体が腐らなけりゃもっと物凄い論理をひねり出してみせる。体の腐らん奴はどんな理論でもひっ放しができるんだ。都合が悪けりゃ転向すりゃ良いんじゃないか。俺はもっと切迫しているんだ。思想か思想自体の内部でどんなに苦しんだってたかが知れてらあ」

「しかし壮健さんだってみな一度は死ぬんだぜ」

「当たり前さ。だからいってるじゃないか、奴らは死ぬまで生きていられるんだって！」

「社会人としてか」

「もちろん、そしてそれだけじゃないんだ、つまり人間が人間の形態、人間の形式の上で生きられるんだ。俺たちは死ぬまでに、すでに人間を廃《や》めなきゃあならんのだ」

　久留米はもう汗を額にじっとりとにじませ、声は荒々しく高まって来たが、兵衛は繃帯の下から眼を細めて微笑しながら、

「精神を信用しない人だな」

「ふん美しい精神立派な精神。結構なことさ。しかし美しくなけりゃならんということはないんだ。立派でなくちゃならんとは誰も定めはしなかったんだ。どだい立派なんてものが怪しいものだ。そんなもので嘘でなかったことが今までにあるもんか。みな虚偽だごまかしだ。要するにそんなものは、自殺する気力のない貧弱な奴らが、死ねないことの弁解に口にするところの代物だ。俺はそういうものはお断りだ」

「とにかく、十年癩病の飯を食ってみることだよ。十号――狂病棟――へ行ってごらん、六十一年癩病生活をして今年七十二になる男が生きている。十年癩の飯を食うと、その男の前でひとりでに頭が下がるようになるんだ。君はまだ人間の生命ってものを一度も見たことがないのだよ。生命どころか、君は、人間ってものすらまだ見たことがないんだ。君が見ているのは、そこらにうじゃうじゃとひっかかっている人間の着物ばかりなんだね。ブルジョワの娘は汚ない着物を着ると息がつまっちまうが、それと同じさ、自殺なんて身のほど知らずの生意気野郎がする、なんていうが、思い上がりだよ。君の考えなんか、海の上に浮かんだあぶくみたいなものさ。一度でも足もとの海を見てみろ。いいか、海は真っ暗なんだよ。深いんだよ。そこは闇なんだよ。判るのか、俺のいうことが。自分というものが、その上に一輪咲いた花だと思ってみろ。それでもまだ死にたいのか」

久留米は急に意地悪そうな皮肉を貌《かお》に漂わせながら、

「僕はあいにくとリアリストでね。君ほどには神秘家でないのさ」

兵衛は繃帯の間から指をつっこんで鼻の横をぽりぽりと掻《か》きながら、

「成瀬君、この男は近いうちに自殺するつもりらしいんですが、あなたはどう思います」

「さあ、僕はまだ死について突きつめて考えて見たことないので、あれですけど、死のうと思ってもなかなか死ねないような気がします。そのうちだんだん死にぶつかって行くような気がしますけれど……今のところでは、死のうと思うと急に生命が大切なものになって来そうですし、生きようとするとまた急に死にたくなって来るような気がしてなりません。でも根本は誰だって生きたいのですし、死にたいと思うのもほんとの心は生きたいためだと思います、でも死ねれば死んだ方が良いようにも思います。僕には判りません」

と成瀬は自分の気持を卒直に述べた。茅子は始終不安そうに久留米の方に視線をやり、時にはぴったりと彼の貌に視線を釘づけにしてじいっとみつめているのであった。

時がたち、話が切れると、成瀬は、

「お暇なおりには遊びにいらしてください」

と久留米に向かっていって外へ出た。何か大切なものを取り落とした時のような空虚な、そしてなんとなく落ち着けない気持が残っていた。

降り続いた梅雨があけると、間もなく甍《いらか》も融けて流れるかと思われるような酷烈な夏が巡って来ていた。海からも山からも遠く隔絶したこの一郭の人々は、厚ぼったく巻きつけた繃帯の中に埋もって、秋を待ち焦《こが》れて喘《あえ》ぐのであった。骨身にしみ透るような蟬《せみ》の音が終日頭上で続き、烈日を浴びた緑葉の輝きは薄れかかった病人たちの眼にしみ入って痛ませた。このころになると、膿汁の溜まった疵口《きずぐち》や、疵を覆ったガーゼや繃帯の間に、数知れぬ蛆《うじ》が湧くことも決して珍しくはなかった。膿汁を吸って育ったこの幼虫は丸々と白く太って、もさもさと重なり合ってうごめいた。光線の具合によっては透きとおるような無気味な碧さで燿《かがよ》い、時にはちりばめた宝石のようにすらも見えるのである。

「やあきれいだなあ」

繃帯を解かせてやりながら附添夫が、思わず感歎の声をもらすこともあった。しかしさすがに気色が悪いのであろう、あわててガーゼの中につつみ取って捨てると、慣れきった看護婦たちも頬をしかめて、暑苦しいマスクの中に不快な思いを隠すのであった。これが自分の生きる世界なのか、と成瀬はしみじみ自分の周囲がかえりみられ、後頭部に痺《しび》れるような鈍痛を覚えた。

そうしたある日の午後、珍しく熟《う》れの良いトマトが売店にはいったので老人に食わせてやろうと病室へ買って行ったのだったが、そこで彼は初めて茅子が孕《はら》んでいることを知ったのであった。

老人の疵は、その後どうにか良い結果が続いて、盂蘭盆《うらぼん》が終わるころには退室もできるというところまで運んでいた。

「ほう、こりゃよう熟れとる。うむ、うまそうじゃのう」

輪切りにされたのを老人はつまみながら、子供のように嬉しがり、たらたらと顎《あご》に垂《た》れる汁《つゆ》を拭うのであった。

「どう、足りなけりゃもっと買って来るよ」

成瀬もやはり満足なものを覚えて、そういう冗談口の一つもきいたのであった。

「舎へ帰ったら退室祝いをやるべいよ。だけどのお、わしはもう土方はやめにしたよ。わしの足は板ではないからの。釘がささってはかなわん、かなわん。腐っとる足でも生きとるからのお」

「そうだそうだ」

「どうせこんな病《やまい》になったからにゃ、ちっとは楽をしべい。どうせ近いうちに死ぬ体じゃ。しかしのお、お前さんを見ると気の毒でのお、まだ若い体で。まあそのうちに良い女でも見つけるのさ」

そして老人はちらりと向かい側の兵衛の方を窺い、急に小さな声でいったのである。

「茅子さんはこれじゃよ」

老人は両手で腹の脹《ふく》らんだ恰好を示した。

「え？」

と成瀬は思わず問いかえしたが、そうか、そうだったのかと、これという理由もないながら、何か思い当たったような気持になったが、茅子の姿が思い浮かんで来ると激しい怒りが湧いて来た。馬鹿！　と彼は自分の頭の中の映像に向かって投げつけたのであった。

「誰に聴いたの？」

老人の言葉を妙に否定したくなってそう訊くと、

「そりゃ、成瀬さんわかるよ。朝晩茅さんは兄《あに》さんのところへ来るからのお、自然《ひとり》でにわかるもんじゃよ。相手はお前さんも知っとるだろう」

もちろん久留米だ、と成瀬は思い、苛立《いらだ》つものを覚えてその日はすぐそれで舎へ帰った。

平静な気持になると、彼は、その時の怒りを思い出して自分ながら不快になった。茅子が孕もうが孕むまいが、問題でないではないか、よし彼女が自分の前に胸を展《ひろ》げて身を投げかけて来たとしてもおそらく自分は拒否してしまうに違いないではないか。癩だ癩だ、これが俺をどっちへも行かせないのだ。自分のほしいものは茅子では決してない、ただ女が欲しかったのだ。女の肉体だけを俺は欲望していたのだ。しかし癩だ、これが俺の欲望を圧しつけ、圧迫して、俺はただ女の映像を描いてそれに向かって苦しむだけなのだ。久留米のように欲望に向かって卒直に飛び込んで行けないのが自分なのだ。

しかし、そののちの成瀬は、心の中に虚ろな空洞ができ、ともすれば滅入り込みがちな憂鬱な日が多くなったのはどうしようもなかった。

久留米は、兵衛のところで初めて会って以来、二、三度成瀬の部屋へも遊びに来たことがあり、また成瀬も彼の部屋を訪ねたりした。そして彼の、ほとんど傲岸《ごうがん》とも思われる言葉使いや態度も、実は彼自身の心の真実に向かって卒直に実行して行く、またそうせねばいられない彼の純一な性質のためであって、成瀬はそこに少年のような純情をすら見たのであった。久留米は成瀬と同《おな》い年の二十三である。

「僕はどんなに精神が勝利しても、この肉体の敗北がたまらないんです。病室へ行けば誰でもすぐに気が付くが、真実美しい精神に生きているというあのクリスト者ですから、僕にはなんとしても毛の抜けた猿にしか見えないんです。船木君だってやっぱりそうです。どんなに立派な精神をもっていたって、他人から見れば山猿か芋虫にしか見えないんです。僕はこいつがたまらんのです」

また、

「立派な精神や美しい精神というやつは、鮎《あゆ》を釣るあの釣針と同じものです。毛は生えています、立派な餌にも見える、しかし甘味もなけりゃ滋養もありゃしません。単に、咽喉《のど》に引っかかるだけです。僕は美しい上品なものよりも、下劣な、下等な肉体的欲望で充分なんです。そいつがほしいんです」

などと彼は成瀬に語ったのであった。

「それに敗れれば自殺するよりないとおっしゃるんですか」

と成瀬が訊くと、

「そうです。僕は癩病患者なんです。必然それに敗れます」

「でも、自殺なさるためには、生き抜く以上に強烈な精神が必要なのではないでしょうか」

「それです。それです。僕を苦しめるやつは！　僕は、気が狂うかもしれません」

生きることもできない、しかし死ぬこともできない、この生と死の中間に挟まれて身動きもできなくなったとすれば、確かにもう狂うよりほかにないであろう。成瀬は暗然と久留米の貌を見ながら思うのであった。自分もまた久留米と同じようなところへ向かって墜ち込みつつあるのではないか、いやこれは自分や久留米ばかりでなく、すべての癩者がぶつかるところである、船木兵衛もこれにぶつかったことがあるであろう、そしてこれにぶつかった時、自殺する者はするのだ、兵衛のように生き抜く者は生きるのだ、自己の生活を、自己の存在をはっきりと認識して生き抜くのだ、そして第三流の者のみが、どっちへも行けずただ生の本能に引きずられて何の自覚もなくずるずると墓穴へ引っぱって行かれるのだ、もちろんそれは生きたとはいえない。それならこの自分は、いったいどうしたら良いのか、俺の足は麻痺したのだ。

彼は、久留米の苦しみがはっきりと判るように思われ、その苦しみに対して真向《まっこう》から斬《き》りかかって行く姿に、羨望と敬意とを覚えたのであった。しかし茅子が孕んでいることを知ってからは、久留米の姿が浮かんで来るたびに、憎しみに似た嫌悪を覚えてならなかった。がその嫌悪を意識すると、成瀬は、嫌悪している自分自身が腹立しくなって、誰に向かってとも定まらない言葉を呟《つぶや》くのであった。

「久留米だってそのために苦しみが増しているのだ。俺は、これで良いのだ、これで良いのだ」

だがそう呟く下から、不安と絶望とが重なり合って盛り上がり、やり場のない苛立《いらだ》たしさに眼光が真っ暗になるのであった。もし成瀬が兵衛のように三十を超えた男であったならば、あるいはこうした暗い気持も味わわずにすんだであろう、彼は自分の若さが呪わしく思われ、病毒に濁らされた青春の血の狂いを意識するのである。

ぼさぼさと繁った青葉の黝《くろ》ずんだ重なりを透かして、踊り場の光が射しこんでいた。高く組み建てられた櫓《やぐら》が見え、その上で手を振り足を振って太鼓を叩き笛を吹く囃子《はやし》方の姿が木立の向こうに手に取るようにはっきりと見える。踊り子たちの姿は見えなかったが、囃子の声は遠く離れた二人の耳へも、鯨波《げいは》のように聞こえて来、どよめく潮のように遠く消えかかってはまた盛り返して来るのであった。もう十二時を廻っているであろう時刻であったが、灰色の一色に塗り潰された病院生活に倦怠しきった患者たちは、夜の明けるのも忘れて踊り狂うのが例年のことになっていたのである。

　さっきから林の中をあてもなく歩き続けていた二人は、ようやく疲れを覚え、

「踊り場でお茶でも飲みましょうか」

と成瀬が誘うと、そうしようといって久留米もその方へ足を向けた。

　まだ宵のうちに成瀬は久留米を訪ねて、それから二人はずっと歩き続けていたのである。その間二度ばかり踊りを見物しているうちに別れ別れになったが、どっちから近寄るともなく出会っては散歩の足をのばしていたのであった。病院全体が踊り気分になっていて、部屋は雑然としており、二時三時まで眠ることなどとうていできなかった。

　踊り場は松や檜、栗などの林に囲まれた広場で、婦人舎からは病気の軽い者が三組に分かれて十四日から十六日までの間を、交わるがわるお茶や結飯の接待をするのであった。葦簾《よしず》張りにされたその接待所で二人はお茶を飲むと、踊りの輪へ近寄って眺めた。

坊主頭や、義足や、指の脱落したのなどが大きな輪になっているのであるが、二百人にあまる踊り子が揃うと、櫓から射し出る電燈の光を浴びて、黝《くろ》ぐろとした大地に咲き出した巨《おお》きな花を見るようであった。櫓を中央にしてぐるぐると巡り、ところどころがふくらんだりつぼまったりして、風にゆらいでいる花弁のようにも見えるのである。その輪を取り捲いて体の不自由な人々が幾百人となく見物しているのであるが、もちろんどれもこれも奇怪な形相をした患者ばかりで、よくもこれだけ癩病人が集まったものだと成瀬は思わずしてぐるりとあたりを見廻すのであった。義足をぎちぎちと鳴らせながら輪の近くへ寄ろうと人々の間を割《わ》け入って来るのや、松葉杖をしっかり地面についてそれで体を支えているのや、癩者独特の靴のような恰好をした下駄をはき、それを紐《ひも》でつるしているのや、成瀬はこの盆踊りを初めて見た時の印象、なんともいえぬ奇怪な土人部落の踊りを、思い出した。とりわけ成瀬を驚かせたのは、彼のすぐ横に一団をなしている盲人たちであった。彼らは兵士が剣を前に出して並んでいるように、みんな一本ずつ竹杖を前にして、ときどきどっと喚声をあげたり、

「踊りを更《か》えろ！　いつまで同じものをやってやがるんだ」

などと囃子方に向かってどなったりするのであった。もちろん彼らは踊りを聴きに来ているのであろう。ばかりでなく、朝から晩まで不自由舎の一室でごろごろと死を待つばかりの生活に倦みきっている彼らは、無意識のうちにも人々の声を聴き、浮かれ

た気分を味わい、多勢の人中に身を置きたいのであろう。社会から拒否されてまだ日の浅い成瀬が、夢の中にも社会生活を思うように、自分らよりさらに狭少な世界に墜ち込んだ彼らが人々の発する雑音や雑沓の中に身を置きたいと思うのは決して無理なこととは思われなかった。成瀬はこうしたなかにしみじみと人間のあわれさを見せられたのであった。

「ちえ。なんて幸福な奴らだろう」

さっきからじっと眺めていた久留米が、不意にそう吐き出した。

「酒も呑まないで、よく素面《しらふ》でこんなに浮かれていられるものだ」

と続けていうと、帰ろう、といって成瀬の肩を突いた。成瀬はもっと見物したかったのであるが、うんと頷いて従った。が、二、三足歩足を動かせた久留米がどうしたのかまたぴたりと立ち停って輪の方に一心に眼を注ぎ出したのである。茅子が輪の中にいるのかな、と瞬間思った成瀬は、はずした視線をまたその方に向けた。するとすぐ眼の先に少女舎の小さな児たちの一並びが廻って来ていたのである。

「きれいだ。実に子供はきれいだ」

と久留米は呟いて一心に眺めるのであった。癩児とはいうが、みな病気の軽い児ばかりであった。一般に男の子は病気の進行が急激であるが、女の子はほとんど治癒状態にあるのが多く、健康な児の中にも見られまいと思われるような愛くるしい子供がいたのである。この男にもこんな一面があったのかと成瀬は思わず久留米の貌を眺めた。

「花々の中に泳いでいる蝶みたいだなあ」

とまた独り語ちる久留米を、成瀬は我知らず噴き出しそうになったが、彼の真面目な貌付きを見ると、

「そうですねえ」

と合槌《あいづち》を打たずにいられなかった。彼はそれほど真剣に子供たちに見惚れていたのである。

「踊ろう」

彼はいきなり、成瀬の存在も忘れたように輪の中に飛び込んでいった。彼の踊りぶりは誠に下手で、全身が石像のように強張《こわば》り、ただ手足だけがぴんぴんとはねるのであった。なんて幸福な奴らだろうと軽蔑したその口の下ですぐもう踊り出した久留米を見、その下手くそな踊りぶりを見ると、成瀬はおかしさがこらえきれなかったが、しかし何か痛ましいものを見る思いでもあった。

やがて、三巡りばかり廻って来ると、

「疲れた」

といって成瀬の横に帰って来た。そして接待所へはいると、汗を拭《ふ》いてお茶を三、四杯たて続けに呑み、二人は踊り場を離れた。温室の横の芝生に来ると、久留米はその

上に寝転んで大きな息を吐いた。踊り場のどよめきが遠くに聴《き》こえしんとした芝生には冷たく露が下りていた。

「踊ってどうしたって、僕らの苦しい現実は忘れることができないですね」

　妙にしんみりした調子で久留米はいうのであった。

「そうですねえ、どんなにこの現実から逃れようとしても、生きている限りつきまとって来ますねえ」

と成瀬は答えながら、今まで感じたことのない、久留米に対する親しさが心の中に湧き、彼の苦痛が痛いほど感ぜられるのであった。そして今までの友人の尠《すく》なかった孤独な日々が思い出されると、こうして久留米と親しくなって行くことがなんとなく豊かなものに思われるのだった。成瀬も並んでそこに腹這い、

「露が降りてますね」

　病気に悪い、ということがぴんと頭に来たが、

「気持が良い」

といって胸をはだける久留米を見ると、やはり彼はもっと話し合いたい思いが強まって来て、

「良いですね」

　しっとりと濡れた草ぐさが肌に触れ、首を上げると乳白色に煙った銀河が見えた。

「僕らは、どんな場合でも病気が忘れられんのですね。露が体に触れると、快感を覚える先に熱瘤——急性結節——にやられはせんかと、それがまず頭に来ちまう。さっきだって子供と並んで踊ってみたが、踊り出すとすぐこの児のおしりには赤斑紋があるんだと思ってしまうんです。そういうことを考えると、情けなくなっちまいますよ」

久留米もやはり成瀬と同じように病気のことを考えていたのである。

「僕らは、慣れるということができないのですね。もちろん、こうして平気でこの病気の中にいられるということはつまり大分慣れたことなのでしょうが、でも慣れきるということはとうていできそうもありませんね」

「僕はその慣れるというやつが大嫌いです」

「もちろん、僕も慣れたくはありませんが……」

「結局慣らされてしまう。これを考えると僕は恐ろしくなるんです。癩患者がこんな苛酷な運命に虐げられながら、しかも自殺できんのは、病気が徐々にそろそろとやって来るからです。そのうちに慣れちまうんです。たとえば病気の宣告を受けるとする。なるほどその時は大地を揺ぐように吃驚《びっくり》する。しかし三時間か四時間を経って、あるいは首を縊《くく》ろうとして木の下に立って、はてな？と思っちまって、癩病だと宣告はされたが、しかし体のどこにも痛みはないしまた苦しくもない、そこで、まあそんなに急がなくてもいつでも死ねる、今死なねばならんことはない、と思っちまうんですね。そう思ったが最後、もういつまで経ったって死ねるもんじゃない。足が二本ともトタンの筒っぽに変わったって手が猫の足みたいになったって、眼がはじくり返ったって死ねやしない。ただ死ぬまで悶え続けるだけです。だから僕は、生き抜く、なんて力んでいる奴らが滑稽なんです。生き抜くことほどたやすいことはありませんからね。生き抜くってのは、つまり死ねないってことじゃないですか」

「でも、たとえば船木さんのようにしっかり自己を把握して生きている人と、ただ生の本能に引きずられている人とは、僕別なことのように思いますが――。意識がこの場合問題なんだと思います」

「意識がね。ふん。僕はあいつを見ると、もったいぶった自惚《うぬぼ》れを感じさせられちゃうんです。だって、あの男を見るとまるで猿ですからね。よしんば、あいつが、どんなに勝れた思想を摑《つか》んでいるかしらんが、ところが思想ってやつはこんな場合たいていが、いかに巧妙に、いかに綺麗にごまかすかってことに向かって集中しているんですね。僕はどだい、自分の生に対して絶えず理窟ばかりつけてつじつまを合わそうと努力している奴が大嫌いなんです」

「でも……」

と成瀬は半ば口を開きかけたが、しかしもうこれ以上どんなことをいったところで意味無いであろう、もうここに至れば個性の問題とでもいおうかなんとも動かしようは

ない、と思って口を噤《つぐ》んだ。よいとよういとまいた、やんちきどっこいなあと囃《はや》す声が遠くどよめいて来ると、久留米は、

「八木節か。いつまでやるつもりなんだろうやつら」

と呟いて黙ると、それから長い間沈黙を続けて考え込んだ。おそらくは自殺の思いが頭の中に渦巻いているのであろう、また囃子の声が聴こえて来ると、成瀬はふと茅子のことを思い出して、彼女は踊りもできずどこか林の中にでも佇《たたず》んで、やがて人目にもつくようになるであろう腹を抱えて涙しているのではあるまいかと不安になって来て、

「茅子さん今日はどうしていられるですか」

と訊いてみた。

「ああヴェガは綺麗《きれい》だなあ」

別段皮肉でもなく久留米は独語して、またちょっと考え込み、急に激しい句調で、

「僕は盆が終わると死ぬことにしているんです」

「え？」

と訊きかえしたが、しかし成瀬はもう言葉も出なかった。もちろん生きてくれなどとはいえようはずもなく、黙って相手の貌を見るばかりであった。

「僕は、肉体を求めて肉体に敗れたんです。肉体の前に敗北してしまったんです」

「でも、茅子さんのことでしょうけれど、なんとでも解決の方法はあると思いますが」

「ふん」

癖なのであろうが、彼は語るに足りぬといったように鼻を鳴らせたが、

「解決？　どんな解決があるんです。自分のこの腐りかかった体を生かすために、堕胎しろっていうんですか。それとも未感染児童の保育所に送れというのですか。あんたは、これで解決がついたと思うのですか。船木君もそういうことをいってくれる。僕は彼を感謝と同時に軽蔑している。いったんできてしまったことがそんなことで解決されてたまるもんですか、そんなのはごまかしです。虚偽です。時間を以前に引き戻すことが可能でない限りどんな解決も嘘です。できてしまったことは仕方がないから最良の方法をもって解決する。これくらい体の良い虚偽はまたとありやしない。僕が今、ここで、あんたをいきなり殺したとしてもできてしまったことなら仕方がないっていうのと同じですからね」

「だけど、それでは死ぬことによって解決されますか」

「できません。そんなこと僕だって解っています。僕のほしいのは解決じゃないんです。僕のいうことが君には判らんのですか。僕はそのことに対して解決など少しも求めてはいません。僕がいいたいのは、ただ解決というものがすべて虚偽である、ということです。彼女のことなんか単に一例です」

「一例？」

「そうです。一例です。僕が死を求める理由のうちの単なる一分子です。つまり、生きることそれ自体、癩になってですよ、癩になって生きることそれ自体虚偽だっていうのです。だから自殺を求めるんです」

そして彼はいきなり

「癩病《かったい》がいやなんです」

と投げつけて黙った。見上げると、空全体が深い洞くつのように見え出して、成瀬はその中に引っ込まれて行くような不安を覚えた。

盆が終われば退室もできる、退室祝いをやるべいといって子供のようにそのことばかりを楽しみにしていた老人の身にもまた以外な災難が降りかかって来た。盆も今日一日で終わるという十六日の夕方、もう始まりかけた踊りの太鼓を遠くに聴きながら老人を見舞いに出かけた成瀬は、老人の貌に今まで見かけなかった紅斑を発見したのである。急性結節かなと彼は怪しみながら、

「どうしたの、ほら、変なものができているよ。熱ないかね」

「うん。なんやら体が熱っぽいが、夏じゃからのお」

「熱瘤が出ているよ。医者に診《み》てもらった方が良い」

しかし老人はもうその日のうちから四十度を上下する高熱に苦しめられ始めたのであった。急性結節と思ったのはもちろん誤りで、疵《きず》からいつの間にか忍び込んだ丹毒菌が猛威をふるい始めたのである。癩の患者は疵が多い上に皮膚などの抵抗力が弱まっているため、この病院では丹毒患者の絶えるということは年中なかったのである。

空から照りつける太陽熱と、自分の体内から盛り上がって来る高熱とに、老人はほとんど虫の息になって、

「なんちゅうこったか、なんちゅうこったか」

と呟き続けるのであった。もちろんその翌日、まだ朝も早いうちに、この隔離病院の内にさらに隔離された丹毒病室へ転室させられた。それ以来は見舞いも禁ぜられて、成瀬は老人を案じつつ会うこともできなくなった。退室するころにはおそらくはくりくり坊主に禿《は》げ上がった老人になっていることであろう。

盂蘭盆が終わると、暑さはますます酷《きび》しくなって病室には死人が増していった。衰弱しきった体を、手も足も顔面も繃帯につつんで横たわったきり幾年も過ごして来た彼らは、息づまるような膿臭を発散しながら日にち死と生の間を往来するのであった。

久留米六郎はその後どうしているのであろうか、自殺したという報せも聴かないまま、日は過ぎていった。おそらくは生と死の間に挟まれて悶《もだ》え苦しんでいることであろう、酷しい暑さにあてられて、成瀬はあれ以来ずっと久留米を訪ねてもみなかった

のである。そして七月ももうあと二日で終わろうとする日の午後、彼の部屋を久しぶりで訪ねてみたのだったが折悪しく留守であった。仕方なく彼はそのまま自分の舎へ帰ろうと踵《かかと》を返したのであったが、話し相手になるような者もいない舎へ帰ったところでどうしようもないと思い、林の方へ足を向けたのであった。太陽はもう落ちかかって、最後の一瞬のあの強烈な光線を投げかけていた。

小一時間も林の中をあちこちと歩いたであろうか、ふくらはぎに疲れを覚え始めたのでそろそろと帰りかけた時、彼はふと栗の木の下に立っている茅子を見つけたのであった。太陽は落ちてしまい西空の真っ赤に輝きわたる光芒《こうぼう》が、木々の葉に映って照り返している中に立って彼女は動こうともしないのである。成瀬のところからは、それでも四、五十間の距離があった。彼女は石像のように、じっと光を浴びて立っていたが、やがて歩き出し、木々の葉を見えがくれに五、六間進んだが、どう思ってかまた引っ返し、栗の下から去ろうとはしないのであった。成瀬は異様なものをでも見る思いで視線を離さずに見まもっていたが、やがて彼女が頭《かしら》を上げて栗の梢を見上げるのを見るとさっと不吉な予感が心を走るのを覚え、思わず一歩ふみ出した。しかし彼女は間もなく力なげに項垂《うなだ》れると、遠くで見る成瀬にも、泣いていることがはっきり判った。彼女は身をもだえているのである。両手で腹部を抱きかかえるようにして、激しい歔欷《すすりな》きを続けるのである。深い悩みにうちくだかれているのであろう、成瀬はけもののように飛びかかって行きたい衝動を覚えたが、やがて彼女は泣き貌を拭きながら葉と葉の間にかくれていった。成瀬はなにか生まなましいものを見せられた思いで、彼女が去ってからも、そのあとにきらきらと照り映えてゆらいでいる青葉を眺め続けたのであった。

八月も下旬にはいり、空の青さが濃く深まって来ると、雑木林の上を赤蜻蛉《とんぼ》が群がって飛び、夜になればかまびすしいばかりに虫の音が草原を満たして、もうそこまで近寄って来た秋が感ぜられる。しかし生涯病み重《おも》って行くばかりで癒《い》えることのない病を背負ったここの人々には、秋が来ればまた秋の悩みが始まり、所詮死に到るまでは解き放たれるということはなかった。そうして船木兵衛の神経痛にも変化が現われ、頬から顎へかけての痛みがどうにか治ったと思われるようになってから、忌《い》まわしくも以前に彼自身のいった予言は適中して、激烈な眼球神経痛が始まったのであった。

「皮肉なものですよ。悪い方の眼がやられると良いのですが、反対です」

そういって見舞いに行った成瀬の方に貌を向けるのであったが、成瀬はただ痛ましい思いで見まもるばかりであった。

幾重にも折りたたまれたガーゼで眼を覆い、その上からぐるぐると繃帯を捲いて、茅子は兄の眼に罨法《あんぽう》をしてやるのであった。そして痛みの停ったという顔面の繃帯が取り除かれてみると、顎もろともに、口はぐいと歪んでいるのであった。

「口が曲がって、盲目になって、それからが長いのですよ」

老人といい、兵衛といい、自分の身近な人々がこうして一段一段と病み重って行くさまを見ると、成瀬は、やがて自分もそうなって行くであろうことを運命的な約束のように動かし難いものとして感じるのであった。そしてまたこれらは事実動かし難いものであった。蹠の麻痺はさることながら、おりおりは覗いて見る鏡に映って来る自分の眼も、入院したばかりのころのようにはっきりと澄みきってはいなかった。いつとはなしに濁ってい、白かるべき鞏膜がどんよりと曇って薄ぐろく、注意して見ると細い血管が縦横に浮き上がって、朝起きたばかりの時などは赤く充血していることも珍しくなかった。

「どんなに肉体が腐っても、しかし精神は決して腐りはしないんです。腐って行く肉体の前に、僕の精神は常に勝ち続けて来たんですよ。この眼は、もちろん間もなく見えなくなるでしょう。しかし、僕は僕自身は血を信じているんです。病毒がどんなに僕の血の中に混じっても、それは常に血の外部に遊離しています。僕の血は決して化学変化を起こさないんです」

しかしこうした兵衛の信念にも、現実は荒々しい力をもってのしかかって行くのである。こうした信念が危うく崩れようとする瞬間が兵衛にも決してない訳ではなかった。

　眼球神経痛の痛みがどれほどに堪え難いものであるか、成瀬にはもちろん判らなかったが、しかしそれが決してなまやさしいものでないことはそれを病む人々を見るだけでも察せられた。また痛みがさして急激でない場合でもじりじりと毎日毎日痛みが続き、運が悪ければ二ヵ月も三ヵ月も続くのである。そうすると体はすっかり痩せ衰え、定まって肺結核、肋膜炎等の余病を併発して病苦は二重に加わるのである。幸い兵衛には余病がなかったが、眼の痛みは烈しかった。一晩のうちに麻酔の注射を三本も四本もうつことがあった。それでも効《き》かないで翌朝まで一睡もできないということが多かったのである。世話をしている茅子も附添夫も、手の下しようもなく、ただ苦しむさまを眺めているだけであった。そうした日はいつもの兵衛がもっている、どことなく寛大な大まかな風丰《ふうぼう》は失われて、不機嫌になり、いつか久留米がいったように傷ついた猿を連想させられるのであった。

　そうしたある夜のことであった。例のように兵衛を見舞うべくその病室の下まで来た成瀬は眼を泣きはらしながら出て来る茅子にぱったり会った。彼女はこのごろすっかり痩せ細って、暑さにあてられたためもあるのであろうが、心内の悶えをかくしきれないように色までも蒼ざめて力がなかった。彼女は成瀬に会うと、誰に会ってもするように本能的に袂《たもと》をもって腹部をかくすと、黙ったまま頭を下げた。彼女の腹もこのごろではどうやら人目にもつくようになり始めていたのである。こうした世界で腹の大きくなることが噂に上るようになれば、身を切るよりもつらいことに相違なかった。

彼女は今兵衛に叱られて来たところであった。成瀬は兵衛を見舞うのをやめて、彼女と二人でそのあたりを散歩したのであったが、彼女の語るところによれば兵衛は、今夜はどうしたのか彼女にあたり散らし、

「お前のような奴は死んでしまえ」

といって、

「お前は肉身の兄がこんなに苦しんでいるのに判らないのか。俺がお前をどんなに愛しているか、そのお前を失って俺はどうして生きて行けるのだ。お前は兄が、独りぽっちになることを平気でいられるのか」

と彼もまた泣き出さんばかりでいうのであった。

「わたし、わたし、どんなにしたら良いのか、判らない」

と成瀬の貌を見上げていうのである。

「わたしが、どんなに兄さんのこと思っているか、兄さんはちっとも判ってくださらない」

「そうじゃありません。兄さんは誰よりもあなたの気持をよく知っていられるんです。しかし神経痛がひどいからですよ」

こんな常識的な慰めがなんになろう、と思いながらも、成瀬はやはりいったのだった。彼はふと先日、夕日を浴びながら栗の木を見上げた彼女を思い出して、久留米の方へ動くことも、兄の方へ動くこともできず、せっぱつまってあの木の下に歩んだのであろう彼女の気持が、並大抵のものでないのを察した。

翌日成瀬は兵衛を訪ね、

「昨夜、茅子さんに会いましたが……」

とそれとなくいってみたのだった。すると兵衛は、

「僕は、妹を愛しているんです。しかし僕は決して、僕のために彼女が彼女の意志を曲げなければならないとすれば、彼女を捨てても良いと思っています。僕にはどうしても久留米が憎めないのです。久留米と一緒に死にたければ死んでも良い、僕は僕としてなんとかやって行くつもりなんですが、常にそう思っているんですが、しかし昨日は、実際たまらなかったんですよ。眼の手術を受けようかどうしようかと朝から考え込んでいたんですが、僕の眼はもう完全に失明してしまっているんです。一昨々日に来た猛烈な痛みでね、すっかり見えなくなってしまっているんです。残っているのは悪い方の眼一つです。それが、失明しているにもかかわらずまだ痛んでならないんです。そしてこのまま置いとけば残った方にも悪いって医者がいうのです。それでは思いきって、痛む眼玉を抜き取って義眼にでもしたらその方が結果も良いというので、

それを考え続けていたのです。そういうところで妹の大きな腹を見たものですから、すっかり癪《しゃく》に障《さわ》ってしまったのです。そしてやがては完全に盲目になる自分を考えたりして、たまらなかったんです。今の僕から、彼女を失うのは実際大きな打撃ですからね。彼女を失ってしまうと、僕は自分の行く先が真っ暗になるように思われるんです。妹がいようが誰がいようが僕らの行く先が明るくなる訳ではもちろんない。どんなことがあろうと僕らの行く先は暗い、それは判っているのです。充分意識しているのです。それでいながら、なんとなく命の綱が切れるように感じられるんです。しかし、今日はもう平気です」

成瀬は兵衛の貌を眺めながら、今まで少しも気付かなかったうちに、何時の間にか憔悴《しょうすい》が目立ってい、言葉さえも弱々しく力がなくなったのに気付いて、

「茅子さんのことは事務所へでも相談すればなんとか良い方法があると思いますが」

といわずにはいられなかった。が、久留米の言葉がちらりと頭をかすめると、その場限りのことをいってしまった自分が不快になり、心の中で貌を紅くして窓外に視線を逃した。

「それについても考えているんですが、なにしろまだ、本人二人の気持が定まらないのでどうしようもないんです。久留米が強く生きてくれたらと思うのですが、あんな個性的な強さを有《も》った男ですから、なかなか思うように行かないんです。なにしろい

のちを粗末にする男でね」

「それで、手術はいつなさるんですか」

「考え中なんですが、やるくらいなら早い方が良いと思っています」

たまらなくなってどこかへ行こうと立ち上がったとたんに、くらくらと目眩《めまい》がして、危うく仆《たお》れそうになる体を、静かに再び畳の上に坐った。激しい不安と絶望感が全身をつつんで、後頭部が鉛になったように重く、身の置き所もないようなじりじりした気持が襲いかかって来た。何もかもが無意味に思われ何もかもが腹立たしかった。どこかへ行こうと再び立ち上がったが、歩き出すことがむっと嫌悪され、また坐ってみたが、坐るとまたしても立ち上がらねばならない苛立《いらだ》たしさを覚えた。いても立ってもいられないのである。進退きわまったようにそのあたりをごろごろと転げ廻ってみたかった。心は深い憂愁の中に落ち込んで、泣けるものなら思いきって泣いてみたいくらいであった。


　太陽が雑木林の向こうに落ちて、真っ赤に熱《や》けた雲の色が徐々に衰え、地上に闇がいつか広がり始めると、成瀬はこうした憂鬱症にも似た暗い気持に襲われるようになった。この病院へ来て以来に触れて来た数々の恐ろしい経験が、頭の中に堆積して、鬱積して、それが彼の精神をかき乱すのであろう。神経は異常な敏感さに冴《さ》え返って、畳の上を這って来る蟻《あり》が奇怪な怪物のように見えたり、天井裏ででもこつりと音がすると、ぞっと寒気を覚えるほどの恐怖が体中を走った。そして骨身にしみいるような孤独を犇々《ひしひし》と覚えるのであった。眼を閉じると定まって茅子の姿が浮き上がり大きくなり始めた彼女の腹部と、その中に丸まって眠っている嬰児の姿が、碧《あお》い水中を覗くようにはっきりと幻想されるのであった。

寝苦しい夜が続き、眠ると定まって不快な夢に悩まされるようになった。分析するまでもなく、はっきりと自分でも判るような性夢や、碧く底の見える川の中に、きらきらと輝く小石を枕にして死んでいる嬰児などが現われ、眼を覚ますとねっとりとした膏汗《あぶらあせ》をかいているのであった。鉛の液を注ぎ込まれたように頭が重く、唾液はねばねばとして不快なことこの上もなかった。

その夜もやはり夢を見眼を醒《さ》ますとまだ十二時近い時刻であった。胸あたりから両股のあたりまで汗が流れ、彼はほの暗い部屋の中に起き上がって拭ったのであったが、もう古びた蚊帳《かや》の中はむっと暑く、癩者独特の体臭と口臭とが澱んでいて息もつまりそうに思われるのである。蚊帳を出て勝手元に行き、柄杓に掬《すく》って呑んだ水もなまぬくい舌触りで嘔吐を催すように不快であった。泥のように不澄明な頭のまままた蚊帳の中にはいってみたが今呑んだ水がはや汗となって流れ始め、彼は思いきって屋外へ出たのであった。

散薬を撒《ま》き散らしたように星が輝き、ペガスス、カシオペイア、白鳥などの星座もはっきりと暗黒の底から浮かび上がって、屋外はさすがに涼しかった。木々の葉を鳴らせながら吹いて来る風に胸を広げて、林の中などを歩きまわった。垣根の横に出ると、幾度も外を覗いてみたり、ふとドストイエフスキーの「死の家」を思い出して、もしここが監獄であったとすれば、この柊の幹を一本一本数えて刑期の経つのを待つ者もあるに違いないと思ったりした。

　納骨堂の下まで来ると、彼はそこの芝生に腰を下ろし、闇の中にぼんやりと浮かんでいるこの丸屋根の下に、もう千幾百名の癩者の白骨が沈められているのだと思い、やがて自分もそれらの白骨の中に混じり合って無の無の世界にはいることであろうと思うのであった。どうせ一度は必ず死ぬ、どうもがいても所詮あと十五年か二十年のいのちではないか、間違いなく必ず死ぬのだと思えば、もがき苦しむ必要もあるまい、もし何万年でも生きていなければならぬのなら、自殺する必要もあろうけれども、しかしほんの短い時間の後には死ぬのだ、救いというものはどこにでもある、自分にとってはもはや死というこの間違いのない自然法則が救いとなったのだ、そう思って彼は愉快そうにひとりで笑って立ち上がった。と、彼自身でも判断のできぬ心の状態が突如として襲って来て、ふらふらと堂の横に生えている桜の根方に歩んで上を眺めた。なんという首を縊《くく》るに適当な枝の多いことか、右へも左へも、たくましく靭《しな》やかな枝が張り、青葉が黒ぐろとゆらいでいるのだ。ほとんど無意識的に彼は腕を上げて桜の幹をぱちりと叩《たた》いた。奇怪な衝動がすうっと消えて行くのを意識しながら、幹を強く押してみたが、太い樹はびくともしなかった。

「馬鹿！」

その時堂の前からそういう叫声が突然あがって、入り乱れた足音が聴こえた。はっと成瀬は緊張して気を配ると、足音がぱったりやみ、

「俺が、俺が今まで死ねないこの気持が、お前には判らんのか。お前への愛情だ。それが俺を狂わせるんだ」

と昂奮した声が続いた。久留米だな、と成瀬は思わず一歩を踏み出して耳を澄ませた。しかしそれきりあたりは静まってしまい、人の気配も感ぜられない静寂が帰って来た。成瀬は忍び足で堂前に出てみたが、もうそこには誰もいなかった。彼は急にぞうっとするような鬼気を覚えて急ぎ足でそこを去った。

同室の一人が息を切らしながら帰って来て、久留米の縊死《いし》を報せてくれたのは、それから三日ばかり経た、まだ明けきらぬ朝まだきであった。とうとう死んだか、と成瀬は誰もが思うようなことを考えながら、深い朝霧につつまれた松林の中へ走った。納骨堂からちょっと離れた桜の木で、屍体はまだそのままにぶら下がったままであった。細い綱がじっくりと食い込み、長い頭髪を垂らして久留米は下を向いていた。

足先は地上すれすれになって、背のびでもしているような恰好である。白みわたって来る光線を受けて、露に濡れた頭髪が光っていた。

茅子は来ていなかったが、兵衛は痛む眼を押えながら出て来ていた。やがて署から役人が出張し、検屍が終わると、屍体は担架《たんか》に載せられて解剖室の方へ運ばれた。自殺者は解剖にふさないのがこの病院のしきたりであったが、それでもひとまず解剖室の中にある安置室に移された。

やがて人々がみな引きあげてしまうと、成瀬と兵衛は黙々と安置室を出た。するとそこに茅子が立っていたのである。彼女は入口の戸にぴったりと寄りそって、真蒼な貌をしていた。屍体を思いきって見るだけの勇気が彼女にはなかったのであろう。

三人は並んで歩き出した。しかし誰も一言も口をきかなかった。兵衛は薄明りになっている片眼を見開き歩いたが、それでもときどき石につまずいてよろけた。十五、六分もそうして黙々と歩き続けたであろうか、いつの間にか柊の垣根の下まで来ていた。三人は思い合わせたようにくるりと背後を振り返った。と、茅子がたまりかねたように激しく歔欷《すすり》なき始めた。腹の嬰児を抱くようにして身もだえ、

「この児が、この児が……」

と後が続かなかった。間もなく躍り出て来るであろう、太陽が、空高く光の穂先を放ち始めていた。彼女の泣き声が途切れると、兵衛は、じっと妹の眼《まな》ざしを

向けていたが、

「生め！」

と小さな、しかし腹の底から盛り上げるような太い声でいった。

「生め、生め」

そして兵衛は緊張した貌を和らげ、

「新しい生命が一匹この地上に飛び出すんじゃないか、生んでも良いとも。そして、その児に船木の姓をやるんだよ。いいか」

「でも……」

「でも、なんだ、病気か。伝染《うつ》らんうちに家に引き取ってもらえ。判ったな、俺は今日は眼の手術をする日だ。義眼とは有難いものだ。どら、行こう」

兵衛は足を早めた。しかし成瀬は、兵衛の眼に、苦痛とも絶望とも見える翳《かげり》が、強烈な意志と戦って明滅するのを見て取った。久留米がいつかいったように、この解決はやっぱり虚偽なのか、久留米の死貌が蘇《よみが》えって来ると、底識れぬ暗黒が心をかすめ、足を早めて兵衛を追いかけたが、もう間近まで迫って来た危機を鋭く意識すると、

「船木さん」

と思わず声を出して呼んだ。

（昭和十一年『中央公論』十月号）

癩院記録

入院すると、小供を除いてはほかは誰でも一週間ないし二週間ぐらいを収容病室で暮らさなければならない。そこで病歴が調べられたり、余病の有無などを検査されたりした後、初めて普通の病舎に移り住むのであるが、この収容病室の日々が、入院後最も暗鬱な退屈な時であろう。舎へ移ってしまうと、いよいよこれから病院生活が始まるのだという意識に、ある落ち付きと覚悟とが自ずとでき、心の置きどころも自然と定まって来るのであるが、病室にいる間は、まだ慣れない病院の異様な光景に落ち付きを失い、これからどのような生活が待っているのかという不安が、重苦しくのしかかって来る。それに仕事とても無く、気のまぎらしようもないまま寝台の上に横たわっていなければならないので、陰気な不安のままに退屈してしまうのである。

舎へ移る前日になると附添夫がやって来て、舎へ移ってからのことをだいたい教えてくれ「売店で四、五十銭何か買って行くように」と注意される。その四、五十銭がまあいわば入舎披露の費用となるのであって、たいていが菓子を買って行ってお茶を飲むのである。

その日になると附添夫が三人くらいで手伝ってくれ、ある者は布団をかつぎ、ある者は茶碗や湯呑やその他の日用品を入れた目笊《めざる》をかかえてぞろぞろと歩いて行くのである。そうしていよいよ病院生活が始まるのである。

病舎は今のところ全部で四十六舎、枕木を並べたように建てられている。だいたい不自由舎と健康舎とに大別され、不自由舎には病勢が進行して盲目になったり義足になったり、十本の指が全部無くなったりすると入れられ、それまでは健康舎で生活する。ここで健康という言葉を使うと、ちょっと奇異に感ぜられるが、しかし院内は癩者ばかりの世界であるから癩そのものは病気のうちにははいらない。ここへ来た初めのころ、「あんたはどこが悪いのですか」という質問を幾度も受けたが、それはつまり外部へ表われた疾患部をさしているのであって、その時うっかり「いや癩でね、それで入院したんですよ」とでも答えたら大笑いになるであろう。それは治療の方面についてもいわれることであって、癩そのものに対する加療といえば目下のところ大楓《だいふう》子油《しゆ》の注射だけで、あとはみな対症的で、毀《こわ》れかかった自動車か何かを絶えず修繕しながら動かせているのに似ている。

だから、不自由舎へはいらない程度の病状で、よし外科的病状や神経的病状があっても、作業に出たり女とふざけたり野球をやったりできるうちは、みな健康者で、健康舎の生活をするのである。

不自由舎には一室一名ずつの附添夫がついていて、配給所（これは院の中にあって飯やおかずはここで配給される。食い終わった食器はここへ入れて置かれる）へ飯を取りに行ったり、食事の世話をしたり床をのべてやったりする。これは作業の一つで、作業賃は一日十銭から十二銭までが支給される。

舎は各四室に区分されていて、一室十二畳半が原則的であるといえよう。他に三十二畳などいうのもあるがこれはこの病院が開院当時に建てられたままのもので、今はただ一舎が残っているきりで、あとは六畳の舎が少しある。一室につきだいたい六人から八人くらいの共同生活が営まれ、この部屋が患者たちの寝室となり食堂となり書斎となり、また棋を遊ぶ娯楽室ともなるのである。

男舎には、松、栗、檜《ひのき》、楠《くすのき》などいう樹木から取られた舎名がつけられ、女舎には、あやめ、ゆり、すみれという風に花の名が舎名としてつけられている。舎の前にはひとつずつ小さな築山が造られ、その下には池が掘られて金魚などが泳ぎ、また舎の裏手には葡萄棚《ぶどうだな》などがこしらえられて、患者たちは少しでも自分たちの住む世界を豊かにしようと骨を折る。ここを第二の故郷とし、死の場所と覚悟しているので、まだ小さな苗木のうちから植えつけて大きくしようとする。

このあたりは土質が火山灰からできているせいであろう、常にぼこぼことしまりのない土地で、冬が来ると三寸四寸という氷柱が立ち、春になって激しい北西風が吹くと眼界も定かならぬほど砂ぼこりが立って空間が柿色になってしまう。だから雨など降るとひどいぬかるみができて、足に巻いた繃帯はどろどろに汚れ、盲人は道路に立ったまま動きようもなく行きなやまねばならない。そこで院内の幹線道路には石が敷かれて歩行を助けるようにできている。まあこれが病院のメーンストリートで病舎はこの石道に沿って建てられている。

そしてこれらの石道は、病院の西端にある医局に向かって集中し、医局の周囲には十箇の重病室が建ち並んでいる。重病室からちょっと離れて収容病室があり、さらに離れて丹毒、チブス、赤痢等の病人がはいる隔離病室が三棟ぱらぱらと散らばっている。その向こうは広々とした農園と果樹園になってい、青々と繋った菜園のかなたに納骨堂の丸屋根が白く見え、近くには焼き場の煙突が黄色い煙を吐いている。

病院とはいうが、ここはほとんど一つの部落で、事務所の人も医者もまた患者たちも「我村」と呼ぶのが普通である。小供たちは午後から学校へ通い(午前中は各科の治療を受けねばならない)大人たちは朝早くからそれぞれの職場へ働きに出かけて行く。仕事も一村に必要なだけの職業はほとんど網羅されていて、大工、左官、土方、鉄工、洗濯屋、印刷所、教員、百姓、植木屋、掃除夫等々、その上にここのみに必要な仕事としては、女たちの繃帯巻、不自由舎の人のガーゼのばし（一度使用された繃帯やガーゼは洗濯場で洗われる、それを巻いたり広げたりする仕事をいう）その他医局各科の手伝い、不自由舎病室の附添い、など、失業ということはまずないようである。

作業賃はだいたい十銭が原則であるが、仕事によってやはりまちまちである。もちろん強制的に就業しなければならないということはなく、それぞれの好みにしたがって仕事を選んで良いのである。義務作業といわれるものも二、三あるがこれは交替で行なわれる。たとえば重病室や不自由舎の附添夫が神経痛や急性結節で寝込んだりすると健康舎から臨時附添夫が出なければならない。この場合も作業賃は十銭が支給される。

小遣いは一ヵ月七円と定められているが、それは自宅から送金されたものを使う場合であって、院内で稼いだ金はいくら使っても差し支えない。だから働いていさえすれば小遣いに困るということはないようである。また不自由になって不自由舎の人となり、あるいは三年五年と重病室で寝て暮らしたりする場合には、毎月いくばくかの、補助金が下る。

女たちの仕事としては前にもいった繃帯巻がその主なるものであるが、そのほかには医局各科の手伝い、女不自由舎の附添いなどがある。また男たちの着物を縫ったり、ジャケツを編んでやったり、洗濯物を洗ってやったりする仕事もある。

そのうち、良い金になると評判されているのは洗濯と、女の盲人のあんまである。あんまは上下三銭、洗濯は掛布団の包布が二銭、敷布が一銭、着物シャツその他はすべて一銭というのが不文律になっている。しかしやはり数多くやり、いわば薄利多売的傾向をもっているので案外の金になるそうである。

もっとも洗濯屋は、誰でもすぐ思いどおりに開業するという訳には行かない。やはり永年ここにいた者でないと信用がないので、得意をもつことができない。得意先ができると毎日御用聴きに巡《まわ》るところは、院外の商売と似ている。

男たちは仕事から帰って来ると、すぐ長い着物を着て女舎などへ遊びに行くのが多いが、しかし働き者はそれから農園に出て大根を作り馬鈴薯を作る。中には女房と二人で暗くなるまで土を返すのもあって、ちょっと平和な風景である。

こうして作られた農産物は、炊事場に買い取られる。得た賃金は女たちの半襟になり腰紐に化ける。また独身者は農産物を炊事場に出すのを忘れてこっそり女舎に貢いだり、将を射んとせばまず馬を射よで、相手の娘の兄のところへ提供して敵本主義をやる。女の方が男よりも癩に対して抵抗力が強いということは医学でもいわれていて、病院には女が非常に少ない。だいたいのところ女は男数の三分の一で、だから癩者の世界では女は王様のようなものである。

「ちえっ女なんか」男たちは一様に軽蔑したような口を利くが、実は内心女の顔色を窺《うかが》っているのが多いようである。

「ちゅうしゃだよう——注射だよう」

農園や、印刷所や豚舎などで働いていると、遠くの方からそういう声がかすかに聴こえてくる。

「ああ注射が始まったな」と彼らは、鍬《くゎ》を捨て文撰箱を投げて注射場へ集まって行く。大楓子油の注射である。

注射は医局と、風呂場にくっついている外科の出張所との二ヵ所で行なわれる。遠くで働いている患者たちに報《し》らせるためにメガホンでどなるのである。早く来た者から順にずらりと列を作って、自分の番の来るのを待っている。ある者は腕をまくりある者は臀をまくっている。看護婦がぶすぶすと針をさして行く。五瓦の注射器であるから、針は太く、ここへ来たばかりの者はちょっとびっくりしてしまうが、患者たちは平気である。自分の腕や股に、畳針よりちょっと細いくらいの針がぶすりと突きさされるのを平然と眺めている。顔をしかめ、息をつめて「ああ痛い」と大げさな表情を作って見せると、看護婦は笑いながら、

「眼が醒めたでしょう」

「ああ全く眼が醒めた、こら、こんなに汗をかいたぜ」

が、その実は麻痺していてちっとも痛くなかったりする。そして帰りにはしみじみとした気持になって、

「一本注射をうつたびに一つずつ結節が無くなって行くといいんだがな」

「大して効《き》かんのが判っているんだからなあ、気休めだ気休めだ」

「しかし大楓子は全然効かんのかなあ」

「いや、確かに効き目はあるそうだ。完全に治りきることはできんが」

「しかし雑誌に書いてあったよ、再発後はまるきり効かないって」

「そんなことあるもんか、ようく見てみろ、大楓子をやらん奴はみな早く重くなって行くよ。やってる奴は重くなるのが確かに遅い。それから重くなっても、大楓子をやってる者は膿《うみ》があまり臭くないそうだぜ、こりゃ効いてる証拠だい」

大楓子が効くと力説することが自慰のようにはかない夢であるにしろ、やはり唯一のこの治療薬を全然無価値のものとは思いたくはないのである。

しかし中には全くあきらめている者もある。そして注射するのはただ永年の惰性であったり、また全然注射場へ現われないのもある。だがほとんどが、大して効果のないものだということを知っており、まあやらんよりはましだろう、というくらいの気持である。

これはこの病院にもう二十年あまり暮らしている人から聴いた話であるが、なんでも昔は、患者たちが注射というと奇妙に恐怖したり嫌悪したりして逃げ廻って注射されようとしない。そこで仕方なく医局から大楓子注射の懸賞が出されたという。つまり一ヵ年のうちの注射の数を記録して、最も多いものに賞品が与えられたのである。それから較べると今の患者はずっと向上しており、注射しない者は非常に少数である。いったいに癩者は医学というものを信用しない傾向がある。それは今まであまりに幾度も医学にだまされて来たせいであろう。ときどき新聞で誇大に取り扱われる癩治療薬の発見なぞも、療養所内の患者はたいていが馬鹿にしていて喜ばない。「ふん治るもんか」と彼らは呟く。しかも治療薬の出現を待っていないのではない。半ばあきらめながら、しかしひょっと意外な薬が、たとえば梅毒におけるサルバルサンのような薬が、発見されるかもしれないと夢のような希望を有《も》っている。こういう希望が夢のようなものであることは意識しながら、やはり捨てきれないのだ。だから彼らは療養所で研究を続けている医者の言葉となると非常に信用する。それはその医者が永年の間癩ばかりを見、癩を専門に研究していることを知っていると同時に、他の医者のように誇大で断定的でないからである。

たとえば、この前「金オルガノゾル」が発表された時も、患者はまるで相手にもしなかった。ところが一日院長が全患者を礼拝堂に集めて、この薬の内容を説明し、効き目があると思われるから試験的にやってみたい、希望者は申し込んでほしい、と述べると、たちまち信用して、申込みは文字どおり医局へ殺到した。が残念なことにはこの薬は効果がなかった。

「結局、どんな薬をやったって効きやしない」とみなは苦しく呟く。

そういう訳で、彼らは学説よりも自分の体験を重んじ、先輩の言葉を信用する。大楓子油にしても、たとえ今もし医学が、これは全然癩に対して無効果であると発表したりしても、決して注射するのをやめはしないであろう。たいした効き目はないが、しかしやった方が良い、いくらかの効き目はある、ということを経験の上で知っているからである。こういう常識的な経験に信を置く結果、意外な失敗をやることがあるとともに、また癩者独特の治療法を発見することもある。

そのひとつに「ぶち抜き」というのがある。誰がこれを考え出したのか私は知らない。しかし長い間のうちに、いつとはなしに患者間で行なわれるようになったのだろう。

それは両足に穴をぶち抜くのである。というと誰でも吃驚《びっくり》するに違いない、そこで説明を要するが、手っ取り早くいえば両足に一つずつ穴を穿《あ》けて、そこから全身に溜まっている膿汁を排泄しようという仕掛けなのである。足といっても、もちろんどこへでも穿《あ》けるのではない。やはり決まった場所がある。長い間の経験で自然とそこに定められるようになったのであろう。それは、内踝《うちくるぶし》の上部三寸くらいのところで、比目魚筋の上に団子くらいの大きな灸をすえるのだ。間違っても脛骨《けいこつ》の上にすえてはならないそうである。先日私の友人の一人がそれをやったから、一見して置くに限ると思って見に行ったが、なにしろ団子ほどもあるもぐさ（決して誇張していない）がぶすぶすと燃え出すのだから物凄い。

「おい熱かないのか」というと、

「麻痺しているからな」と彼は笑いながら、横から団扇《うちわ》で煽《あお》る。じりじりと燃えて行くと、皮膚がぶちぶちというような音を立てて焼ける。

もぐさが全部燃えてしまうと、その焼痕は真っ黒の水脹《みずぶく》れになってぶくぶくしている。その水疱《すいほう》を彼は無造作に引き破ってしまうと、真っ赤にただれた肉が覗いている上に、消毒した新聞紙をべたりと貼りつけてぐるぐると繃帯を巻いて知らん顔しているのである。

続いてもう一方の足を焼いたが、今度は少し焼け過ぎて、水疱をはがして見ると赤い水蜜桃に腐りがはいったように真ん中に心が黒くできて、さらにその中に白いすじのようなものがべろべろと覗いていた。これにもまた同じく新聞紙を貼りつけるのであったが、誠に危険千万である。しかし彼は平気なものでそのまま翌日になると風呂へもはいり、出て来ると新聞紙を新しいのと取り換える。新聞には血膿がべっとりくっついている。

こうして四、五日過ぎると彼は、非常に足が軽くなった、夜もよく寝《やす》まれるようになったという。これは嘘ではないと思う。ぶち抜きをやるくらいの足はかなりひどく病勢の進んだ足で、もちろん潰瘍や潰裂はないが（潰瘍や潰裂があればぶち抜く必要がない）完全に麻痺しており、また汗も膏《あぶら》も出ないで常に鈍重な感じがし、夏などは発汗がないから焼けた空気が足の中にいっぱいつまっているような感じで実際堪えられないのである。夜など床の中にはいると、足の置き場に困り、どこへどう置いてみてもだるく重く、まるで百貫目の石が足の先にぶら下がっているような感じで、安眠ができないのである。だからぶち抜きは、なんというか、通風口のようなもので、効果は確かにあるそうだ。

こうしてぶち抜くと、できた疵《きず》が治らぬように注意するとともに、またこれが動機で内部へ深く腐り込んで行き足を一本切断したりするようなことがないように気を付けながら、一ヵ月から二ヵ月くらい新聞紙を毎日取り換える。この貼り紙は新聞紙よりも油紙の方が良く、傘に貼られた紙を破って来て利用するのが普通であるが、新聞でも悪いということはない。無論消毒は充分に行なわれねばならない。そして一ヵ月なり二ヵ月なり経って、もう充分膿も出たし、足も軽くなったと思われると、今度はリバーノオルなり何なりをつけて疵を治してしまえば良いのである。医者はこういうことをあまり好まないのでやたらにぶち抜くことを許さないが、それは丹毒その他に対してはなはだ危険だからであろう。癩者は皮膚その他の抵抗力が弱っているから丹毒などはすぐ伝染してしまうのである。

癩患者にも趣味というものはある。いや、どこよりも癩院は趣味の尊ばれる所かもしれない。

一番多くの人がやるのは投書趣味であろう。彼らはこれを「文芸」と称しているが、俳句などは文字どおり猫も杓子《しゃくし》もという有様で、不自由舎などでは朝から晩まで、字を一字も知らない盲人が「睡蓮《すいれん》や……睡蓮や……」と考え込んでいたりする。それから新聞紙上に表われる募集物を片端から応募するのを商売のようにしているのもいる。俳句短歌はもちろん仁丹、ライオン歯磨、レートクレーム、等々の懸賞、ものは附から標語に至るまで何でもかでも応募する。たいてい用紙は官製はがきだから一種に対して一銭五厘だけ投資すればすむ、そして投函した次の日からもう胸をわくわくさせている。なんとなく当たるような気がしたりするのである。当たらなかったって一銭五厘の損だ、もし一等にでも当たればこりゃ大したものじゃないか、と彼らはいう。

そしてまた時には素敵な大ものを当てることがある。立派な座布団を三枚か五枚当ててたのもいるし、東京市の人口調査の時に出た朝日だったかの懸賞に、二等を当てて金二拾円の副賞と東京市長の銀盃を貰ったのもいる。

その男は銀盃が送られて来ると、もううれしくてたまらないので、その箱を抱いたまま各舎をぐるぐる巡って、息を切らせながら、

「昨日新聞記者が来たよ。あなたは東京市の人口をどういう方法で知りましたか、って尋ねるんだ。だから俺、小供のころから統計学が非常に好きでした、と答えてやったさ」

そして彼は汗をふきふき次の舎へ駈け出すのだった。

こういうのがあると他の投書家たちは無念の歯がみをしながら、よし今度こそは、と投書熱を昂《あ》げるのである。

そのほかに趣味らしい趣味に、小鳥飼い、花造り、盆栽、碁将棋など色々ある。花造りはかなり熱心なのが多く、毎年秋が来ると菊花大会が催される。私の舎から二つばかり向こうの舎にも菊造りに熱心な人がいるが、いつ行ってみても三十くらいもある鉢の中でうずくまって世話している。その人のいる舎は狂人病棟の派出所みたような舎で（つまり狂病棟が満員になるとこの舎へはいる）彼はその附添いをやっている。菊にうずもれて手入れしている彼の横で、いつも狂人がにやにや笑ったり独語を呟《つぶや》いたりしている。

「小さな鉢に良いのが咲きましたらあげますよ。机の上に置いてください」と彼は先

日も私にいってくれた。
また、不自由舎などには、義足趣味、繃帯趣味などというのもあって、まあいわば生活派といっていいのがある。

繃帯は
白い　小じんまりした丸顔で
チョコンと坐っている

丈夫なとき
働いているとき
すっかり忘れられて繃帯よ
お前は戸棚の隅に転げている

ああ　しかし
俺が傷つき痛んだとき
繃帯よお前はぐるぐる伸びて
疼《うず》く患部を優しく包み温める

俺の唯一の保護者である
繃帯の長さは誰でも計れるだろう
だが俺は現在《いま》
計れぬ深い繃帯の愛情を
感謝している　浸っている

これは昭和九年の冬、長島愛生園で死んだ新井新一君の遺稿詩集「残照」の中の一篇である。

乾性すなわち神経癩の患者にはたいてい一つは蹠疵《うらきず》というのができている。主として踵《かかと》にできるのであるが、麻痺のため痛みを感じない、それで歩行の不便を感ぜず歩き廻るのでいつまで経っても治らないのである。これは一生疵といわれているほどで、だから繃帯なども毎日毎日幾年も続けて巻いたり解いたりしなければならない。こうして続けているうちにはいつしか繃帯を巻くことに趣味を覚えるようになるのである。指が曲がって、肉が落ち、他目にはいかにも巻くのに骨が折れているようであるが、本人は楽しそうですらある。だから見るに見かねて「巻いてあげましょう」といっても、決して他人に巻かせない。念入りに、こつこつと自分で巻く。

次に義足であるが、これは院外《そと》の人たちが用いるように三十円も五十円もする法外なものではなく、簡単にいってしまえばトタンの筒っぽである。先の方が細まっていて、先端に小さな足型がくっついている。中には全然くっついていないのもある。足型は単に体裁で、小さいほど歩行に便であるそうだ。友人の一人はこれを十銭の義足と称しているが、これは足を切断すると同時に医局から交付される。

が、義足に趣味を持ち出すと医局からくれる不恰好なのでは承知できないので、義足造りの所へ行って足に合わせて造ってもらう。義足造りは今院内に一人しかいないが、なんでも馬糞紙で造るのだそうだ。ふくらはぎはふくらませ、向こうずねはそれらしく細くし、馬糞紙を幾枚も幾枚も貼り合わせて板のようにして立派な義足ができ上がる。

趣味が強くなって来るともう一本では間に合わない。四本も五本も造って、外出用、部屋用、式場用、等々みな別になっている。その男の押入れを開くとずらりと義足が並んでいる。外出用のには足袋《たび》をはかせ、靴下をはかせる。式場用はその場にふさわしく飾る。作業の時に使用するのはたいてい医局から交付された頑丈なのを用い、この義足で水桶もかつげば鍬《くわ》もとる。

彼らのいい草が振るっている。

「義足くらい便利なものはないぜ、ちょっと休みたかったら腰かけになる、横になりたかったら枕になる。神経痛もしなければ蹠疵もできない、普通の足をもってる奴の気がしれない」

病院の中央に大きな礼拝堂がある。そこで毎月死者の慰霊祭が行なわれる。またそこは活動小屋になることもあれば音楽会の会場にもなる。何か事件があると院長が患者たちに何か説諭する。その時もこのお堂が利用される。いわゆる名士が参観に来るとここで一席弁じて行く。ちょっと患者会館と呼ぶにふさわしい所である。

名士たちはよくやって来る。主として宗教家であるが、時には大学教授も来れば大臣も来る。患者たちがぞろぞろと集まって来るのを見ると、名士たちは誰も同じ恰好に顔をしかめる。驚きと恐れと同情とがごっちゃになった表情で、しかし平然としようとして視線をまっすぐにしている。が、やはり気になるのでちらちらと坊主頭や陥没した鼻を眺めては、また急いで視線を外《そ》らせる。

そして演壇に立つと込み上がって来る同情の念に、たまらなくなったような声で口を開く。中には一時間も二時間も喋《しゃべ》って行く人もあり、またほんの四、五分喋って行く人もある。患者たちはみな熱心に聴く。そして話が終わると同時に忘れてしまう。しかしほんの四、五分しか喋らなかった人の言葉はよく覚えてい、尊敬しているようだ。

高浜虚子氏が来院されたことがあった。氏は、この院内から出ている俳句雑誌「芽生」の同人たちを主に訪問されたのであるが、患者たちはほとんど総動員で集まった。氏はゆっくりと、誰にも判っている事を誰にも判るようにほんの五、六分間話して帰られた。患者たちはあっけないという顔で散ったが、しかしその五、六分間の印象は強く心に跡づけられた。そして今もなおときどきその時の感銘が語られている。

患者たちは決して言葉を聴かない。人間のひびきだけを聴く。これは意識的にそうするのではない、虐げられ、辱《は》ずかしめられた過去において体得した本能的な嗅覚がそうさせるのだ。

じめじめと湿ったむし暑い日が続いたり、急に寒くなったりして、気温の高低が激しく変転すると、定まって腕や足がしくしくと痛み始める。癩性神経痛が始まったのである。

気温の変転は病体を木片のように翻弄する。神経痛の来ないものには急性結節（熱瘤と患者間に呼ばれてい、顔面、手、足などに赤く高く高まったぐりぐりができる。押すとぴいんと痛み、化膿するのもあるがたいていは化膿しない。大きさはまちまちであるが、最も大きいもので団子くらいもある。外部からはちょっと高まっている程度にしか見えないが、触ってみると飴玉を含んでいるように固くぐりぐりと動くのが内部にある。たとえてみれば頭だけをちょいと海面に覗かせている氷山みたいなものだ)が盛り上がって来て発熱する。四十度を越える高熱も珍しくない。

腕も顔も繃帯で包み、手袋をはめて頭から蒲団を被って寝ていなければならない。神経痛は定まって夜が激しい。凄いのにやられると痛む腕、足を切り飛ばしてしまいたくなる。義足だったら良いなあと思うのもこんな時である。痛みの堪えられるうちはアスピリンを服用して我慢する。ぽかぽかと体が温まって来ると痛みは大分鎮まり、時には睡眠することもできるが、烈しくなって来れば鼻血の出るほど服用してもアスピリンなど効きはしない。

そこで診察を受け、初めて重病室に入室して加療する。これは急性結節の場合も同じである。

重病室には五人の附添夫がついていて、こうして入室した者の世話をする。神経痛、熱瘤に限らず、舎にいては世話のできない場合、治療に困難な場合、等には重病室にはいるのである。だからここには結核、肋膜炎、関節炎、胃病、心臓、腎臓等々あらゆる病気が集まっている。一室につき十六、七から二十くらいの寝台が二列に並んでい、その上に怪しく口の曲がったのや、坊主頭や鼻のない盲人などが、一人ずつ横たわっている。

入室することが定まると、収容室から舎へ移った時のように、同室の人たちが、蒲団、食器その他をもって、入室者を中央に挟《はさ》み、あるいはリヤカーに乗せて送って行く。

もし誰か、この地上で地獄を見たいと欲する者があるならば、夜の一時か二時ごろの重病室を見られるようにすすめる。鬼と生命との格闘に散る火花が視覚をかすめるかもしれない。

（昭和十一年『改造』十月号）

十個の重病室があり、各室五名ずつの附添夫が重病人の世話をしていることはさきに記したが、これらの附添夫ももちろん病人であり、いつどのような病勢の変化があるか解らない。そこでこれらの附添夫——附添本官と呼ぶ——が神経病をおこしたり、肋膜炎にやられたりすると健康舎から臨時附添いに出なければならない。これは二、三ある義務作業のうちの一つであるが、この場合も作業賃は十銭が支給される。隔離病室、男女不自由舎等もこれと同一で、これらの臨時附添いはイロハ順に巡って来るので一ヵ年一回は誰でも番があたる。もちろん体に故障の生じている場合や、その他のっぴきならぬ事情のある場合はその限りでないが、そうでない限り誰でも自分の仕事を捨てて出なければならない。臨時附添いは十五日を限度として、本人の希望でない限りそれ以上続ける必要はない。

五人の附添夫は順番に当直を務め、非番の者は配給所へ飯その他を取りに出かけたり、病人——附添夫たちはベッドについている人々を病人と呼んでいる——の頼みによって売店へ買い物に出かけたり、色んなこまごました仕事を各自担当している。なお、当直には一名の助手がつき、これを「助《すけ》」と呼んでいる。当直者はその翌日一日休みになっていて、昼寝をしようが他の舎へ遊びに行こうが自由である。

私はここへ来てから附添夫になったのはまだ三回臨時に出かけただけであるが、その時の日記を少し抄出してみよう。

一九三四年九月三日

今日は当直。朝から大変忙しい。今は夜の十一時十五分。初めての当直のこととて何かと迷い、気疲れにぐったりしているが、書いて置けばまた何かの役に立つこともあろう。

起床五時半。雨。昼ごろになってやみ、薄い雲を透して太陽がさし始める。夕方になって再び降り出したが、夜になってやむ。

六時十五分。配給所へ味噌汁をとりに出かける。本日の献立——昼（豆腐）夜（馬鈴薯煮付）帰って黒板に記す。

六時半。朝食。

七時。昨日の当直人と代わり、室を自分に渡される。「北條さんお願いします」とN氏。ちょっと儀式的な感あり。氏の顔は緊張している。

七時半。室内の掃除。初めて使う掃布《ボンテン》に汗をかく。

八時。盲目数名に煙草を吸わせる。うち一名に葉書の代書。

九時。お茶の時間なり。病人たちに注いでやる。煙草を吸わせてやる。

九時半。外科出張あり。病人たちの繃帯を解いてやるのが当直の仕事。「助」氏も手伝ってくれる。室内は膿汁に汚れたガーゼと繃帯でいっぱい。悪臭はなはだし。マスクをかけよと自分に奨《すす》めるものあり。マスクなど面倒なり。

十時。室内の掃除。汗。

十時半。昼食。ただし病人たちのこと。煙草を吸わせてやる。

十一時ちょっと過ぎ。附添夫たち昼食。

十一時半。病人たちの滋養品「卵」「牛乳」来る。お茶の時間なり。各病人に湯ざましを造ってやる。

十二時。掃除。ただし箒《ほうき》のみ。

二時。ニンニクの皮をむかされる。臭い上に眼が痛い。他に煮物二、三あり、これははなはだ苦手なり。

三時半。夕食。

六時。病人S氏の咽喉《のど》管《くだ》（カニューレ）を引き抜き、吸入をかけてやる。これを称してカニューレの掃除。初めてのこととて、T氏に教わる。見るに堪えなし。「ノド掃除」という。

七時。医局の用ありや否や病人たちに訊いて廻る。神経痛の連中「注射をたのみます」「よし、よし」と自分。

七時半。病人たちに便器を与え終わり、ほっとす。

八時。病室廻りの看護婦、注射器を持ち来る。「御苦労さん」そしてベッドにもぐり込んだ。が、なかなか眠れない。

九月四日。

五時。病人に起こされる。カーテンをあけ放ち、呼吸。室内掃除。便器の始末、臭い臭い。

七時。朝食を終えて次の当番に室を任す。

右はほとんど毎日繰りかえされる定まった仕事で、死にかかった病人でもいると別だが、そうでなければだいたい当直人の昼間の仕事は以上のようなものである。もっとも書き洩らしている点も二、三あり、その日その日によって変化があるのはもちろん、また各病室によってそれぞれの違いはあるが、まあ似たりよったりのところである。

　私がやった時には三度とも運良く死人にぶつからなかったが、それでも夜中に起こされたことは珍しくなかった。

一日の疲れでとろとろと眠っていると、「当直さん、当直さあん」と嗄《しわが》れた声で呼ばれる。はっとして飛び起きると――もっとも長年やっている本官連中になると悠々《ゆうゆう》と起きるが、――不眠に悩まされている病人が、

「山田さんが呼んでるよ」と教えてくれる。呼んでいる本人は大きな声を出す元気などもちろんなく、喘《あえ》ぎあえぎ歯を食いしばっているのである。

「注射を……」病人はいって、あとはちちいッと痛みを訴える。いうまでもなく神経痛にやられているのである。すると附添夫は寝衣のまま医局まで駈けつけ、当直の看護手を呼び出さなければならない。草も木も寝静まった深夜、しんとした廊下を自分の跫音《あしおと》を聞きながら駈けて行く時の気持というものは、ちょっと表現などできるものではない。医局は病院の西端にあり、各病棟をつなぐ長い廊下はほの暗くかげり、硝子越しに覗《のぞ》かれる各室には半ば腐りかかった連中がずらりと並んでいる。それが駈けている横眼にちらちら映って来ると、今さらのように自分が癩病院にいることを意識させられるのである。医局から帰って来ると看護手の出て来るまでの間じっと病室に立って、汗をだらだらと流している病人を眺めながら待っている。附添夫が一番困るのはこの時であろう。汗を流していようがどうしようがただぼんやり眺めているよりなんとも致し方がないのであるから――。

「見るが良い、この病室の状を。――いったいこの中に一人でも息の通っている生き

た人間がいるのだろうか。誰も彼も死んでいる——すべてが灰色で死の色だ。ここには流動するたくましさも、希望の息吹きの音もない。いやそれどころか、ここには一四の人間だっていないのだ。人間ではない。もっと別のもの、確かに今まで自分の見て来た、人間とは異なったものが断末魔の呻《うめ》きを発しているのだ。自分もその中の一個なのだ。俺は死んだ、死んだ、死んだ——」

結核病室の附添いをやったときの印象として私の日記の中にはこんなことを書いた一節がある。私は今でもこれを書いた時の気持をはっきり思い出すことができるが、それもやはり真夜中のことであった。

呼ばれたのに眼を醒《さ》ますと、隣ベッドにいた男が、山田さんが苦しがっているようだぜと教えてくれた。私はひどく睡かったので幾らかよろよろしながらその男の所まで行くと、彼はうつぶせになって枕の上にのり出し、片方の手には赤黒く血の浸んだガーゼを摑《つか》んで喘《あえ》いでいるのである。

「どうした？」と私は、夜中に起こされたのでちょっと腹が立っていた。

「がっげづじまじだ」

「え？」

「が、が、が、……」と彼は吃《ども》って声が出なかったが、そのうち私は、ハッとして気が付いた。迂闊《うかつ》な話であるが、私はようやく、彼が喀血したのであることを悟ったのだ。

「喀血か、そいつあいけねえ」

私は急にあわてて食塩水を呑ませてやり、血のついた彼の口辺を拭ってやってから医局へ駈け出した。まだここへ来て間もないころだったので私はど胆を抜かれたのである。医局から帰って来ると、私はさっそく彼の枕もとを掃除してやり、啖《たん》壺を洗浄してやって看護手の出て来るのを待った。ほの暗い室内に浮き上がっている数々の寝台、二列に並んでいる白い布団とその中から覗いている絆創膏を貼りつけた頭の行列とを眺め廻していると、私はふと奇妙な憤怒と、孤独とを覚えた。やがて看護手が来、注射をうち、そして帰ってしまうと、私は寝台にもぐり込んで、右の日記を認めたのであった。

この喀血した男は、なんでもブラジルへ移民していて癩の発病に遇ったのだそうであるが、年は四十五、六であった。彼は今年の春さきになって死んだが、癩の方はそんなに重症ではなかったのを記憶している。

重病室には、健康者では全然想像もできないような病人がいる。また凡てこの地球上どこを探しても見当たらないような奇抜なものがある。

ここへ来て一番最初吃驚させられたのは、いのちの初夜という小説の中にも書いて置いたが、喉頭癩にやられてノドに穴をあけた男を見た時である。が、その次になんとも奇妙な感じがしたのは、眼球はどろどろになり果て、頭髪は抜け落ちた盲目の女が、陥没しかかった鼻の穴に黒いゴム管を通して呼吸しているさまであった。そしてそのゴム管の端が二本、並んで二分ほども外部へ出ているので、余計怪しく見えるのである。

ところが今年の春附添いをやった時さらに奇妙な、というより奇抜なのを見せられた。

やはり女で、年は三十七、八歳、あるいは四十歳くらいであろうか、かなり重症の、もちろん結節型で高度の潰瘍に顔面は糜爛《びらん》し、盲目であった。当直にあたっていた夕方、彼女は私を呼んで、けんどんの中にバットの吸口がとってあるからそれを出してくれという。寝台にはみな一つずつけんどんがくっついているので、戸を開けて見ると彼女のいうとおり、その蠟引きになった吸い口が長い棒になって幾つも転がっている。どうするのだと訊くと、彼女は、その一つを鼻の中へ押し込んでくれというのである。はあん、と私は思わず声を出したが、彼女はゴム管よりもこの方が良いといって、これだと毎日取り換えることができて手軽であると説明するのであった。そして彼女はつぶれかかった鼻の先に吸い口の端を覗かせながら、二、三度息を吸い込んでみて、

「ふ、ふふん。とても具合が良いのよ」

バットの吸い口といえば、煙草を吸う時以外に使用したことのなかった私は、何さま奇抜なものを見た気になったが、しかしそのうち私もまた彼女のように使用する時が来ないとも限らない。私は笑いながら慄然《りつぜん》としたのであった。

六号病室にもう数年の間各病室を転々と移って来たＹ氏がいる。

氏のことについては、私は委《くわ》しく書くだけの元気がなかなか出て来ないのであるが、というのは氏のことを書こうとするとなんとなく私自身息づまるような気がして来るのである。

人の年齢というものは、顔の形や表情や体のそぶりなどによってだいたい推察されるし、またそうしたジェスチュアや表情などがあってこそ年齢という言葉もぴったりと板についた感じで使用できるのである。ところがそうしたものがいっさいなくなってしまった人間になると、年齢ということを考えるのさえなんとなくちぐはぐなものである。Ｙ氏は今年まだ四十七か八くらいであるが、しかし氏の姿を見るともう年齢などという人間なみの習俗の外に出てしまっているのを感じさせられる。たとえば骸骨を見て、こいつはもう幾つになるかな、などとは考古学者ででもない限り誰でも考えないであろうように、Ｙ氏を見ても年齢を考えるのは不可能なばかりでなくそんな興味がおこって来ないのである。氏は文字どおり「生ける骸骨」であるからだ。

眼球が脱却して洞穴になった二つの眼窩、頰が凹んでその上に突起した顴骨《かんこつ》、毛の一本も生えていない頭と、それにはいっている皹《ひび》のような条《すじ》、これが氏の首である。ちょっと見ても耳のついているのが不思議と思われるくらいである。その上腕は両方とも手首から切断されてしまっており、しかも肘の関節は全然用をなさず、あたかも二本の丸た棒が肩にくっついてぶらぶらしているのと同然である。かてて加えて足は両方とも膝小僧までしかない。それから下部は切り飛ばしてしまっているのである。つまり一言にしていえば首と胴体だけしかないのである。こんなになってまでよく生きていられるものだと思うが、しかし首を縊《くく》るにも手足は必要なのであってみれば、氏にはもう自殺するだけの動作すら不可能、それどころか、背中をごそごそ這い廻る蚤《のみ》に腹が立ってもそれを追い払うことすら困難なのである。

飯時になると、氏はそれでも起きてけんどんを前にして坐る。附添夫がどんぶりに粥《かゆ》を盛ってやると、犬のように舌をべろりと出してそのあたりを探り、どんぶりを探し当てると首をその中に突っ込むようにしてびちゃびちゃと食い始める。少しも形容ではなく犬か猫の姿である。食い終わった時には潰《つぶ》れた鼻にも額にも、頰っぺたにも粥がべたべたとくっつき、味噌汁はなすりつけたように方々に飛び散ってくっついている。それを拭わねばならないのであるが、もちろん手拭を持って拭うという風な人間並みの芸当はできない。それにはちゃんと用意がしてあって布団の横の方に幾枚も重ねたガーゼが拡げてある、氏はころりと横になると、うつぶせになってそのガーゼに顔をこすりつけて拭うのである。すでに幾度も拭ったガーゼは黄色くなっており——もちろん附添夫がときどき取り換えてやるが——それは拭うというよりも、一ヵ所にくっついているのをただあちこちとよけいくっつけるばかりであるが、そんなことにいっこう気のつかない氏は、顔はたしかに綺麗になったに違いないと思って布団の中へもぐり込んでしまう。

　私は昨夜もこの男のいる病室へ用があって出かけてみたが、氏は相変わらず生きていた。しかし大変力の失せたのが目立っていて、近いうちに死ぬのじゃないかと思った。

　だが驚くべきことは、こういう姿になりながら彼は実に明るい気持を持っており、便所へ行くのも附添いさんの世話になるのだからと湯水を呑むのも注意して必要以上に決して呑まないというその精神である。そして煙草を吹《す》わせてやったり便をとってやったりすると、非常にはっきりした調子で「ありがとうさん」と一言礼をのべるのである。また彼は俳句などにもかなり明るく、読んで聴かせると、時にはびっくりするくらい正しい批評をしてみせる。私は彼を見るときっと思うのであるが、それは絶え得ぬばかりに苛酷な運命に虐げられ、現実というものの最悪の場合のみにぶつかって来た一人の人間が、必死になっていのちを守り続けている姿である。これを貴いと見るも、浅猿しいと見るも、それは人々の勝手だ。しかしいのちを守って戦い続ける人間が生きているという事実だけは、誰が何といおうと断じて動かし難いのである。

癩院にはどこの療養所でも親子、あるいは兄弟が揃って入院しているのが少なくない。というよりも半数以上は親兄妹を持っており、これによってもいかに家族間の伝染が激しいかを思わせられる。いったい癩菌が結核その他の慢性病に較べてずっと伝染力が弱いということは医学でも言われていることであるし、また患者数の激増等のない点から考えても頷けるが、やはり家族間では長い間の接触や、幼年期の最も伝染しやすい時期における病父母との接触等によって伝染がたやすく可能なのであろう。

『（前略）お正月の五日ごろ、愛生園（註・国立長島愛生園）のお父さんから、年始状が届きました。

お母さんが封をお切りになると、陽子さん清彦さんと書いた手紙もはいっていました。お母さんは、その手紙を私に渡してくださったので、すぐその手紙を読みました。

「陽ちゃん清ちゃんお目出度う。みんな無事で楽しいお正月をしましたか、お父さんはお前たちと分かれ分かれのお正月で何となく淋しい心持ちのお正月でした。早くこの父も病気をなおして、家へ帰り、一家揃った楽しいお正月をしようね、今ごろ、そちらは雪がたくさん積もっていることでしょうね、けれどこちらは大変暖かく、梅の花が咲いています」（中略）

それからは、お父さんのお手紙が待ち遠しくてなりませんでした。郵便屋さんが通ると、手紙が来ないかしらといつも表へ出ては見たりしていました。

私はその中に病気になってしまいました。病気になる前はどうしてか、私は眠くて仕方がありませんでした。学校の授業時間にもこくりこくりと居眠りばかりしていました。

（中略）

そのうちにお父さんも帰って来ました。その日、私はお母さんの後について、畠へ行っていました。妹の悦ちゃんも、弟の清ちゃんも学校へ行っておりました。そうして、「お母さん姉さんただいま」と言って帰って来ましたが、ざしきにお父さんがいるのを見て、不思議そうにじっと見つめるのです。私たちが「だれかわかる」って言うと「ううん知らない」と言って頭をふっていました。するとお父さんは「忘れたろう、もう、長い事会わなかったからな」と言って笑っていました。

その夜は一家そろって楽しい、嬉しい夕ごはんをいただきました。それからお父さんはおいしゃ様のように私たちの体を見ました。そうすると、私の外に、お母さんと弟が病気でした。そして「姉さんも兄さんも妹も病気と言う所はないようだが、体が弱かったから一度あちらで見てもらわなければいけないだろう」とお父さんは言われました。私はこちらへ来るという事をとなりの光ちゃんにだけ知らせました。

（後略）』――第六巻第六号「愛生児童文芸」所載。尋六、陽子作――

これは一例であるが、これに類した事実は実に多いのである。

私の病院には今百名あまりの児童がいるが、これらの子供たちもほとんど親か兄、あるいは姉、などと一緒に入院しており、中にはまだ十歳に足らぬ幼児の姉弟などもいる。その姉弟は姉が十歳、弟は八歳で今年学園へ入学したが、それでも病気の点からいうと私などよりもずっと先輩で、入院してからでももう五、六年にはなるのである。弟の方などは珍しいくらいの早期発病で、三つくらいのうちからはや病者となって入院していたのである。

まだ寒い風の吹く三月初めのころ十一、二歳の少年が入院した。病気は軽く、眉毛は太く、くりくりとした大きな眼は田舎の児らしく野性的な激しさで輝いていた。が、右足を冒されていて関節が駄目になっており、歩くと足を曳《ひ》きずって跛《びっこ》をひいた。この子は叔父に連れられて来たのであるが、別れる時になると医局の柱にしがみついて大声で泣き、その夜も一晩泣き通した。実の父親とは八年前に生別したまま、叔父に育てられて来たのだそうである。

ところが、この少年にとっては全然想像することも不可能になっていたのであろうその父親は、やはりこの病院に入院しており、病み重って重病室に呻吟《しんぎん》していたのである。もちろん間もなく少年も父のいることを教えられたが、しかし、これがお前のお父さんだ、と重症の父親を示された時、この少年の神経はどんなにふるえたであろう。父親は高度の浸潤にどす黒く脹れ上がって、腎臓病者のように全身がぶよぶよになっており、あまつさえ喉頭癩にやられた咽喉には穴があき、カニューレでかろうじて呼吸をし、声は嗄《しわが》れて一声出すたびに三、四度もその穴で咳《せき》する有様である。――実は私がこの親子を初めて知ったのは、この父親のはいっている病室の附添いを頼まれた時のことで、それ以前からその少年が入院したことは知っていたが、父親がいようとは夢にも思っていなかったのである。少年は毎夜父親のもとへ来、何かと世話するのであった。当直をやっている夜など、ちょろちょろと廊下を伝って現われ、当直寝台の上で本など読んでいる私を見ると、ぺこんと一つ頭を下げてニコッと笑い、父親の枕もとへ寄る。また私がT氏に教わりながらカニューレの掃除をしてやっているところへやって来たりすると、少年は恐怖と好奇心との入り乱れた表情で父親の咽喉にあいている直径二分くらいの穴と、その穴から抜き出したカニューレの管に細長く切ったガーゼを押し込んだり抜いたりしている私の手もととを見較べるのであった。

ここで私はカニューレおよび喉頭癩についてちょっと説明して置く必要を感ずる。

喉頭癩というと何か特別の病型、つまり喉頭ばかりを冒す病型があるように思われそうであるが、そうでなく、普通の結節型の癩が病勢進み、ようやく喉頭を冒すに至った場合をいうのである。主に喉頭の病状は、癩性浸潤、結節で、したがって腫脹《しゅちょう》、潰瘍《かいよう》等を気道に生じ、呼吸困難に陥るのである。もちろんこういう慢性病のことであるから、昨日まで平然と呼吸のできたのが今日になって突如として呼吸困難に陥るというようなことはなく、病勢の進行とともに徐々に腫脹し潰瘍を生じて、やがて充分に肺を活動させるだけの呼吸量がなくなるのである。

だから喉頭癩にやられたからといっても全然気道が閉塞されてしまう訳ではない。無論ほったらかして置けば終いには全く塞されてしまうであろうけれども、それまでに苦痛を訴えて穴をあけてしまうから、穴をあけてからでもまだ口腔から呼吸することはでき、嗄れた声を出すくらいはできるのである。もっとも、それからさらに病勢が進めばもちろん声など出なくなってしまうし、さらにその穴からすら呼吸が困難になるが、しかしまた他の場合には穴をあけてから進行が停止し浸潤や潰瘍が癒えて、あけた穴が不用になってしまうということもある。こんなのは珍しいが、しかし現に私の舎から二つばかり離れた舎にこういうのがおり、この男はもう穴が不用になったので首に繃帯を巻いてしまっている。断わって置くがこの繃帯は穴を塞ぐために医療をほどこしているのではなく、そのままでいると穴から空気が洩れてしまうのでそれを蓋《ふた》しているにすぎないのである。

穴をあけるのは気管の第一輪から二輪であり、声帯よりもはるかに下部であるため、穴をあけてしまった者が物をいったり念仏をとなえたりするのは一見不思議な現象であると思われるが、右の説明でだいたい事情は明らかであろうと思う。もっとも物をいう時にはこれらの穴あきどもは巧みに手をあげちょっと穴を押えて口腔に空気を流すことを怠らない。この点私の以前の文章には説明が不足しておりはなはだ残念であるが、未熟のせいと御勘弁が願いたい。

カニューレは私の病院では、気管複管、ナンバーは5・6・7・8を使用している。すなわち口径$7\frac{2}{3}$――$8\frac{1}{2}$――9――$9\frac{2}{3}$mm のものである。（いわしや医療器械目録参照）

以上は文學界短評欄へのお応えであるが、他にもそういう疑問をもっている人があるかもしれないので、ここに記して置く。

また時とすると親子が揃って入院することもある。

前記少年から半年ばかり遅れたころ、ハルちゃんという女の子が父親と二人ではいって来た。年はまだ九ツであるが、大柄で世間ずれがしているせいか十二、三には見え、それに非常に綺麗な顔をしていて、この子が来るとしばらくの間院内中がこの子の噂でいっぱいになったくらいである。病気は軽症であるのに加えて神経型のため、外面どこといって病人らしいところがない。黒く鮮やかな眉毛と澄みきった大きな眼とが西洋の子のように接近していて、頬が痩せてさえいなかったら、シャリイ・テムプルを思わせるくらいである。もっとも、こういう世界に長年暮らし、見るものと言えば腐りかかった肉体と陥没した鼻、どす黒く変色した皮膚などで、患者たちは美しい少女や少年に無限に執拗な飢えを感じているため、よけい綺麗に見えたというところもないではない。ところがこの子の父親はひどい重症で、おまけに結核か何かを患っており、収容病室から舎へ移ることもできないで重病室にはいり、その後間もなく死んでしまった。この親子は良く馴れた力の強そうな大犬を一頭連れていて、しばらくの間は収容病室内で奇妙な一家族を、形成して人々を怪しませたものであった。

私はこの親子のことを考えると、典型的な癩の悲劇とはこんなものであろうと思わせられるのであるが、実は彼らはここへ来るまで世の人々のいう癩病乞食であったのである。つまり歩行の自由を奪われた父親を、車についた箱に載せ、その力の強い犬に曳《ひ》かせて、この九ツになったばかりのミス・レパースは物乞いして歩いたのである。そして彼女の母親もやはり病気で、そのころはすでに立つ力もなく、家に寝て彼らの帰りを待っていたという、文字どおりの人情悲劇である。母親は、彼らが入院するちょっとさきに死んだ。

だから彼らが入院した時は全身しらみだらけで、附添夫たちもちょっと近寄れなかったそうである。頭髪はぼうぼうと乱れ、手も足も垢が厚ぼったくくっついて悪臭を発散していたのはもちろんである。が風呂からあがり、床場へ行って髪をオカッパに切って来ると、たちまち身違えるほどであった、と附添夫たちはいった。

「この児の母親も実に美しかった。この児はその母親そっくりだ」とは病める父親の述懐である。

ところが、ある朝、私が例のように畑の中を歩き廻っていると、焼き場の中から数人の人が群がって出て来るのに会った。見ると一番先頭に立ってその児が骨壺を抱いて歩いて来るのである。

「どうしたの？　誰が死んだんだい」と私がいうと、彼女は「父ちゃん」といって笑うのであった。別段悲しそうにも見えず、かえって一見愉快そうに壺を抱えているのである。

まだ明けきらない朝まだき、あるいはようやく暮れかかった夕方などに、カアン、カアンと鐘の音が院内中に響きわたることがある。すると舎の人々は、

「死んだな。誰だろう」
「九号の斎藤さんだろう、もう十日も前から、補助看護がついていたから、昨夜行ってみたらもう死にそうだった」そしてその死人の入信していた宗教と同宗の者、または近しく交渉のあった者などはぞろぞろとその病室へ集まって行く。つまり死人があると附添夫は室の前へ出て鐘を叩いて、院全体への死亡通知をするのである。

院内には、真言宗、真宗、日蓮、キリスト新・旧等々の宗教団体があって、死亡者はそれらの団体によって葬られるのである。補助看護というのは、病人が重態になり、附添夫だけでは手が廻りかねるようになると、それらの団体の中から各々交替で附添夫の補助をするものである。もちろん病人の近親者、友人なども替わり合って看護に出る仕組になっている。

ところがこうした宗教団体のどれにもはいらない者などが往々あり、補助看護は友だちなどがやるから良いとして、死亡した場合には、全く葬り手がなかったりする。それではいけないとあって、このようなつむじ曲がりのために、各宗が順番で当番を務めることになっている。もっともこんなのは全く少なく、千二百幾名かの患者中を探して十名あまりのものであろうし、また、いざ死期が近づくと心細くなるとみえて、急に殊勝な心持ちになってどれかに泣きついてしまうので、こういうのはごく稀である。私などもほとんど体質的と思われるほど宗教の信用できない人間の一人であるが、息が切れそうになったら信仰心が急に出て来るかもしれない。この疑問に対して私は今からひどく興味を持っているが、とにかく死に対すると人間の心理は弱点ばかりを露出するものとみえる。

死体は担架《たんか》に乗せられて、附添夫がかついで解剖室に運ばれる。解剖室と並んでもうひとつ小さな部屋があり、人々はその部屋に来て念仏をとなえ、あるいはいのりが始められる。その部屋には花などまつられてあって、ちょっと寺のバラックという感じであるが、突きあたりの破目板が外されるようになっておりそこから解剖室の廊下の台の上に乗っかっている死体が眺められる仕掛けになっている。酷暑のおりや、厳寒の冬には死人が多く、どうかすると相次いで死んだ屍体が、その台の上に三つも四つも積み重なっていたりする。

解剖が終わり、必要な部分が標本として取られると、また患者たちはぞろぞろとそこへ集まって行って、やがて野辺送りとなる。屍体は白木の箱に入れられ、それを載せたリヤカーを引きながら、焼き場まで奇怪な行列が続いて行く。頭に毛の一本もない男、口の歪んだ女、どす黒く脹れ上がった顔、手。松葉杖をついた老人、義足の少年、そんな風な怪し気な連中が群がり、中央にリヤカーを挟んで列をなして畑の中を通って行く様はちょっと地上の風景とは思われない。遠くに納骨堂の白い丸屋根が見える。

焼き場につくとそこでまた念仏がとなえられ、キリスト信者は感傷的に声を顫わせながら讃美歌を唄う。細い小さな煙突からは煙が吹き出し、屍臭が院内中に流れわたる。こうして苦悩に満ちた生涯は終わり、湯呑のような恰好をした病院製——患者が造っている——の骨壺に骨の切れ端が二、三ケ納まって、ハルちゃんが抱えて行ったように、納骨堂の棚の上に並べられる。

「あの人も死んでほっとしとるこっちゃろ」

「ほんにまあこれが浮世かいな」

念仏の終わった老婆たちはそんなことを話し合ってそこを離れる。そしてまた病苦の世界へ帰って行くのである。

（昭和十一年『改造』十二月号）

癩家族

秋が深まり、空間に刺すような冷気が感ぜられる。ようやく上り出した太陽が、少しずつ林の向こう側を明るませている。石戸佐七は、鼻の頭を赤くしながらさっきからぼんやりと櫟《くぬぎ》の切り株に腰掛けていた。

林の中では、黒い球のように木々の間を四十雀《しじゅうがら》や山雀《やまがら》がぱッぱッと飛び交して、佐七の仕掛けた囮《おとり》の目白も籠の中で飛びまわりながら鮮やかな高音をはっていた。すっかり肉の落ちた佐七の顔はほとんど無表情で、林の中に群がり鳴いている小鳥どもの間に、囮の目白の声が一段と冴《さ》えわたって響くのを聴く時だけかすかな微笑が口辺に漂った。籠は彼から六、七間ばかり離れた、若い松の枝にぶら下がって、中の鳥の運動につれてときどきゆらゆらと揺れた。籠の上には二本の黐竿《もちざお》が枝のように自然に両方に突き出て、獲物の来るのを待っている。飛んで来た黄色い小鳥がぱっとその竿にとまり、驚いて飛び立とうとしてみるが、及ばないと思ってか利口にもくるりと身を落として竿に足を捕られたままぶら下がって、体の重みで自然と足の離れるのを待つ、そういう光景が蘇《よみが》えって来ると、老いた彼の胸にも何か若々しい血が流れるように波立った。

しかし目白はまだ来ない。一家族が連れ立って群がり飛んで来るこの小鳥は、その時間もほとんど定まっていて、まだ三十分くらいは待たなければならないと、彼は多年の経験で思った。彼は鳥の来た時の用意にもと思って、穿《は》いていた義足を注意深く穿き直したり黐竿の具合をもう一度よく調べてみたりして、後はいつものようにぼんやりと小鳥たちの声を耳にしながら、頭の中を流れて行く色々な物思いに耽った。

この療養所へ来てからもう佐七は六年になるが、秋が来るごとにこうして目白を捕りに来るのが一番の楽しみになっていた。義足になったのは一昨年の春であったが、その時も足が一本無くなるという悲しみよりも、もう小鳥を捕りに出かけることができなくなりはしまいかという不安の方が強かったほどである。小鳥を捕るというそのことも楽しいことであったが、彼は何よりも雑然とした病舎から逃れて、自然の中に身を置き、人間の声の代わりに鳥の声を聴き、草の上に坐ったり、樹々の香を嗅いだりすることがよろこばしかった。一定の時間に家族連れで飛んで来る目白や、お互いに何かささやき合っているような小鳥たち、突如として高い梢にけたたましく百舌《もず》の声が響くと、すべての鳥が死んだように息をこらして森としてしまう有様など、佐七は、自分自身そうした小鳥の世界に生き、人間などの求め得ないほど美しく完成した小鳥の社会に遊ぶ思いがするのである。

じっと物思いに耽っている佐七の顔に、ふと暗い陰がさし、不安なものが漂うことがあった。すると彼は定まって小さな声で、仕方がない、仕方ない、と呟《つぶや》いた。それは息子の佐吉を思い出した時で、彼の眼にはなんなくおどおどとしたものが表われた。佐吉は長男で、父親が義足になるちょっと前にここへはいって来たのであるが、今は激しい両腕の癲性神経痛にやられて重病室のベッドの上で横になっている。彼は二十四で、ここへ来るまでは母親と一緒に田舎の街で暮らしていたのであったが、そのころは長女のふゆ子と同じように優しく、ときどき来る手紙の中にもそれは現われていた。中学を抜群の成績で卒業したという報せや、末に見込みのある大きな会社へ就職することができたという報知があるたびに、佐七は女舎まで出かけて行ってふゆ子にそのことを話した。そしてその夜は明け方まで睡《ねむ》らないで、息子のことを頭の中に描き続けた。手紙にはいつも乱暴な文字で、そういうところに暮らしている父のことを思うと一日として安閑と暮らしている気にはならない、今に立派な者になってみせるというようなことが書いてあった。文字はいかにも乱暴で紙いっぱいにはね廻っているようであったが、その中には美しい我が子の心が流れているような気がして、佐七は手紙を何度も読み返したものである。しかしその子がどうしてあんなに烈しい変わりようをしたのか、佐七は、病室にいる息子のことを考えるたびに何か大変な間違いを仕出かしてしまった後のような、空しい絶望を味わった。

昨夜もその病室へ出かけてみたが、佐吉は父の顔を見るともうむッとしたような表情を泛《う》かべて不機嫌に黙り込んでしまった。佐七は息子に向かって声を掛けてみるのもなんとなく悪いことをするような思いがして、おどおどしてしまうのである。俺がこんな病気になったのもこんな苦しい目に遇わねばならないのもみんなお前の責任だ、と息子の眼が責めつけて来るように思われて、佐七は呼吸をするのも何か悪いことをしているような気がするのであった。思いきって、どうだの、具合は、と声を掛けても、息子は閉じた眼をしばらくは開こうともしない。そしてやがて開いた眼には、父に見舞われた者の誰もが表わす喜びの表情はほんのこればかりも表われず、佐七は石のように冷たい息子の心に取りつく島を失ってしまうのだった。

仕方がない、仕方がない、と呟くよりほかになかった。何もかも病気に打ち毀《こわ》されてしまった、親子の愛情も、優しい息子の心も、しかしそれといってどう仕様があるだろうか、佐七は、ぼんやりと囮《おとり》の籠に視線を移しながら、深い溜息をもらした。病気のことを考えるたびに、佐七は、たとえばどんなに大きく眼を見開いてもなんにも見ることのできない闇の中に、ぽつんと立っているような孤独と、不可抗なものを感じた。そして佐吉の発病を報《し》らせて来た手紙を読み終わった時に感じた同じような、二度と取り返しのつかない失策をしてしまった絶望を覚えるのだった。その手紙を半ばまで読み進めて、胸部及ビ手首ニ白斑ト麻痺部ヲ発見仕リ候という文句にぶつかった時佐七は急にぐらぐらと畳の揺れるのを感じ、文字がびりびりと顫えた。そして天上を仰いだとたんに、しまったあ、あ、あ、という声が腹の底から飛び出した。病気になった子供の不憫《ふびん》さや、絶望を感ずるよりさきに失敗《しくじ》った、という感じと激しい責任感に頭は突き動かされたのであった。そして自分がすでに病気になっていることを知りながら結婚してしまった過去が罪深く思い出され、彼はその手紙をもったまま夜晩くまで林の中などを歩き廻った。そしてときどき頭を上げて空を仰ぎながら、子供のような声で、ああ、ああ、と呟いた。佐七はその時二十六であった。臀と顎とに紅斑があったが妻と初めて知り合った時には顎のは消えて無くなり臀部のだけが残っていた。しかしそれまで癩患者の実際の姿など見たこともなかったし、また自分の病気がどういう性質のものであるかも充分には知っていなかった。それが思いきって結婚させるに役立ったのであるが、彼は妻を抱きながら、ふと深い不安を覚えて彼女を遠くへ押しのけたのもたびたびであった。また彼はその滑らかな肌に体を密着させている瞬間にも、急に自分の病体を感じて、彼女との間に超えられぬ淵ができるのを覚えた。それは東洋の男が西洋の女を抱いた瞬間に感ずるであろう人種的な肉体感の相違にすら似ていた。そして佐七の場合、それは根深い罪悪感となって頭の芯に残ったのであった。初めのうち妻はもちろん佐七の病気を知らなかったが、それはかえって彼の心を苦しめた。佐吉が生まれたのは結婚後三年が経ってからであったが、彼は初めての我が子の声に恐怖を味わわずにはいられなかった。そしてふゆ子、佐太郎という順に生まれて来る子供に、長男に感じたほどの強さではなかったにしろ、やはり何か空恐ろしいものを覚えずにいるわけには行かなかった。そしてときどき少しずつ背丈の伸びて行く子供らを眺めながら、自分が大罪人のように思われて激しい悔みに襲われ、何もかも以前に、結婚しなかった昔に引き戻すことはできないものかと身もだえた。そしてそれが全然不可抗なことだと知ると、いっそ子供も妻も一人一人殺してしまいたいような衝動が突き上がって来たりして、彼は自分の心にぞっとするのであった。そういう時彼は本能的に病気の遺伝を信じているのだったが、ふと、自分の病気は伝染病であったのだと思うことによって、わずかな安堵《あんど》を発見した。しかし伝染病だと思った刹那《せつな》、彼は我が子との間にすら深い谷を感じた。ふゆ子を抱き上げても伝染《うつる》という感じが冷たく頭にひらめき、危うく子供を取り落とすほど腕の力が抜けた。

　最初に発病したのはふゆ子であった。佐七の病気は神経型のためもあったであろう、顎の紅斑が自家吸収されてからずっと自然治療の状態が続いて病勢は落ち付いていたのであったが、ふゆ子が発病する前年から急に悪化し始め、わずかの間に十本の指は全部内側に向かって曲がり込み、さらに足の関節の自由をも失ってしまった。そこで彼は佐吉が嫁をとる時になって差しつかえるようなことがあってはと思い、ふゆ子を連れてここへはいって来たのであった。彼女はその時十六、その秋から佐七は目白を捕える楽しさを覚えた。

　佐七は、さながら生物のようにびくッと義足を動かせた。かすかな声ではあったが、たしかに目白の声に相違なかった。林のずっと向こう、かなり遠くから囀《さえず》りながら近寄って来るらしい小鳥の姿が、早くも彼の頭に描かれ、彼は身構えるように上体をまっすぐにし、耳を澄ませた。囮の鳥は急に鮮やかな丸味を声にもたせて高音《たかね》を続け、近寄って来る仲間を呼ぶのであった。ぱッと停り木を蹴《け》りつけて飛び立つと、逆さまに天井に足をかけてぶら下がり、再びさっと翼を羽ばたくと見事な宙返りを打って停り木に立った。そういうことを続けざまに繰り返すと、急に胸を立て、小さな足をふんばってチィッと囀り、また籠の中をあちこちと忙し気に飛び移った。佐七は自ずと緊張し、今までの物思いはどこかへ消えた。やがて声が間近に聴こえ出すと、佐七は眼を光らせながら重なり合った枝々の間をすかしてみたが、まだ鳥の姿は見当たらない。息をつめ、体を硬くちぢめてなおもあたりに注意深い視線を送って、彼は、固唾《かたず》を呑む思いである。

　その時背後にふと跫足を聴き、邪魔されるという思いで苦い顔を振り返って見るとふゆ子がすぐ後ろに立っていた。

「お早う。どう、今日は？」と彼女は声を忍ばせて小さくいった。

「うん。立ってちゃいけない。そこへお坐り」と佐七もささやくような声であった。

とたんに林の奥から、葉と葉の間を潜《くぐ》って来た一羽が、籠のぶら下がっている松の枝にとまるのが見えた。佐七はぐっと唾《つば》を呑んで、横に坐ったふゆ子に耳うちした。

「来たよ」

ふゆ子は黙ったままその一羽に視線を向けたが、片方の手では膝の横の草を挘《むし》っていた。懐中にある弟から来た手紙が気にかかって、彼女はじっと坐ってなどいられないような気がしていた。

枝にとまった鳥は籠を怪しむように首を傾けていたが、急に飛び立って二、三間離れた樫の枝にとまり、またさっと身を泳がせて横の枝に移ったりしていたが、思いきったようにすうっと籠に乗った。佐七はもう一心不乱であった。そして、囮の鳥と籠の外の鳥とが、不意の邂逅《かいごう》に劇的な昂奮を示して、内と外とで向かい合って接吻でもするように嘴《くちばし》と嘴とをつつき合っているのを見ると、苛々《いらいら》とした待遠しさを覚え、それでも自然と口のあたりに微笑が浮かび上がって来る。目白にはさして興味のないふゆ子は、挘り取った草を膝の上で一本ずつ揃えてみたりしていたが、それを投げ出すと、頭を上げて父の横顔を眺めた。細く突き出た顎には縮れた太い毛がまばらに生えて、それが少しも艶のないのを知ると、ふと父は枯れてしまうのではないかというような不安が頭をかすめた。彼女は今までも乾性の病人を見るたびに父を思い出して、父は毎日毎日少しずつひからびて行き、終《しま》いには血も膏《あぶら》も粉のように水気を失ってしまうような気がしてならなかった。彼女は今さらのように父の姿をしげしげと眺めながら骨ばった肩や脱肉した腕などが、いつもよりもずっと小型に見えるのを不思議に思った。すると父がひどくあわれに思われ出して、激しい愛着が湧き上がって来るのだった。お父さんは不幸な人だわ、と彼女は心の中で呟き、そっと懐の手紙に触って見て、この手紙を今父に見せるのは恐ろしいことだと思った。父は夢中になって籠から視線を外《そ》らさなかった。おそらくは小鳥のことよりほかは何一つとして考えていないのであろう、彼女は病室にいる兄のことを思い、また自分を考え、この不幸な親子の中へまた一人弟がはいって来るのだと思うと、急に胸の中が波立って来て、危うく泣き出しそうになった。「しめた」と佐七が不意にいったので、彼女はびっくりして籠の方を見ると、空間に突き出た黐竿に何やら黒いものがぶら下がって揺れている。佐七は、ふゆ子がかつて一度も見たことがないほど敏捷《びんしょう》に駈け出し、躓《つまず》いて倒れはせぬかと心配なほどであった。佐七はむろん自分の義足を忘れていたが、そういう時には生きている足のように自由に動いた。やがて引き返して来た彼は、曲がった指では逃す危険があるのだろう、両掌でしっかり小鳥を摑《つか》んで、それは大切なものを抱きかかえているようであった。小鳥は曲がった指の間から首を出して、恐怖に彩られたまなざしでキロキロとあたりを見まわし、ときどきぶるぶると体を顫わして羽ばたこうとする。佐七の顔は急に皺《しわ》が延びたり縮んだりして、喜悦のために眼が輝いていた。

「すてき、わたしに持たして——」と彼女はそれを受け取ると、小鳥は彼女の掌《て》の中でもぐもぐと動いた。眼のふちを捲《ま》いた鮮やかな白い輪や、線を丸めて摑《つか》んでいるような掌の感じで、ひどく珍しいものを見るような気がした。

「どうだ、この鳥は生きてるだろう」

「あら、どうして」

「三日籠の中に入れといてごらん、この鳥は死んでしまう。小鳥が小鳥らしく生きているのは捉《と》った二、三日うちだよ。生き生きしてるだろう、ほらお前の指に噛みついたりして。三日も籠の中へ入れとくと、翼の色に力がなくなって、艶が落ちてしまうからのお」

「餌が悪いんじゃないの」

「人間の造った餌だからいけないんだよ」

「籠もいけないんでしょ」

「うん。思うように翼が使えないからのお。いくら餌をやっても駄目だよ。どら。ちょっと腹を見せてごらん。どうも女の子のような鳴き声じゃったが、はっきり聴こえなかった」

鳥ははたして雌であった。雄だと腹部に鮮明な黄斑の直線があるはずであったが、この鳥は腹一めんがぽうっと黄色く染まっていた。

「やっぱり雌だった。雌じゃ仕様がない」と呟いて佐七は、放してやれとふゆ子にいった、彼女はあらためて小鳥を見、

「放すの？」と惜しそうにいったが、思いきって空に投げた。風船のように空中に飛ばされた鳥は、途中でさっと翼を拡げ、林の中へ隠れていった。

ふゆ子は懐中から手紙を取り出した。彼女の頭を癩になった佐太郎の顔がかすめて、彼女は自分の発病当時の悲しさなどを思い浮かべると手紙を父に差し出す手が顫えた。

夕食が終わると、病室内は急に騒がしくなり、入口の硝子戸がひっきりなしに開けたり閉められたりする。寝台と寝台との間を病舎からの見舞い人が絶え間なくゆききして、あちらでもこちらでもぼそぼそと話し声が続いた。横たわっているとぞろぞろとゆかの上を引きずって行く跫足や、ど、ど、ど、と義足の歩く音などが枕に響いた。その他ゼイゼイと苦しげに呼吸する音や、嗄《しわが》れた笑い声や、気色の悪いカニューレの音などが入り乱れて、佐吉はこの時刻になるとどうしても不快な気持にならされてしまった。とりわけ、彼の隣寝台の男が、見舞いに来た女と一緒に、何か下劣な

ことを喋ってはげらげらと笑ったり、夜食のうどんをびちゃびちゃいわせながら食い始めたりすると、不快は激しい嫌悪感となり、時には腹の底から憤怒が湧き上がって来たりするほどであった。女は笑うとただれたような赤い歯茎を露わし、歯は黄色くなっている。

　太陽が落ち、硝子窓の外が暗がってしまうと、室内は急に地獄になり、だんだん奈落の底へ沈んで行くような気がした。明るいうちは窓外が見え、この病棟もしっかりと大地の上に坐しているのが判るが、夜になり、窓外が暗黒に塗り込められて室内だけがぼうっと仄《ほの》あかるくなって来ると、なんとなく棟全体が地から浮いているような感じで、やがて夜が更《ふ》けるにしたがって地下に沈み込んで行くような気がするのである。奈落だ、奈落だ、と彼は思い、これから抜け出る道のないことを思うと、身をしめられるような不安と絶望を覚えた。そして平和そうにげらげらと笑っている女や、その女に好色的な眼を光らせている隣の男の様子などを見ると、やがて不安は嫌悪となり、絶望は激しい現実への怒りとなって、彼の頭をかき乱すのであった。これが俺の世界か、これが俺に与えられているただひとつの人生か、と彼は呟く。一人の人にとって、その人に与えられた人生はただひとつである、というこの規定が彼には堪らないものに思えた。一人の人間はあくまでもただ一本の道をしか歩くことができない、同時に二本の道を歩くことは絶対に許されていない、彼はこれを恐怖の念なしには考えることができなかった。俺は、こんな風に定められてしまった。この神経痛がやむころには指が曲がってしまうだろう。やがて足の自由も利かなくなってしまうだろう、そうなればもうお終《しま》いだ。いや、癩になった時もう俺はお終いになってしまったのだ、死ぬまでこんなどん底から抜け出ることはできないんだ、死ぬまで――そして彼は憎悪の念をもって父の姿を描いた。こうなってしまったのもみな父の責任だ、と彼は思いきって断定することができなかったが、しかし父を考えるたびにつきまとって来る憎悪はどうしても取り除くことができないのだった。

　ずきずきと両腕が疼《うず》き始めた。続けざまに服《の》んだアスピリンが汗になってだらだらと全身に流れ出している。この汗の中でまた朝までの幾時間かを過ごさねばならぬであろう、彼は両腕を注意深く腰の両側に置いて、眼を閉じて固く唇をひきしめた。

　ふゆ子がやって来た。洗濯物を抱えて彼女ははいって来ると、見舞いの人々の間を、幾度も頭を下げながら兄の枕もとに立ち、

「あにさん」とまず声をかけた。これによって彼女は佐吉が不機嫌であるかどうかを試してみる習慣であった。機嫌の悪い時には、彼は返事をしようともしないで、急に額に皺をよせたりする。すると彼女は、神経痛がひどいのであろうと思って、洗濯物を枕の横に置いて黙って帰るのだったが一歩病室から外へ出ると、不意にぼろぼろと涙が出て来たりして、彼女は自分でも判断のできない気持になった。彼女は肩の竦《すく》ま

ってしまうような孤独を感じるのである。しかし佐吉はふゆ子に対しては優しい気持で、いたわってやりたいとさえ思っていた。とりわけ自分よりも病齢の多い妹はそれだけまた病勢も進んでおり、その病勢のため失った恋愛などを思うと、彼は妹がひどく不幸にみえた。その男はこの春病気の軽い女と一緒にここを逃げ出してしまった。彼女はその時少しも泣かなかったが、それ以来佐吉は妹の顔に力が失せ、体全たいの線が細くなって行くのを感じた。

　ふゆ子には、しかしどうしても兄の気持を理解することができなかった。たとえば、どんなに面白そうに話し合っていたりする時でも父の姿さえ見るとたちまち顔をけわしくして、ふゆ子にさえもろくに口もきかなくなる兄の心は、芯から父を憎んでいるのであろうか、彼女はそういう時ぞっと背中が冷たくなるほど兄の心が怖ろしくなったが、しかしどうして兄が父を憎んだりできるのか、彼女には全く不可解であった。子が父を憎むなんて、と彼女は考える。自分の兄がどうしてそんな悪人であろう、そんなことはない、そんなことはない、と彼女は強い心で否定する。子が親を憎むなどということはとうていできないことだ、と彼女は本能的に思っているのであった。それにお父さんだって、やっぱり同じ病気だもの、兄さんだってそれを考えないはずがない――。

「うむ」と佐吉は重そうに返事をした。そして黙って起き上がると、両腕を彼女の前に差し出した。解けかかった繃帯の間から、汗に濡れたガーゼが首をのぞかせて、ぷんと臭いが鼻を衝《つ》いた。

「巻きなおしてくれ」

「そうか」と佐吉はすなおに着ているものを脱いだ。ふゆ子は抱えていた洗濯物を置き、その中の一枚を拡げて、湯気を立てて冷えて行く兄の体を素早くつつんだ。

「シャボンの匂がする」と佐吉は着物に腕を通しながらいった。腕を通すのはなかなか困難で、ちょっとでも関節を曲げると、じくりと痛んだが、鼻孔に流れ込んで来る石鹸の匂が、新鮮なものに触れる喜びを与えた。

「いくらか、いいの？」

「うむ。ちっとはいいようだ」

「ガーゼを温めて来るから、待ってね」

　ふゆ子は一抱えの三等ガーゼを持って、火鉢の横へ温めに行った。佐吉はふと彼女が発病したころのことを思い出し、そのころ女学校の白い線のはいった水兵服を着ていた彼女が、こうした癩療院にいつの間にか慣れて何の気もなく薄黒いガーゼを抱えて行く、彼は信じられないものを信じているようなちぐはぐな気持を覚えた。水兵服を着ていた時も、またガーゼを抱えている彼女も、同一のふゆ子であるということがなんとなく奇妙な気がしたのである。病勢は進行を停止しているようであるが、それでも色が白人のように白く、眉毛がない。

発病したころ、彼女は毎夜のように悪夢を見、夜中に唸《うな》っては母に起された。また不意に家を抜け出して帰って来ないことも二度ばかりあった。警察の手をわずらわす前に彼女はぼんやりと帰って来たが、二度とも自殺をしようとしていたのであった。彼女はしかし今その時のことを思い出しても、どんな気持であったのか適確に思い浮かべることはできない。それは脳漿《のうしょう》が濁ってしまい夜と昼との判断を失ってしまったような状態とでもいうよりほかに言葉はなかった。十六歳という少女の繊細な神経が、病気をどういう風に受けたのか、佐吉には全然考えてみることもできないが、しかし彼女の姿を眺めていると、よくその神経がバラバラに砕け散ってしまわなかったものだと、一種の驚きを感ぜずにはいられなかった。

見舞に来た人々もやがて帰ってしまい、病室内は静かになった。

ふゆ子は、部屋の真中に出された大きな火鉢の前で腰をかがめて、ガーゼを火の上にかざした。そしてときどき入口の方を眺めて、もう父が来そうなものだと思った。佐太郎の発病を知ったら、兄はどんな気持になるだろう、彼女は父が兄に向かって佐太郎のことをいってしまった瞬間を考えてみようとしたが、二人の顔にどんな表情が現われるか、彼女には判らなかった。けれども、彼女は、その時は恐ろしい気持を味わうに違いないと思って、不安になった。それでは父が来るさきに自分がいってしまおうか、とも思ったが、彼女はそれもできないような気がした。

ガーゼが温まると、彼女はまず古い繃帯を解いてやった。久しく陽のめを見ない兄の腕は、すっかり細く白くなって、静脈が無気味なほど青く脹れていた。佐吉は腕の裏表を眺めながら、

「やせたなあ」といった。しかしその滑らかな肌理《きめ》の内には、若い血が流れている。佐吉は妹の白い頸を眺め彼女の青春が強く心を打って来た。彼は自分の若さを感じていたのである。

巻き終わった時、入口が開いた。ふゆ子は思わずびくッとし、二、三歩そちらへふみ出した。佐七は視線を落とし、うつむき加げんにはいって来た。ふゆ子はちらりと兄の顔を見た。佐吉は父の顔を見たのか見ないのか、もう布団を被って横になっていた。

「どうだ、いくらか良いか」と父は意外に明るい声でいったので、ふゆ子はほっとし、兄の返事が待遠しかった。苛々《いらいら》するほどであった。

「うん」と佐吉は、無理に咽喉から押し出すような声であった。彼は眼をつぶったまま、また明るそうな声を出している、と思って、その声の響きの底にあるおどおどしたものをすぐさま感じた。すると父が不思議なほど気の毒に思われ出して、

「だいぶ良いが、まだ――」といってしまった。がそういう自分の声が耳にはいって来ると、すぐさま嫌悪が突き上がって来た。しかしその嫌悪感の中に、ゆらりとひらめいて通り去った、嫌悪する自分をさらに嫌悪するもう一つの心の破片には、彼は気付くことができなかった。話が途切れそうになったので、ふゆ子は、

「今繃帯を取り換えたのよ。兄さんとてもやせたのよ」

兄の返事が彼女の心を明るくしていた。彼女はけんどんの中から湯呑など取り出して茶の用意をした。

「お父さん、お茶のむでしょう」

「いっぱい呑もうか」

彼女は火鉢のところへ湯を注《つ》ぎに行ったついでに、小さな腰掛を持って来た。義足の父はどっこいしょ、と呟いてそれに掛けた。

「兄《あに》さん、お茶どう？」

「たくさん」

兄の言葉は彼女の心に冷たく響いて、彼女のいくらか弾《はず》みかかった気持は一度に折られてしまった。親子が揃ってお茶を呑んだり、話し合ったりする機会のめったにないここで、その上珍しく父と兄の気持が調和しそうなのに明るんで来ていた彼女は、いまの一言で何かがびりりと割《くだ》かれるような気がした。湯呑を口に持って行きつつ、

父の手がその時かすかに顫えるのを彼女は見た。すると兄への激しい怒気が湧いて来たが、

「お菓子どう？」と彼女はけんどんの中からイボレットを取り出すことによってそれを押えた。佐吉は言葉も吐かない。佐七はそれを一つ摘《つま》みながら、ふと今朝放してやった雌目白のことを思い出し、それをなつかしく思ったりしたが、あたりがひどく重苦しくなって来て、彼は手紙を息子に見せる機会が摑《つか》めなかった。息子にそれを見せることが、なんとなく怖《おそ》ろしかった。その手紙が息子を驚かせ、悲しませるのが怖ろしいのではない、彼は息子の怒りが怖ろしかった。その怒りはいうまでもなく儂《わし》に向けられている。——佐七は救われない気持になった。

室内の静けさが三人の心をつつんで、話は途切れ、みんなそれぞれの思いに沈んだ。三人とも肉身のつながりが切れ、その間に深い淵のできているのを感じ合った。ふゆ子は佐太郎の姿を思い浮かべて、傷ついた心ではいって来る弟が、この冷たい親子の間をなんと感じるであろう、兄さえ優しい心になってくれればすべては温《あたた》かく運ばれて行くのに、と思った。佐七は懐中している手紙が鉄のように重くなって来たのを感じ、深い溜息を、しかしそれも低く何かを恐れるように吐いた。そしてじっと黙しているのが堪えられなくなり、何かいわねばならぬと思いながら、どこにもいとぐちのない思いであった。佐吉はじっと眼をつぶっていたが、すぐ横にいる二人の様子が見

えるように心に映り、みなと同じく息苦しい気がしたが、知るものか、と強《し》いてふてぶてしい気持になった。父は淋しいに違いない、悲しいに違いない、しかしそういう姿を見たといって、どうして父が許せるだろうか、父を許すということは、すなわちこの現実を許すことではないか、俺の良心が（もしそれがあるものとして）どんなに父を愛していようとも、俺の精神がこの現実に屈伏しない限り、俺はあくまでも父を許さぬ。またどうしてこの恐るべき現実が肯定できるだろう。彼は眠ろうと思った。それがこの場合父を拒否するただ一つの方法だと思えた。しかしさっき繃帯を換えた時冷やした腕は、温まり始めるとたちまち激しく疼き出す。温まってしまうといくらか楽だったが、それまでは、反動のように強く痛んだ。

「うむうむ」と彼は一つ唸って、父に背を向けて寝返った。

「痛むの？」とふゆ子がいうと、佐七も首をのばして、

「痛むのかい」

佐吉はそれには答えないで、

「ふゆ、湯ざましをくれ」

「はい」

けんどんの上に置いた湯ざましを取ってやると、佐吉は片手でそれを受け取り、ごくごくと音を立てて服み、

「何か用があるのか、用がなければもう帰ってくれ」とふゆ子にいった。

「何か食べたいものはないか、の？佐吉」と佐七がいった。思いきって手紙を見せようかどうかと逡巡《しゅんじゅん》し、その勇気がなくついそういう言葉が出た。

「なんにも食べたくない。ちちちッ、ふゆ、今幾時だ」

「十分過ぎよ。八時」

八時になると病室巡りの当直看護婦が注射をうちに来る。と、はたして入口が開いて白い服がはいって来た。

「注射ですよ」と看護婦は小さな声で、しかしみなに聴こえるように呼んだ。

「お願いします」とふゆ子は看護婦にいった。彼女はふゆ子を見ると、

「痛むの？そう、大変ね。あんたお丈夫？」

と愛想をいいながら靴音を立てた。

「ええ、おかげさまで」

大きなマスクで顔の半分はかくれていたが、その黒い眉を見ると、ふゆ子は急にみじめな思いがし、顔をうつむけていった。佐七は本能的に二人を見較べて、ふゆ子の不幸が強く心を打って来たが、看護婦が来たことによってかもされた小さな空気の変化にほっとし、この機会に手紙を見せようと考えた。

注射をすませ、彼女の姿が廊下の果てにぽつんと白いかたまりになって消えると、

「佐吉」と彼は息子に呼びかけた。声が少し顫え、眼色がおどおどと動いた。そして次の言葉に迷ってしまった。

「なんですか。僕痛んでしょうがないから、ひとりになりたいのです」

あんたなんかいたとて何にもならない、という意が含められているのを佐七は感じ、動き始めた心をぴたりと押えられてしまった。

「佐吉……お前何か用はないか」

　そういってしまって佐七は、がっくりと力の抜けるように絶望した。

　外へ出ると、二人は黙々と暗い道を並んで歩いた。冷たい空気が顔にかかって、佐七は水洟《みずばな》をすすった。ふゆ子は義足の音を寂しい気持で聴いていた。空には星が散らばっている。佐七はそれを仰いで、どこか遠くへかくれてしまいたいような気分になった。そして溜息を吐いて、

「ふゆ、お父さんが悪いんだよ。けれどのお、仕様がない。どうにも仕様がないんだよ」

　ふゆ子は父の顔を見、

「兄さんは腕が痛むからああなのよ」といったが、眼からは涙が出て来た。

「――来るのは明後日《あさって》ね」

「あさって――」

「でもまだ発病したばかりだから、治療すれば軽快退院できると思うわ」

「うん」

軽快退院、しかしやがて再発するだろう、ということを二人は感じていた。

今までの例がみなそうであったし、二人はこの病気がどういうものであるかをも知り抜いている。

「ふゆ、つらいのお」と佐七はこみ上がって来るような声を出したが、とたんに石に躓《つまず》いてよろけ、娘の肩にすがって危うく身を起こした。

「ふゆ、死のうか」

ふゆ子はどきッとし、そんな、とだけいった。佐七は続けていおうとしたが、口がこわばった。しばらくして、

「お前明日の朝早く起きられるかい？」

「どうするの、お父さん！」と彼女も声を顫わせながら反問した。

「あしたは良い雄を捕ろうよ」

「目白？　ええ、早く起きるわ。今朝放してやったの、足に黐《もち》がついてなかったかしら」

「大丈夫、かしこい鳥だから自分でこすって除《と》るよ」

「そうかしら」

「佐太が来たら――佐太はどんな気持でいるかなあ」

「……」

「お前、佐太の世話してやってくれ、のお」

「するわ」

彼女はふと自分から逃げた男を思い出した。世話をする、という言葉が男の姿を連想させたのであろう。その男はまだ軽症だった。頰に一つ紅斑があったが、その二銭銅貨のような斑紋は、思い出して見るとかえって彼を美しく見せたように思われる。が彼女は彼の愛撫の中にいる時でもその軽症さに不安を覚えていたのを思い出した。もしあの人がもっと病気の重い人だったら逃げたりしなかったに違いない。自分のような重いものが、あんなに軽い人を愛したのが間違いだった、と思うとともに、彼女はそのころその男と会うたびにひけめを感じていたのに気がついた。だけど、もし自分がもっと軽かったら――鏡を見るたびに悪寒をすら感じる自分の顔を思い出して、孤独と絶望とが押し寄せて来たが、どこからか、それを打ち消す力が湧いて来た。佐太郎や父への愛情がその力を与えたのであろう。

「ふゆ」

「はい」

父はそのまま次をいわないで、二、三十歩も足を運んでから、
「お前、お父さんを悪く思わないでくれのお」
彼女は不意に父に縋《すが》りつきたくなって来たが、
「兄さんは、兄さんは馬鹿なんだわ」と叫ぶような声になりながらいった。

薄暗い電光を受けて、佐吉はとろとろと眠っている。さっきうった注射が効いたのであろう。額から首のあたり、布団がずれて露わになっている胸まで大粒の汗が吹出物のように出て、ときどきかたまってはだらだらと流れている。彼の隣の男も、その並びの当直人も、みな寝静まって、室内は呼吸の音と、呻き声とだけでしんとしていた。

と、突然佐吉はぴくんと体を顫わせて、うううと呻いて、それからむっくりと起き上がった。ちょっとの間、彼は充血した眼を見開いてあたりを見廻していたが、やがて首を垂れると、横にもならないでそのまま寝台の上に坐り続けた。注射がまだ効いているのであろう、痛みはほとんどなかった。しかし頭がどろんと濁っていて、今見た母の夢が目さきにちらついた。

場所はたしかにこの療養所の中だったがそこに母の住んでいる家があった。そして珍しくも母と一緒に父もおり、自分もいた。ふゆ子は女学校の服を着ていたが、何か

両手で白いものを抱えて、たしかに泣いているようだった。それから突然父と母とが恐ろしい顔つきで何か叫び出した。病気が伝染《うつ》るうつる、というような言葉が頭に残っている。そしてその時母の真白い豊かな腕がちらりと見え、その腕に一ヵ所、鮮血に染まったような紅斑が浮いているのが垣間見えた。するとぞうんと身の毛が立つほど恐ろしくなった。それからはぼんやり煙ったようになって記憶の底になってしまっている。伝染る、うつる、と叫んだ時の母の恐怖に彩られた顔が、特にはっきり頭に残っている。母の顔は真蒼だった。それは佐吉の発病を知った時の顔であり、またふゆ子の眉毛が落ちた時の顔であった。彼は自然と母と別れる前夜のことを思い出した。その夜も母は蒼白なおもてであったが、佐吉はその顔が今も眼に浮かんで来るような気がした。

「佐あさん、もうお寝みかえ？」

　そのころ佐吉は毎晩、おそくまで街を歩き廻り、酒を呑んでは帰って来るのが習慣になっていた。癩者の誰もが一度は味わう気持、つまり生きていたいのか死んでしまいたいのか自分でも判らない漠とした気持であった。街を歩いていると、電車の轟音に発作的に体を投げ出してしまいたい欲求が興って来たり、かと思うとまだまだ生きられると思って妙に人生が楽観できたりして、行為と心理、心理と心理、行為と行為、などのつながりが切れぎれになって、ひどく衝動的になっていた。その夜も、おそく帰って来て酒臭い息をふうふう吐きながら畳に寝転んでいると、母がそういいながら上がって来た。彼は二階に住んでいた。母は佐七と同じようにやはりおどおどしているようだった。

「お前あしたはお父さんのところへ行ってくれるか、の、お前。あそこにはお父さんもいることじゃし、ふゆもいるで――」

　母は身の置き場もないというふうにできる限り小さくなって、今にも後ずさって行きそうに坐っている。彼は起きようともしないで、

「うん、うん」と頷《うなず》いていた。しばらく沈黙が続いて、母は赤くなった眼をおそるおそる開いていた。これが俺の母だ、これが、と彼はそんなことをふと口の中で呟いたか、理由もなくその時激しい憎悪に襲われた。彼は無意識のうちに眼付きをかえて、鋭く瞳を光らせながら母を見つめた。母は息苦しくなったらしく、そっと立ち上がろうと腰を浮かせかけたが、急に顔色を蒼白にしてまた坐った。息子の憎悪が電波のように心に響いたのであろう。と、彼女は顔を急に歪《ゆが》め、歯と歯をがちがちと噛み合わせて、

「佐あさん、怺《こら》えて――お母さんは、お母さんは」と歔欷《すすりな》き始めた。赤くなった眼を閉じると、瞼の間からぽろッと白いかたまりが落ちて、鼻にかかった。

「わたしは、の、佐あさん、お前のお父さんにだまされて、それで一緒になったのだ

よ。あの人は、わたしと一緒になる前から病気だったのだに、わたしはだまされて——」

佐吉はその時、みなまで聴かないでむくっと起きた。

「お母さんは、なんで僕にそんなこと教えるんです！」

頭の焼けるような怒気が湧き上がって来て、叫ぶようにそういって母を睨《にら》みつけたのを覚えている。しかしあれは母に対する怒りであったであろうか、佐吉は体の冷えるのを感じて横たわりながら思った。それ以来俺は父を思うたびに憎悪の念がつきまとうようになったではないか。それは今まで信じていた父の像がぶち毀《こわ》され、新しく事情を知るという恐ろしさが、怒りに変貌して現われたのであろう。

佐吉は、ふゆ子と一緒にこの病室を出ていった父の後ろ姿を思い出した。曲がった両手を腰にあて、不恰好に義足をギチギチいわせながら出て行く姿は、失意そのもののように見えた。腰にあてた手を振って歩く気力もあの時の父にはなかったに違いない。そう思うと佐吉の胸は急に顫え出して、父への愛情が頭をゆすぶった。彼は日ごろの自分の態度が切実に後悔された。母をあざむいたのは父の罪であるとしても、しかしどうしてその父を自分が鞭打つことができるだろう、父がこの地上に自分を産み出したということ、自分が父に病気を伝染《うつ》されたということ、それをすべて父の責任とすることははたして正しいことであろうか、この底には眼に見えぬ何かの力があり、これが吾々を引き摺《ず》って行くのではあるまいか——彼は運命というものを生々しく感じた。結局こうなってしまったのはどうしようもないのだ、それに対して誰を怒ることができるだろう。

彼は自分が今幾分感傷的になっていることを意識しながら、すぐにも佐七の手を握りたい衝動にかられた。

父と別れて女舎へ帰って来ると、ふゆ子はすぐ床をとってもぐり込み、頭から布団を被ってクックッと頸でも締められたような声で泣き出した。彼女は自分たち親子三人が、深い穴の中に墜《お》ち込んでいるような気がした。前も後も、厚い真黒な壁になって、押しても叩いてもびくともしない、彼女はそれに鼻をぶちつけているような気持であった。

夜が明けると、彼女は母に手紙を書きたくなって来たので、畳に腹ばって鉛筆で書き出した、外は雨が降って、昨夜父と約束した目白捕りも駄目になってしまった。

拝啓長らく御無沙汰致しましたお変わりも御座いませんか、と機械的に彼女は書いた。そこで彼女は一度鉛筆をなめ、さて、と続けたが後がつまってしまった。そして色々と文句を考えていると、もう胸がいっぱいになってぽちぽちと涙が紙の上に落ちた。そして結局紙を五、六枚破っただけで、彼女はあきらめて立ち上がった。すると突然佐太郎に会いたくてしようがなくなって来た。佐太郎と会って、慰めてやっている自分の姿が浮かんで、彼女はその文句を考え考え口のうちで呟いてみた。
「ね、佐太さん、大丈夫よ、悲観しないで、ね、きっと快《よ》くなって退院できるのよ」
そして、「姉さんはもうだめだけど」と附け加えると、どっと悲しくなって来た。佐太郎の頬にはきっと赤い斑紋があるに違いない、彼女はもう六年も佐太郎に会わないし、別れた時彼はまだ十二になったばかりだったので、今はどんな子になっているか見当がつかなかった。それで彼女は佐太郎の姿を考えるたびに逃げた男の姿をそれにあてはめて考える習慣になっていた。その男は二十五であったし、佐太郎は今年十八だったが、彼女のイメージにはそういう年齢の違いなどあまり苦にならなかった。

佐吉のことを考え出すと、彼女は腹立たしくなった。自分や父がこれほど心配しているのに、なんという親不幸な兄だろう、まるで撲《ぶ》っても抓《つね》っても唇を尖らしているひねくれた子供のようではないか、お父さんの気持だって少しは察したら良いのに――。

午後になると、彼女は佐吉の病室へ出かけた。どうしても佐太郎のことを今日のうちに教えておかなければならぬと思い、彼女は父の舎へ寄って手紙を受け取った。兄がどんな顔をしようと、もうこうなってしまえば仕方がないではないか、また考えて見るとこの手紙を兄に見せるのをどうしてこうも憚《はばか》っているのかその理由が判らなかった。父も年寄りになった今は、一番に兄に見せるのが至当であるし、また佐太郎も兄へあててこの手紙を書くべきはずだと考えられるくらいではないか――もっとも佐太郎と絶えず文通しているのは彼女で、なつかしきお姉様と、どの手紙にも冒頭されてあるのが彼女はばかにうれしかったのであるが――。彼女には父の気持が半ば不可解であった。が不可解のまま彼女はいつのまにか父と同じような気持になり、知らず識らず兄を憚っていたのであった。彼女は拳を握るような思いで決心した。この上何か兄が腹の立つことをいったら、その時は兄を思うさま詰《なじ》ってやろう、と彼女は胸のうちで力を入れた。が、昨夜佐七が躓《つまず》いたところまで来ると、なんとなく呼吸が弾んで来て、胸さわぎがするような気がした。するとまた男の姿が浮かんで来て、彼女は足を速め、ちょっと曇った空を仰いでから下を向いた。雨はまだやまなかったが、霧のように細くなっている。

　兄は相変わらず顔をしかめて、眼が充血し、近くへ寄るのも重苦しくなるほどであったが、しかし昨夜と較べるとずっと気持の柔らいでいることはすぐ判った。彼は横になっていたが、彼女が来ると起き上がった。

「今日はいくらか調子が良いようだよ」

　昨夜と同じ兄の姿を考えていた彼女は、ちょっと面くらったような気になった。

「そう」と彼女は強いて不機嫌そうにいってみたが、わけもなく気持は解《ほぐ》れてしまった。

「お父さん、今日来なかった？」

「来ないよ」

「そう……」と彼女は瞬間ためらい、「佐太さんから手紙が来たのよ」

彼女は二、三度急がしげに瞬き、ちょっと眼を閉じてから手紙を出した。

「どれ、どんなこと書いてある」

彼女は急に胸が切迫して来るのを感じた。何か強いもので全身を押しつけられるような心持ちであった。佐吉が吸い寄せられるように手紙を読み出すと、彼女は黙っていられなくなり、

「明日、来るのよ」といったが、佐吉は黙って読み続けた。

「事務所の方は昨日お父さんが手続きしたから良かったけど、お母さんはいきなり来て相談するつもりらしいのね」

佐吉の返事のないのを見ると、彼女は不安になり、また続けて、「それとも佐太さんひとりで来るのかしら、でも早い方が良いわ、病気で社会にいるのはつらいものね」

終わりまで読むと、そこからまた初めに続いているように、佐吉は二、三度読み返した。そして一言も物をいわないで考え込んだ。

「明日幾時ごろ来るのかしら――」といおうとすると、佐吉の顔が急に歪《ゆが》むように見

えたが、突然、「うるさい！」とどなりつけるような声を出して、ふゆ子の顔を睨《にら》んだ。佐吉の頭の中には荒い風が吹き始めていた。

「なんだって俺にもっと早く知らさなかったのだ」

ふゆ子はむっと胸がつまり声が出なかった。兄の我儘さに腹が立ち、しらない！と投げつけて帰りたくなった。

「昨夜《ゆうべ》お父さんが何のためにここへ来たか、考えてちょうだい。我儘者！」と彼女は呼吸を弾ませながらいうと、顔に血が上り、胸の中がひくひくと痙攣《けいれん》した。

「何のために来たか、俺が知るものか。そういいに来たのならなぜそういわなかったんだ」

「自分の仕うちを考えたらいいわ」

「親父は俺を恐れているのか、そうだろう、親父が俺を恐れるのは誰の責任だ」

「兄さんに定まってるわ」

「ふん」

佐吉は黙ってふゆ子を睨みつけていたが、やがて首を垂れると、

「ああ、また一人この世界へ墜ち込んで来るのか」と絶望的な声で呟いて布団を被ってしまった。

「そんなことといったって、仕様がないじゃないの。そうなってしまったものを」

「ふゆ子。お前もだんだんお父さんに似て来たぞ。お前は病気の時どんな気がしたえ？　その時の気持が一番人間らしい気持だぞ。仕様がない、親父は全く良い言葉を発見したもんだ」

「だって――」

「だってじゃない！」と佐吉は怒気と憐憫《れんびん》とを同時に含めた声でいったが、やがて優しくいった。

「ふゆ、帰ってくれ」

彼女は立ち去りかねるものを感じて、じっと兄の顔を見ながら、

「……帰らない」

佐吉はしばらく黙り込んで、妹の顔を見上げていたが、帰れ……と今度は激しくいった。

「兄さん――」と彼女は鼻声になっていったが、もう泣いてしまった。佐吉はくるりと寝返りをうち、彼女の方に背を向けた。そして布団の隅をぎゅっと握り、憤《ふ》き上げて来そうになった感傷を押えた。昨夜から父に傾きかけていた気持は、再び硬く立ち直って、俺はどんなことがあっても妥協しない、と強く思い続けた。

佐太郎がやって来たのはあくる日の夕方、もうそろそろ薄暗くなりかけた時分であった。報らせがあるとふゆ子は父と一緒に収容病院へかけつけた。収容風呂からあが

ったばかりの佐太郎は、初めて療養所の筒袖を着せられて、しょんぼりと立っていた。見ちがえるほど丈が大きくなって、裄《ゆき》の短い着物からは腕が半分ほども露わであった。初めて籠に入れられた小鳥のように、佐太郎は恐怖と驚愕の眼差しできょろきょろあたりを見廻している。

「佐太さん」とふゆ子が呼びかけると、彼は初めて姉に気付いたように、はっとした表情であった。そして微笑を浮かべようとしたらしかったが、それは途中で硬直したようにただ顔が歪んだだけだった。これが自分の姉だったのか、と佐太郎は思ったに違いないとふゆ子は、自分の眉毛のない顔を思い、つと一歩後ずさった胸の中でじいんと何かが鳴るような思いだった。

「佐太、来たかの」と佐七は続いて声をかけたが、それきり言葉はなかった。佐吉は待っても出て来なかった。ふゆ子が呼びに行っても、腕が痛む、と一言いったきりであった。

「そうか」と佐七は弱々しくいって、ふと気付いたように「ひわの声がする」とあたりを見廻した。病室ではどこでも小鳥を飼っている、佐七は窓の下に置かれた籠を見つけると、その方へ足を運んだ。

「ほう、なかなか良い鳥じゃ」とその前にしゃがみ込んで、指先に餌をつけると、籠の外から食わしてやった。ふゆ子は父の弓なりになった細い胴を背後から眺めながら、ふと父が泣いているように思われてならなかった。が、実は彼女の方が今にも泣き出してしまいそうになっていた。

（昭和十一年『文藝春秋』十二月号）

望郷歌

夏の夕暮れだった。白っぽく乾いている地面にもようやくしっとりと湿気がのって、木立の繁みではや蜩《ひぐらし》が急しげであった。

子供たちは真赤に焼けた夕陽に頭の頂を染めながら、学園の小さな庭いっぱいに散らばって飛びまわっている。昼の間は激しい暑さにあてられて萎《な》え凋《しぼ》んだように生気を失っているのだが、夕風が吹き始めるとともに活気を取りもどして、なんとなく跳びまわってみたくなるのであろう、かなり重症だと思われる児までが、意外な健やかさで混じっているのが見える。

女の児たちは校舎の横の青芝の上に一団となって、円陣をつくり手をつなぎ合ってぐるぐる廻っていた。円の中には一人の児が腰を跼《かが》めて両手で眼をおさえている。望郷台と患者たちに呼ばれている、この小山の上から見おろしていると、緑色の布の上に撒《ま》かれた花のようだった。鶏三はしばらく少女たちの方を眺めていたが、あれはなんという遊びだったかな、と自分の記憶の中に幼時のこれと似た遊びをさがしてみた。

うしろにいるのはだあれ、多分あれであろうかと思いあたると、急に頬に微笑が浮かんで来るのだった。

少女たちは合唱しながらぐるぐると廻っていたが、やがて歌が終わると、つないでいた掌を放して蹲《うずくま》った。すると今度は中に蹲まっていた児が立ち上がると見えたが、たちまちどっと手をうって笑い始めるのだった。西陽が小さな頬を栗色に染めているためか、癩児とは思われぬ清潔な健やかさである。

鶏三は芝生に囲まれた赤いペンキ塗りの小箱のような校舎と見比べながら、教室にいる時の彼らの姿を思い浮かべた。今こうして若葉のように跳び廻っている彼らも、一歩教室へはいるが早いか、もう流れ木のようにだらりと力を失ってしまうのである。眼は光を失って鈍く充血し、頬の病変はいっそうひどく見え出して、何か動物の子供にものを教えているような無気味な錯覚に捉われたりするのであった。彼が学園の教師になったのは入院後まもなくのことであったが、教室へはいった彼にいっせいに向けられた子供たちの顔を初めて見た時、彼はいたましいとも悲惨とも言いようのないものに胸を打たれた。小さな頭がずらりと並んでいるのであるが、ある児は絶え間なく歪んだ口から涎《よだれ》をたらしており、ある児は顔いっぱいに絆創膏を貼りつけている。ひどいのになると机に松葉杖を立てかけており、歩く時にはギッチンギッチンと義足を鳴らせるという有様であった。いったいこの児たちに何を教えたらいいのであろう、また彼らにどういう希望を与えたらいいのであろう、そして二十五歳で発病した自分ですらいっさいの希望を奪われてしまっているのではないか、況《ま》して七、八歳の年少に発病した彼らがいかなる望みをこの人生に持ち得るというのか——。彼は教壇に立ちながら、この少年少女たちに対してはもう教えるものはいっさいなかったばかりでなく、教えることは不可能だと思ったのであった。彼の受け持っていた学科は国語と算術であったが、彼はそれ以来算術を他の教師に頼んで自分は作文を受け持ち、ただ思いきり時間を豊かに使用することに考えついた。彼は教科書を放擲《ほうてき》してしまい、国語の時間には童話を話してやったり読ませてみたりし、作文はなんでも勝手に綴らせ、時間の半分は学園の外に出て草や木の名を教えた。それは教えるというよりも、むしろ、一緒になって遊ぶという気持であったのである。彼にはこの子供たちに対して教えるという風な気持になることがどうしてもできなかった。この年にしてこの不幸に生きねばならぬ運命を背負っているというだけでも、地上における誰よりも立派な役割を果たしているのではないか、よしんばこれが立派な役割だと言えない無意味な不幸であるにしても、彼はその不幸に敬意を払うのは人間の義務であると信じたのであった。

子供たちは教室から一歩外へ出ると、たちまち水を得た魚のように生きかえった。血液は体の隅々まで流れわたって、歪んだ口の奥にも、腫れ上がった顔面の底にも、なお伸び上がろうとする若芽の力が覗《のぞ》かれるのだった。

「癩病になりゃ人生一巻のお終いさ、ちぇッ」

という彼らの眼にさえも光が増して、鶏三はそういう言葉も笑いながら聴いた。彼はいっさいを忘れて遊びに熱中している子供たちを眺めるのが何よりの楽しみであった。彼らは学科を全然理解せず、ただそれが自分たちに無意味であるということだけを本能的に感得していたが、遊んでいる時の彼らにとっては無意味なものはこの地上に一つもなかった。彼らは至るところに遊びを発見し、そこにすべての目的を置き、力を出し尽くして悔いなかった。子供たちはみなそれぞれ恐ろしい発病当時の記憶と、虐《しいた》げられ辱しめられた過去とをその小さな頭の中に持っている。それは柔らかな若葉に喰い入った毒虫のように、子供たちの成長を歪め、心の発育を不良にしていじけさせてしまうのである。子供たちをこれらの記憶から救い、正しい成長に導くものは学科でもなければ教科書でもなかった。ただ一つ自由な遊びであった。彼らは遊びによってすべてを忘れ、恐ろしい記憶を心の中から追放する。それはちょうど、最初に出た斑紋が自らの体力によって吸収してしまうように、彼ら自身の精神の機能によって心の傷を癒《いや》してしまうのであった。

鶏三はじっと、夕暮れてゆく中に駈け廻っている子供たちを眺めながら、貞六、光三、文雄、元次、と彼らの名前を繰っていたが、ふと山下太市の顔が浮かんで来ると、あらためて庭じゅうを眼でさがしてみた。そして予期したように太市の姿が見当たらないと、彼は暗い気持になりながらその病気の重い、どこか性格に奇怪なところのある少年を思い浮かべた。

その時どっとあがった女の児たちの喚声が聴こえて来た。小山の上に立っている彼の姿を見つけたと見えて、顔がいっせいにこちらを向いて、

「せんせーい」「せんせーい」

と口々に叫ぶのである。鶏三が歯を見せて笑っていることを知らせてやると、彼女らは蜘蛛《くも》の子を散らせたように駈けよって来、ばらばらと山の斜面に這いつき、栗や小松の葉をぱちぱちと鳴らせて、見る間に鶏三の腰のまわりをぐるりと取り巻いた。そしてさっきのように手をつないで彼を中心にぐるぐると廻り、

　中のなあかの小坊主さん
　まあだ背がのびん

そんな歌を唄ってまたわあっと喚声をあげるのだった。そして手を放すと、今度は、

「かくれんぼしようよ、よう先生」

と、わいわい彼を片方へ押しながら言うのであった。鶏三は笑いながら、

「よし、よし。さあ、じゃんけん」

「あら、先生が鬼よ、先生が鬼よ」

「なあんだ、ずるいね、じゃんけんで決めなきゃあ……」

「だって、先生おとななんだもの、ねえ、よっちゃん」

「そうよ、そうよ」

そして子供たちははやばらばらとかくれ始めるのだった。鶏三は苦笑しながら山の頂に蹲まって眼をつぶった。

「先生、百、かぞえるのよ」

「遠くまで行っちゃだめよ」

木々の間を潜《くぐ》りながら彼女らは叫ぶのだった。

鶏三はふと人の気配を感じた。彼をさがして歩く女の児のそれではないことは明らかである。小さな森のように繁った躑躅《つつじ》の間に身をちぢめていた彼は、首を伸ばしてあたりを眺めてみたが、それらしい姿は見当たらなかった。陽はもう沈んでしまい、南空いっぱいに拡がった鱗《うろこ》雲だけがまだ黄色く染まって明るかった。地上はもうそろそろと仄《ほの》暗く、鶏三を撫《な》でる草は、露を含んで冷たくなっていた。先生、先生と呼ぶ子供たちの声が山の上から聴こえて来たが、鶏三は立ち上がろうともしないで、じっと耳を傾けた。人の気配がするばかりでなく、彼は奇妙な歌とも呟きともつかない声を聴いたのである。好奇心を動かせて再び伸びあがり、山裾の方を眺めてみると、木の葉の陰に太市が一人でじっと坐っているのだった。そこからはかなりの距離があって、歌声はよく聴き取れなかった。それに木の葉が邪魔になって、はっきり姿を見定めることもできないので、彼は相手に気づかれぬように注意深くにじり寄ってみた。もし彼が近寄って来ることを知ったなら太市はすぐに逃げ出してしまうように思われたのである。逃げ出さないまでも歌は決して唄わぬであろう。

　鶏三は今まで太市が遊んでいる姿をほとんど見たことがなかった。大勢が一団になって遊んでいるところには太市は一度もいたためしがなく、いつでもどこか人の気づかぬところでひとりで遊んでいるのだった。学園などへもほとんど出ず夜が明けるが早いか子供舎を抜け出して、腹が空《す》かなければいつまでも帰って来なかった。子供たちも別段彼を嫌っているというわけではなく、また太市も部屋の仲間に悪感情を持っているというわけでもないらしかったが、性格的に孤独なためか、それとも頭の足りないためか、みんなと歩調を合わすことができないらしいのであった。もちろん知能の発育はその肉体とともに不良であるのは明らかである。

　年は今年十三になるのだが、後ろ姿などまだ十歳の子供のようにしか見えなかった。顔はさながらしなびた茄子《なす》のように皮膚が皺《しわ》くたになってい、頭髪はまんだら模様に毛が抜けている。これでも血が通っているかと怪しまれるほど顔も手足も土色であった。鶏三が初めて太市の異常なところに気づいたのは、太市がちょうど熱を出して寝ていた時であった。太市はたいていの熱なら自覚しないで済ませてしまうらしかったが、この時はぐったりと重病室の一室で眠っていたのである。かなりの高熱であったに違いなかった。見舞いに行った鶏三は一目見るなり老いた侏儒《こびと》の死体を感じてぞっとしたのであるが、そこには生きた人間の相は全くなかった。と、突然太市の乾いた白い唇が動き初め、やがて小刻みにぶるぶると震えるのであった。何か必死に叫ぼうとしているらしいのである。鶏三は我を忘れて、太市、太市、と呼んでみた。そのとたんに太市は、ヒーヒーと奇妙な叫び声を発してむっくり起き上がると、枯枝のような両腕を眼の高さまでさしあげて、来る何ものかを防ごうとする姿勢になった。

「かんにんして、かんにんして——」

と息もたえだえに恐怖の眼ざしで訴えるのであった。おそらくは、あの小さな心につきまとって離れぬ異常な記憶に脅かされているのであろう。子供たちの話では、発熱しない時にも三日に一度は真夜中に奇怪な叫び声を発したり、そうかと思うとしくしくと蒲団の上で泣いたりするとのことであった。

　　つくつく法師なぜ泣くか

親もないか子もないか
たった一人の娘の子
館にとられて今日七日
七日と思えば十五日
十五のお山へ花折りに
一本折っては腰にさし
二本折ってはお手に持ち
三本目には日が暮れて……

太市は草の上に坐って胴を丸め、両手で山の斜面に穴を掘っていた。歌声と調子を合わせて上体を揺りながら腕を動かしている様子は、土人の子供が無心に遊んでいるようなロマンチックな哀感があった。鶏三はしばらくじっと太市の様子を観察しながら、こんなところでこんな歌を呟いて遊んでいるさまに意外な気がするとともに、また何か思いあたった思いでもあった。彼はその歌の調子や規則的に揺れる体によって、今太市が全く無我の境にいることを察した。穴を掘ることも、始まりは蟻の穴を掘るとか蚯蚓《みみず》を取るとかいう目的があったのであろうが、もうそうした最初の目的は忘れてしまって、ただ歌の調子をとるために意味もなく掘り続けているに相違なかった。

多分頭の中にはこの歌によって連想される数多くの思い出がいっぱいになっているのであろう。

鶏三は相手の胆を潰さぬように気を使いながら、顔に微笑を泛かべて、

「太市」

と友だちの気持になりながら低い声で呼んでみた。と、太市の肩がぴくッと動いて歌はぴたりととまり、手は穴に入れたまま石のようになった。振り返ってみようともしないのである。あるいは振り返って教師と顔を見合わせる勇気がないのか……と、太市はまた前のように一心に穴を掘り唄い始めた。鶏三の声に、太市はただ何かの気配を感じてギョッとしたのであった。

「何やってるんだい？」

と言いながら鶏三は側へ寄って行った。すると、太市はほとんど異常というべき驚きようで、蝦《えび》のように飛び上がると恐怖の眼ざしで鶏三を見上げ、今にも泣き出しそうであった。

「太市はなかなか面白い歌知ってるんだね」

と鶏三は親しそうに笑ってやったが、太市はやはりぷすんと突立ったまま、おどおどと見上げているのであった。頭の頂に鱗《うろこ》のように垢がたまり、充血した眼からは脂が流れて、乾いたのが小鼻のあたりまで白く密着していた。しなびて皺だらけになった

顔は、老人なのか子供なのか見分けるに困難だった。

「太市、もう晩になったから先生と一緒に帰ろうよ」

と、今度は鶏三はこう言ってみたのであるが、ふと家を出る時いつもの習慣で誰か子供にでもやろうと考えて袂に投げ込んで置いたチョコレートを思い出すと、彼はそれを取り出して太市に示し、

「そうら、チョコレートだよ。太市はチョコレート嫌いかい？」

　瞬間、太市の眼がきらりと光ると、鶏三の顔と見較べておずおずと手を出しかけたが、何と思ったか急にさッと手を引込めた。そして敵意に満ちた表情になってじろりと白い眼で見上げたが、またほしそうにチョコレートに眼を落とすのであった。

「そらあげるよ、またほしかったら先生の家へおいで、ね」

　しかし太市はもう鶏三の言葉を聴いてはいなかった。じっとその四角な品に眼を注いでいたが、相手の言葉の終わらぬうちにいきなり手を伸ばしてひったくるように摑《つか》むと、まるで取ってはならぬものを盗ったかのように背中に手を回して品物を隠した。数秒、様子を窺うように太市は鶏三の顔に眸を注いでいたが、突然身を翻すとさっと草を蹴《け》って駈け出した。とたんに太い松の幹にどんとぶつかってよろけると、くるりと振り返ってみてからまた一散に逃げて行くのであった。

　松や栗の間を巧みに潜り抜けて、前のめりに胴を丸くして駈けて行く猿のような姿

を鶏三は見えなくなるまで見送った。彼はほかの明るい子供たちの方ばかりに眼を向けて、そこに子供の美しさや生命力を感じていい気になっていた自分が深く反省されたのだ。もちろん彼とても意識して明るい子供ばかりを見る訳では決してなかったのであるが、いつとはなしに自然にそうなってしまい、なるべく病気の重い児からは顔をそむけ、太市のことなどほとんど忘れていることが多かったのである。とにかく明るい児にならないでも、大勢で遊ぶことの楽しさをあの少年に教えねばならない。鶏三は強くそう考えると、そろそろと山の傾斜を登り始めた。がその時ふと彼はまだ夏にならないころ面会に来た太市の祖父を思い出した。背を丸くして駈けて行く太市の後ろ姿が、その老人にそっくりであったのである。

　その時の面会もまた異常なものであった。そしてそれ以来太市の病的な性格が一層ひどくなったのは明らかであった。それまではたまには子供舎の近くで遊んだり、学園へも出て来て本を開いたりすることもあったのであるが、それ以来は全くそうしたことがなくなってしまった。そして人目につくことを極度に恐れ、顔には怯《おび》えたような表情がいつでもつきまとうようになった。

　大人の患者たちがよく太市をからかって、

「太市の頭は馬鈴《じゃが》薯《いも》。馬の糞のついた馬鈴薯」

などと言うことがあった。すると太市はいきなりあかんべえをして逃げ出すという無邪気な癖を持っていたのであるが、それすらもなくなってしまった。

その日はしょぼしょぼと梅雨の降っていたのを鶏三は覚えている。面会の通知があると鶏三は急いで子供舎へ出かけた。受持の教師である関係上彼は太市を面会室まで連れて行き、その親たちにも一応挨拶をする習わしであったのである。太市は運よく子供舎の前の葡萄棚《ぶどうだな》の下で、白痴のように無表情な貌《かお》つきでぼんやり立っていた。葡萄の葉を伝って落ちる露が頭のてっぺんにぽたぽたと落ちかかるのだが、彼はまるでそれには気もつかないようであった。

「太市面会だよ」

と鶏三はにこにこしながら言った。こういう世界に隔離されている少年たちにとっては、親や兄弟の面会ほど楽しいものはないはずであった。今までに彼は何度も子供たちを面会に連れて行ったことがあるが、面会だよ、と一言言うが早いか、彼らの顔はつつみきれない喜びであふれ、どうかするときまり悪そうに顔を赧《あか》らめたりするほどであった。彼はそういう子供の可憐な喜悦の表情を予期していたのであるが、太市は信じられぬとでもいう風に合点のゆかぬ眼ざしである。しかし考えて見れば、ほかの子供には毎月に一度、尠《すく》ない児でも年に一度はこの楽しみを持っていたのであるが、太市は今までただの一度もこの経験を持っていないのである。この病院へ来る時も警察の手を渡って来たという。

「太市お父さんかもしれないよ」

と、鶏三は太市の気を引き立てようと思って言ってみた。

「お父さんは死んだい」

　鶏三はぐさりと胸に打たれた思いであった。が急に太市はひとりで歩き出した。顔にはほかの児と同じように喜びの表情が見える。鶏三も嬉しくなって、

「お母さんかな？」

と、太市に傘を差し伸ばしてやりながら言うと、少年は答えないで一つこっくりをするのであった。

　しかし期待は裏切られ、面会の入口まで来るやいなや、太市は釘づけにされたようにぴたりと立ち停ってしまった。

　室の中にはもう七十近いかと思われる老人が、椅子に腰をおろしていたが、子供の姿を見ると腰を浮かせ、しょぼついた眼を光らせて、

「おお」

と小さく叫んで、患者と健康者との仕切台の上に身を乗り出して来た。

「さあ上がりなさい」

と鶏三は太市に言って、自ら先に立って老人に軽く頭を下げ、振り返って見ると太市はやはり入口に立っているのであった。その顔には恐怖の色がまざまざと現われてい

る。鶏三は怪しみながら、

「どうしたの、さあ早く」

と太市の手を摑もうとすると、少年はさっと手を引込めてしまうのである。

「太市」と老人が呼んだ。「おじいさんだよ、覚えているかい」

老人はもうぽろぽろと涙を流しているのであった。と突然太市はわっと泣き出すと、いきなり入口の柱にやもりのようにしがみついて、いっかな離れようとしないのであった。鶏三が近寄って離そうとすると、少年は敵意のこもった眼で鶏三を見、老人を見て、その果ては鶏三の手首にしっかりと噛みついて、

「イ、イ、イ」

と奇怪な呻き声とともに歯に力を入れるのだった。さすがに鶏三も仰天して腕を引くと、太市はぱっと飛び離れて後も見ないで駈けて行ってしまった。

老人はむっつりと口を噤《つぐ》んで、下を向いたまま帰って行った。鶏三が何を訊ねてみても老人は黙っている。ただ、ああ、ああと溜息をもらすだけであった。

しかし間もなく鶏三は太市の身上についてほぼ知ることのできる機会が摑めたのであった。

少女たちとかくれんぼをした日から四、五日たったある夕方、涼しくなるのを待っ

て彼は少年たちを連れて菜園まで出かけたのである。そこからは遠く秩父の峰が望まれ、広々とした農園には西瓜《すいか》やトマトなどが豊かに熟して、その一角に鶏三らの作っている小さな畠もあった。

子供たちは蝗螽《いなご》のようにばらばらと畠の中に飛び込んで行くと、たちまちばけつや目笊《めざる》などに自分の頭ほどもある大トマトがいっぱい収穫されるのであった。

鶏三は麦藁《むぎわら》帽子を被って畠に立ち、

「幹を痛めないように、鋏《はさみ》でていねいに切って……青いのは熟《う》れるのを待つこと……」

などと叫んだ。

「やい、カル公、そいつぁ青いじゃないか」

「ばかやろう、青かねえや、上の方が赤くなってらあ」

「すげえぞ、すげえぞ、こいつは俺が食うんだ」

「やッ蛇だ、先生、先生、蛇だ」

子供たちはわいわいと言いながら畠の中を右往左往するのだった。

「先生、西瓜とっちゃいけないの？」

「西瓜はまだ熟れていないようだね」

「熟れてるよ、熟れてるよ」

「どうかね。もう二、三日我慢した方がいいようだね」

「ううん、先生熟れてるんだよ。カル公と、向こうの紋公とが熟れてるんだよ」

鶏三は思わず吹き出して笑うと、

「じゃ、その二つを収穫しよう」

子供たちはわっと喚声をあげると、収穫だ、収穫だと叫びながら、その二つを抱えて来た。西瓜には一つ一つカル公、紋公、桂三、信太郎などと名前が書きつけてあった。

一とおり収穫が終わったころ、急に地上が暗くなり始めた。気がついて空を見上げると、西北の空からもくもくと湧きあがった黒雲が、雷鳴を轟かせながら中天さしてかなりの速度で這い上がっているのであった。と、はや大粒の雨滴が野菜の葉をぱちぱちと鳴らせ始めた。

鶏三は子供たちに収穫物を持たせて一足先に帰すと、大急ぎで彼らの荒らした跡を見て廻った。そして採り残されてあるトマトのよく熟したのを二つ三つもぐと、目笊に入れて帰ろうと遠くに眼をやった時、雑木林の中から突然太市が現われて来たのであった。猟犬に追われる兎のように林の中から飛び出して来ると、まっしぐらに畠の中を駈けて行くのである。体の小さな彼の下半身は茄子《なす》やトマトの葉の下に隠れて、ただ頭だけがボールのように広い菜園のただ中を一直線に飛んでいるのだった。好奇心にかられて鶏三は立ち停って眺めた。とたんに暗雲を真二つに引き裂いて鋭い雷光が地上を蒼白に浮き上がらせると、岩の崩れるような轟音が響きわたって、草や木の葉がぶるぶると震えた。脱兎のように飛んでいた太市が、その時ばったりと倒れて見えなくなった。鶏三は思わずあっと口走って足を踏み出した。

紐のような太い雨がざざざと土砂を洗って降り注いだ。稲妻は間断なく暗がった地上を照らし、雷鳴は遠く尾を引いて響いて行っては、また突然頭上で炸裂《さくれつ》する火花とともに耳朶《みみたぶ》を打った。鶏三は片手に笊をしっかりと抱き、片手ではともすれば浮き上がりそうになる麦藁帽子を押えて、太市の倒れた地点に視線を注いで駈け出した。と、太市は、倒れたまま地面を這い出したのか、不意に二十間も離れた馬鈴薯畑に首を出すと、また一散に走り出して、果樹園の番小屋に飛び込んで行った。

鶏三も駈け足で番小屋まで走り着くと、まず内部を窺ってみた。中はほとんど真暗であった。西側に明り取りの小さな窓があって、断続する蒼《あお》い光線が射し込むたびに小屋の中は瞬間明るくなった。荒い壁はところどころ剝《は》げ落ちて内部の組み合わさった竹が覗いてい、部屋の真中には湯呑やアルミニュウムの急須、ブリキの茶筒などが散乱して、稲妻が光るたびにそれらの片側が異様な光を噴き出した。

番人は誰もいなかった。鶏三は眸《ひとみ》を凝らして稲妻の光るたびに太市の姿をさがした。どこにも少年の姿が見当たらないのである。

　鶏三は思わず笑い出した。見当たらないはずであった、太市は部屋の隅っこで向こうむきになって蹲《うずくま》り、首と胴体とを押入れの中に懸命に押し込んでいるのであった。ぼろ布か何かが押入れの中からはみ出しているのに似ている。鶏三は、

「太市、太市」

と呼びながら上がって行ったが、それくらいの声では太市はなかなか気がつきそうにもなかった。雷鳴が轟くたびに太市は、輪なりにした尻をぴくんと顫わせ、押入れの中で、

「うおッ、うおッ」

と奇怪な呻き声を発しているのであった。

「どうした、太市」

　驚かせてはならぬと思いながら、しかし思いきった大声で呼ぶと、小山の下で呼んだ時と同じように激しく太市は仰天して飛び上がったが、押入れの上段にごつんと頭をぶちつけて、

「いた！」

と悲鳴を発した。刹那《せつな》ひときわ鋭い稲光が秋水のように窓から斬り込んで来て、太市は、

「うわッ」

と押入れの中に首を押し込んだ。冷たいもので顔を撫でられたような無気味さに、鶏三も身を竦《すく》めて腰をおろすと、雷の鳴るうちは駄目だとあきらめて、入口の土砂降りを眺めた。

雨はほとんど二時間近くも降り続けた。ときどき雨足が緩《や》んだかと思うと、また新しい黒雲が折り重なって流れて来ては降り募《つの》った。うち続いた菜園はほの明るくなるかと思うとすぐまた暗がり、その間を電光が駈け巡った。

やがて雨足が少しずつ静まるとともに、雷鳴が次第に遠方へ消えて行くと、洗われた地上にははや月光が澄みわたっているのだった。

「なんだ、月か」

鶏三は馬鹿にされたようにそう呟いてみたが、その時彼の横をこっそり逃げ出して行こうとする太市に気づいて、彼はやんわりと少年の胴を抱きあげると、自分の前に坐らせた。雷に極度に脅かされたためか、太市は放心したような表情でぼんやりと鶏三を見上げている。鶏三は立ち上がって蜘蛛の巣だらけになった電燈のスイッチをひねると、

「恐かったろう、太市」

しかし太市はもうむずむずと逃げ出しそうにして返事などしようともしないのである。

太市は黙って下を向いたまま、畳の焼け穴に指を突込んで中から藁《わら》を引き出し始めるのだった。

鶏三はちょっと当惑しながら、

「太市はトマト好きかい？」

と食物の話に移ってみると、

「うら、好かん」

と太市は笊を見ながら答えた。

「この前あげたチョコレートはうまかったかい」

「うん」

「そう、ようし、それでは今度は先生がもの凄くでかいのを買ってやろう、ねえ」

太市は相変わらず下を向いて、顔をあげようともしないのであるが、案外に素直なその答え方に鶏三は胸の躍るようなうれしさを味わった。

「太市は面白い唄を知っていたね。あれ、なんて言ったっけ、つくつく法師はなぜ泣くか。それから？」

太市はちらりと鶏三を見上げたが、すぐまた下を向いて頑固におし黙ったまま、じりじりと後退りを始めるのであった。鶏三はしばらくじっと太市の地図のようになった頭を眺めていたが、ふと奇妙なもの悲しさを覚えた。こうした少年を導こうとする自分の努力が、無意味な徒労と思われたのである。それにこの少年をいったいどこへ導くつもりなのか、結局この児にとっては、林の中や山の裏で、蚯蚓《みみず》やばったを捕えながらひとりで遊んでいるのが一番幸福なのではないか。それに少年とはいいながら、この児の前途に何が来るか明らかであった。あと、二、三年のうちには多分盲目になるだろう。そして肺病か腎臓病か、そんな病気を背負い込んで長い間ベッドの上で呻き苦しむ、そして一条の光も見ることなく、小さな雑巾を丸めたように死んでしまう——これがこの児の未来であり、来るべき生涯である。年はわずかに十三歳ではあるけれども、しかしこの少年にとってはもはや晩年である。そしてこの少年と全く等しい運命が、他のすべての子供にも迫っているばかりではない、鶏三自身もこの運命に堪えて行かなければならぬのである。子供たちの生活の中に生命の力を見、美しさを発見して、それを生きる糧としていた自分の姿さえ、危うく空しいものと思われるのであった。人生とは何だ。生きるとは何だ。この百万遍も繰りかえされた平凡な疑問が、また新しい力をもって鶏三の心をかき乱した。

「太市、帰ろうよ。先生と一緒に帰ろうね」

それに、太市も鶏三もさっきの夕立でびっしょり濡れていた。むろん夏のこととてそれはかえって涼しいくらいであったが、しかし体には悪いであろう。

「お父さんは太市が幾つの時に亡くなったの？」

しめった土の上を歩きながら訊いてみた。

「九つだい」

と太市は怒ったような返事であった。

「太市はお父さん好きだったかい」

しかしそれにはなんとも答えないで、急に立ち停ると、足先でこつこつと土をほじりながら、

「ばばさん」

と呟いた。

「ふうん、じゃあ太市はばばさんが一等好きだったの」

「うん」

「ばばさんはいま家にいるのかい？」

「死んだい」

「ふうむ。幾つの時に」

「七つだい」

「太市はつくつく法師の唄、ばばさんに教わったの、そうだろう、先生はちゃんと知ってるよ」

鶏三は、月光の中に薄く立ち始めた夜霧を眺めながら、まだ五つか六つの太市が、

祖母の膝の上でつくつく法師の唄を合唱している光景を描いた。太市は、どうして知っているのか、と問いたげに鶏三を見上げたが、急に羞《は》ずかしげな、しかし嬉しそうな微笑をちらりと浮かべた。

「太市はお母さんのところへお手紙を出しているかい?」

と鶏三は今度は母親のことを訊いてみた。どうしたのかその母親はただの一度も面会に来ないのである。しかしまだ生きていることは明らかであり、太市がその母を慕っていることも、この前の老人の面会の時駈け出したのをみても明らかであった。

すると突然太市はしくしくと泣き始めるのであった。そして手紙を書いてもどこへ出したらいいのか判らないと言うのである。切れ切れに語る太市の言葉を綴り合わせてみると、長い間患っていた父が死ぬと、母親はどこかへ男と一緒に、この前面会に来た祖父と太市を残したまま「どこへやら行って」しまったというのである。その後のことは鶏三がどんなに訊いてみても、もう太市は語らなかった。そして長い間地べたに跼《かが》み込んでなかなか歩き出そうともしないで石のように黙り続けるのであった。兄弟はあるのかないのか判らなかった。しかし鶏三はもうそれ以上追求してみる気はなかった。そして自分の舎へ帰ってからも、長い間太市のことを考え続けた。

「ばばさん」のことを言った時ちらりと見せた微笑や、「うん」と答える時の意外な素直さを思い出すと、暴風の中にたわみながらも根を張っている一点の青草を見た思いであった。そしてこうした考えがよしんば鶏三の勝手な空想や自慰であるにしろ、彼は太市の不幸を自分の眼で見てしまったのである。見てしまった上はもう太市を愛するのは義務なのだ。そう思うと彼はまた新しい力の湧いて来るのを覚えるのであった。

急いで草履《ぞうり》をつっかけて家を出たものの、鶏三は迷わずにはいられなかった。またあの老人が面会に来たというのであるが、いったい会わせたものかどうか——もちろん会わせてやり、太市の心に蟠《わだかま》っている老人への恐怖を取り除いてやるのがほんとうに違いなかったが、しかしこの面会によって、ようやく明るみに向かい、どうにか過去の記憶を忘れかかっている太市の心を、再び暗黒の中に突き墜《お》とすような結果にならないとも限らないのである。もしそうなれば今までの鶏三の努力も水泡と帰してしまうのだ。

夕立の日以来、鶏三はかなりの努力をしてみたのである。彼はまず、何よりも自分に信頼させるのが大切であると考えた。しかしこの場合にも直ちに大勢の子供の中に引き込もうとしたり、あるいは何かを上から教えるという風な態度はいっさい禁物であった。彼は太市の友人にならねばならないと考えると、その日から暇さえあれば太市をさがして歩いて、一緒に蟬を採ったりばったを捕えたりした。初めのうちは太市は、彼の姿を見るともう一散に逃げ出したり、何時間か彼と一緒にいながら一口も口をきかなかったりしたものだったが、幸い鶏三にはどことなく子供たちに好かれる性質がそなわっていて、いつとはなしに太市も馴れて来たのであった。

　そして秋も深まった近ごろでは、三日に一度は朝早くから林の中に小鳥を捕りに出かけたりするようになった。太市は小鳥を捕ることに特異な才能を示した。鶏三の仕掛けた囮《おとり》が籠の中でただ空しく囀《さえず》っている間に、太市の囮にはもう幾羽もの小鳥が自然と集まって来て、彼は次々と収穫してゆくのであった。囮の籠にあたる朝日の工合や、仕掛けるべき樹の高さや、黐竿《もちざお》の置き方などがこの少年には本能的に知覚されるのか、鶏三はこういうところにも少年のもっているある自然な性質を感じるのであった。そして捕えた小鳥を片手でしっかりと摑み鶏三のもとへ駈けて来る時の輝いた顔つきや、用意の籠にその鳥を投げ込んだあと、得意げに鶏三を見上げる興奮した無邪気な表情などを見ると、彼は思わず微笑が浮かび、ふと自分の弟を見るような肉親感をすら覚えるのだった。

　こうして太市と精神的にようやく融け合って来始めたいま、再び老人に会わせることは鶏三にとってはかなり苦痛であった。それにこの間の太市の作文を思い出すと、やはり老人に対して一種の嫌悪を覚え、会わせることが不安であった。もちろん老人がああした恐るべき行為を執ったのも、よくよくせっぱつまってのことであろう、父が死に、母が逃げてあとに残された癩病やみの太市を連れて、おそらくその日の糧にも困ったものに違いない。それは鶏三にも察せられるが、しかし今一息というところで再び太市の精神に暗い影を投げかけることは、許し難いことだと言わねばならない。太市の作文というのは、『この病院へ来るまでの思い出』という題を与えて綴られたものであった。時間内に作らせることは困難だと思った鶏三は、これを宿題としていつでもできた時に出すようにと言って置いたのであった。

ぼくがにわであそんでいるとおまわりさんが来て、ぼくによそへあそびに行ったらいかんといいました。お母さんはぼくをものき（物置部屋）にはいれといいました。ここから出るなといってぼくにみかんをくれました。ぼくはみかんを食いながらそこにおりました。ねずみが出てきてぼくの鼻をかみましたのでぼくはちょくちょくそとへ出てあそびました。それからお母さんはよそのしと（人）とどこへやら行ってしまいました。それからおじいがええところへつれて行ってやるといいました。町かときいたら町じゃといいました。橋のうえでおじいがええ月じゃみい太市といいました。ぼくがお月さんを見よるとおじいがぼくのせなかを突きました。

文はそこで切れていたが、これだけでもう何もかも明らかであった。みかんを食いながら、と言うから、多分冬であったのだろう、物置小屋の片隅に蹲《うずくま》っている太市の姿や、氷のように冴えかえった月光を浴びて毬《まり》のように川に突き落とされた姿などが、鮮明な絵となって鶏三をうったのであった。

しかし自分の孫を川に突き落として殺そうとした老人の心事を考えると、鶏三はまた迷わざるを得なかった。もちろん老人が悪いのではない、すべては癩にあったのである。しかしその癩なるがゆえに物置小屋にはいるべく運命づけられ、親の愛情をすら失った太市を守る者が、この自分以外にどこにいるか——。鶏三は意を決して一人で面会室に出かけた。

面会室には例の老人が茶色っぽい木綿の袷《あわせ》を著て、ぼんやりと坐っていたが、鶏三の姿を見ると急に立って、小さな眼に微笑を見せるのであった。さきに見た時よりもいっそう憔悴《しょうすい》が目立っていて、微笑した顔はかえって泣き面に見えた。鶏三はふと太市を連れて来なかったことに後悔に似たものを覚えながら頭を下げた。老人はきょろきょろと鶏三の顔を窺ってはあたりを見廻し、

「あの、太市のやつは……」

と、いぶかしげにおずおずと訊くのであった。

「はあ……」

と鶏三は受けたが、さて何と言ったらいいのか、適当な言葉もすぐには見つからなか

った。すると老人は仕切台の上に乗せてあった手拭をぎゅっと摑みながら、

「どこぞ悪うて寝ておるんではないかいの」

と、はや心配そうに訊くのである。

「いや……」

と鶏三は答えながら、ふと相手の言葉どおり重病で面会はできないと言ってしまおうかと考えついたが、こういう偽りは彼の心が許さなかった。

「いや、あの児はまあ元気でいるんですが、弱ったことにはどうしてもここへ来るのは嫌だって言うのです。そしてどこかへ隠れてしまって出ないんです」

　これは鶏三の想像である。鶏三はここへ来る途中、やはり一応太市に老人の来たことを知らせようかと考えたのであったが、知らせた結果は、いま言ったようになることは明らかに予想されるのである。

　すると老人は、

「そうかのう」

と言ってうつむくと、握っていた手拭を腰に挟《はさ》みながら、

「一眼生きとるうちに会いとうてのう」

と続けて鶏三を見上げた。が急にその眼にきらりと敵意の表情を見せると、すねた子供のように、

「しようがないわい。しようがないわい」

と口のうちで呟いて、腰をあげるのであった。

「お帰りになるのですか」

と鶏三が訊いてみると、むっとしたように相手をにらんで、

「帰るもんかい、一眼見んうちは帰るもんかい」

と怒り気味に言って、また腰をおろすのであった。もちろん鶏三に腹を立てているのではない。自分の内にある罪の意識と絶望とのやり場のないまま、ただ子供のようにあたりちらしたいのであろう。老人の顔には許されざる者、の絶望が読まれる。

　鶏三は老人をじっと眺めながら、その黄色い歯や脂《やに》の溜まった小さな眼、しなびたような小柄な体つき、そういったものがどことなく太市そっくりであるのに気がつくと、心のうちが侘《わび》しくしめって来た。すると今まで太市や、この老人に対してとって来た自分の態度までが、浅薄なひとりよがりのように思われ出し、自分の立っている足もとの地の崩れるような不安を覚えた。

と、急に老人の眼が赤く充血し始めたが、たちまち噴出するように涙が溢れると急いで腰の手拭を取って眼を拭ったが、しばらくは太市と同じようにしくしくと泣くのである。

「お前さんは、わしがあの児を憎んでると思うてかい、わしが太市を憎んでと思うて

かい」

それは人生の暗い壁に顔を圧しつけて泣きじゃくっている子供のようであった。鶏三は重苦しい気持のまま黙っているより致し方もなかった。老人は問わず語りにうつむいたままぶつぶつと口のうちで呟くのであった。

「監獄の中でもわしはあれのことを思うて夜もおちおち寝れなんだわい。こうなるのも天道様にそむいた罰じゃと思うてわしが何べん死ぬ気になったか誰が知るもんか。その時のわしの心のうちが人に見せたいわ。それでも、もう一ぺんあいつの顔が見たいばっかりに生きとったが……この前来た時は監獄から出て来た日に来たんじゃが、あいつはわしに会おうともせなんだ。なんちゅうこったか。わしの立つ瀬はもうないわい。あの日も駅で汽車の下敷きになった方がよっぽどましじゃと勘考もしてみたがのう、あれが生きとるうちは死にきれんわいな。養老院へ行ってもあいつの生きとるうちはわしは死にゃせんぞ……お前さんはわしが面会に来るのに菓子の一つも持て来んと思うて軽蔑していなっしゃろ、え、軽蔑していなっしゃろ。菓子は持て来んでも、わしはあれのことを心底から思うとる。この心がお前さんには通じんのかい。さ、一眼会わせてくれんか、わしは一眼、この眼で見んことには帰りゃせんぞい。たとえあいつが嫌じゃ言うても、わしは一眼見たいのじゃ。遊んどるところでもええ、見せてくれんかの、頼みじゃ」

この頼みどおりにならんうちは決して動かないぞ、とでもいう風な老人らしい一こくな表情で言葉を切ると、つめ寄るように鶏三をみつめた。

相手の表情にけおされて鶏三は立ち上がると、

「それじゃ運動場へでも行ってみましょう、ひょっとしたらあの児もいるかもしれない」

と言って老人を外へ連れ出した。がそのとたん、面会室の窓下にぴったり身をくっつけて内の様子を窺っていたらしい一人の少年が、蝙蝠《こうもり》のようにぱっと飛び離れると、二人の眼をかすめるように近くの病舎の裏に隠れたのが見えた。

「あっ太市、こりゃ、太市」

と老人は仰天した声で叫ぶと、よろけるような恰好で駈け出した。と、校舎の角から不意に太市の小さな顔が出たかと思うと、またすっと引っ込んでしまった。鶏三も駈け出しながら、

「太市、太市」

と呼んだが、もう音も沙汰もなかった。二人がその舎の裏に廻った時には、はや太市の姿はどこへ行ったか全く見当もつかないのであった。老人はしばらく未練そうにあちこちを覗《のぞ》いていたが、

「ええわい。もうええわい」

と怒ったように呟いて、首を低く垂れて帰り始めた。

「またいらしてください。この次にはきっと会って話もできるようにしておきますから」

と鶏三は言った。彼は今の太市の姿に強く心を打たれたのである。老人はもうなんとも言わなかった。そして握りしめていた手拭に初めて気づいて、あわてたように腰に挟みにかかって、

「わしが悪いのじゃ」

と、一言ぶつりと言うのであった。

子供舎では、学園から帰って来た連中が思い思いの恰好で遊んでいた。廊下にはラジオが一台取りつけてあって、その下に小さい黒板がぶら下がり、

十月二十八日（木曜）六時起床。

朝、一時間勉強すること。

今日の当番、石田、山口。

などと書きつけてあるのが見えた。部屋の中には北側の窓にくっつけて机が並べてあり、二、三人が頭を集めて雑誌の漫画を覗いている。中央にはカル公と紋公とが向き合って、肩を怒らせて睨み合っていた。

「槍！」

とカル公が叫んだ。

「栗鼠《りす》！」

と紋公がすかさず答えた。

「するめ」

とカル公が喚《わめ》いた。

「目白」

と紋公が突きかかった。

「ろくでなし！」

「しばい！」

「犬」

「盗人《ぬすっと》」

「盗賊」

「熊」

「豆」

「飯」

「鹿」

「カル公」

「バカ野郎、なにをってのがあるけ。やいカル公負けた、カル公負けた」

「なにを！　負けるかい、負けるもんか。もう一ぺん、こい」

「やあい、カル負け、カル負け、カル負けた」

紋公はそう呶《ど》鳴《な》りながら、ばたばたと廊下へ駈け出した。カル公は口惜しそうに、

「やあい、もう一ぺんしたら負けるから逃げ出しやがった、やあい弱虫紋公」

と喚きながら紋公の後を追うと、もう二人は仔《こ》狗《いぬ》のように廊下で組み打ちを始めるのであった。

　門口まで老人を見送って急いで子供舎までやって来た鶏三は、部屋に太市がいないのを確かめると、そのまま自分の舎の方へ歩き出したが、ふと立ち停った。そしてちょっと考え込んだが、すぐ太市を捜しに林の方へ出かけることにした。心の中にはさっきの老人の姿がからみついて、彼は暗《あん》澹《たん》たるものにつつまれた気持であった。あの老人はこれから後どうして行くのであろう、あの口ぶりで世話をしてくれる者もいないらしい。養老院へはいるのもそう容易ではないとすると、それなら乞食をするかのたれ死ぬか、おそらくはこのいずれかであろう。

　林の中では、ようやく黄金色に色づき始めた木々の葉陰を、鶸《ひわ》や四十雀が飛び交っ

ていた。空は湖のように澄みわたって、その中を綿のような雲が静かに流れている。

鶏三は落ち葉を踏みながらあちこちと太市の姿を求めて歩くのだったが、少年の姿はなかなか見つからなかった。ときどき葉と葉の間から大きな鳥が音を立てて飛び立つと彼はじっとその鳥を見送ったりした。彼は太市をさがして歩く自分の姿が次第にみじめに思われ出して、草の上に坐り込むと、もう太市をさがすのも嫌悪されるのであった。そして投げ出した自分の足をつくづく眺めながら、気づかぬうちに拡がって行く麻痺部にさわってみたりした。そしていつの間にか頭をもちあげて来ている小さな結節に気づいてはっとすると、鮮やかな病勢の進行に絶望的な微笑をもらして、立ち上がったとたんに、やけくそな大声で呶鳴ってみたくなった。

「うおーい！　太市」

声は木々を潜り抜けて、葉をふるわせながら遠方へ消えて行った。

自分の声にじっと耳を澄ませていた彼は、それが消えてしまうのを待ってまた叫んだ。

「うおーい」

すると不意にすぐ間近くで女の児たちの喚声があがった。

「うおーい」

と彼女らは鶏三を真似て可愛い声で叫ぶのだった。そして入り乱れた足音を立てて、葉の間を潜り抜けて来ると、小山の上でしたように彼を取り囲んだ。

「先生が今日はすてきな歌を教えてあげようね」

と鶏三は笑いながら言うと、

「さあ、みんなお坐りなさい」

「すてき、すてき」

と子供たちは手をうってはしゃいだ。鶏三はちょっと眼を閉じて考えるような風をしてから、太い声で、うろ覚えの太市の歌を唄い始めた。

子供たちは鶏三に合わせて合唱した。多分太市もどこかでばばさんを想い出しながら唄っていることであろう。鶏三は次第に声を大きくしていった。


(昭和十二年八月脱稿、『北條民雄全集』上巻所載)

吹雪の産声

　松林の梢を鳴らし、雑木の裸になった幹の間を吹き抜けて来る冷たい風が、ひっきりなしにこの重病室の硝子《ガラス》窓に突きあたっている。朝の間、空は地を映すかと思われるほど澄みわたっていたが、昼飯を終わったころから曇り始めて、窓の隙間から吹き込んで来る風はさらに冷気を加えて、刃物のような鋭さを人々に感じさせていた。午前中に一とおりの医療をすました病人たちは、それぞれの寝台にもぐり込んで掛蒲団を首まで引っぱってちぢまっている。暇になった附添夫たちは、当直の者を一人残して詰所へ引きあげてしまい、室内にはしんとした静けさだけが残っていた。鼻の落ちかかった病人がときどきぐすぐすと気持の悪い音をたて、冷たい風のため痛みの激しくなった神経痛の病人が堪えられない呻《うめ》き声をもらしているが、それらはいっそう静けさを人々の胸にしみわたらせているようであった。さっきから、室の中央に出された大きな角火鉢の前で股を拡げ、講談本かなにかを読み耽《ふけ》っていた当直の坂下も、やがて一つ大きい欠伸《あくび》をすると、

「用があったら、詰所にいるからな」
と言い残して私の方をちょっと眺め、薄笑いをして出ていってしまった。

矢内の方に視線を移してみると、寝苦しいのであろう短い呼吸を忙《せわ》しく吐きながら、それでもやはりまだ睡《ねむ》っているようである。さっきうったパントポンが効《き》いたのであろう。食塩注射をすでに数回もやらねばならなかったほど衰えた彼は、ここ十数日煉獄の日々が続いて浅い睡眠さえもめったにとれなかった。落ち窪《くぼ》んだ眼窩《がんか》は洞穴のように深く、その中にある紙のように薄くなった瞼では眼を閉じることもできぬのか細目に両眼を開いたままである。両頬に突起した顴骨《かんこつ》、細長いほど突き出た顎《あご》、そしてそこに生えているまばらな艶のない鬚《ひげ》を眺めていると、もはや死の今日明日に迫っていることを強く感じさせられるのであった。この男の死後襲って来るであろう孤独が頭をかすめ、こうした世界に生き残る自分のみじめさが胸にこたえて、私はいきなり彼を抱き起こして寝台の上にしっかりと坐らせたい衝動を覚えた。その衝動をおさえ、立ち上がると足音を忍ばせながら室内をあちこちと歩いた。凍りついたような窓硝子の向こうに、空はますます曇って流れ、ちらちらと白いものが舞い落ち始めている。時計を見るとまだ二時を少しまわったばかりであったが、悪臭の澱《よど》んだ室内はたそがれのように薄暗かった。

寝台はずらりと二列に並んで、絆創膏《ばんそうこう》を貼《は》りつけた頭や、パラフィン紙で包んだようにてらてらと光っている坊主頭や、頭から頸部へかけて繃帯《ほうたい》をぐるぐる巻いた首などが、一つずつ蒲団の間から覗《のぞ》いている。頭の前に取りつけられた二段の戸棚になっているけんどんの上には、薬瓶《くすりびん》や古雑誌などが載せられ、寝台の下には義足や松葉杖が転がされている。その他血《ち》膿《うみ》のにじんだガーゼ、絆創膏の切れはしなどがリノリウムの敷きつめられた床にぽつぽつと散らばって、歩いている私の草履《ぞうり》にからみつくのであった。入口のところまで来ると私はちょっと立ち停って外を眺め、すぐそこに見える狂人病棟の窓に、この寒いのに明け放って外へ半身をのり出し、なにやら呟《つぶや》きながらげらげらと笑っている狂った老婆を硝子越しに見つけると、引き返してまた歩き出した。途中、部屋の中ほどまで来ると私はちょっと矢内の寝台を覗いて見、まだ睡っている彼をたしかめると、入口とは反対側の奥まった硝子戸まで歩をすすめた。硝子戸にぶつかるとまた立ち停って考えたが、私は思いきってそれを開き、廊下へ出た。廊下を挟《はさ》んでこちらを向いている小さな産室が二つそこにある。孕《はら》んだまま入院して来た女たちがここで生み、生まれた子供は感染しないうちに自宅に引き取られ、あるいは未感染児童の保育所に送られるのである。廊下に立って、私はその部屋を一つ一つ覗いた。部屋の大きさは畳にすれば八畳くらいのものであろう、各室とも二つずつの寝台が並んでいる。妊婦《にんぷ》は今一人、右手の部屋にいるきりで、左の部屋は空になってい、がらんとした寝台の上を寒々とした風が流れていた。

妊婦は窓の方に向かって坐り、生まれ出る子供の産着でも縫っているのか、大きな腹をかかえるようにして手を動かしている。彼女の腹は臨月であった。昨日も陣痛を訴えて医者を走らせたりしたのであったが、ここへ来るまで百姓をしていたという彼女の丈夫な体は、痛みが停るともう横になってはいないのであった。彼女の病勢はもうかなり進んでいて、小豆くらいの大きさの結節が数えきれぬばかり重なり合って出ている顔面は、さながら南瓜《かぼちゃ》のようである。頭髪は前額部の生え際からいただきのあたりへかけてすっかり薄くなり、勢いのない赤茶けたのが握り拳《こぶし》のように後頭部にくるくると巻かれている。彼女はいつものように小さな声で、自分の故郷に伝わっているのであろう民謡を口吟《くちずさ》んで、調子を合わせ、上体を小刻みに揺り動かしているのが、背後から見る私の眼にも映るのであった。今までも彼女がこの唄を口吟んでいるのを幾度も聴いたことがあった。彼女はおそらくこの唄以外には一つも知らぬのであろう。声はほそぼそとしてその顔に似ず美しいものであったが、じっと聴いていると胸に食い入って来る唸《うめ》きのようなものが感ぜられ、かえってなまなましい苦痛が迫って来る。それは長い間いためつけられた農婦が何ものかに向かって哀願し訴えているようであり、また堪えられぬ自分の運命の怨嗟《えんさ》のようにも聴こえた。私はその唄を聴くたびに千幾百年の長い癩者の屈辱の歴史が思い浮かんで、暗い気持になった。

　雪が激しくなって来た。私は部屋の前を離れると廊下の窓側によって外を眺めた。

雑木の幹に白い粉が吹きつけて、半面はもう白く脹《ふく》らんで見える。空を仰ぐと、幾万の蚊《か》が群がり飛びながら地上に向かってなだれ落ちて来るようである。ふと気がついてみると、さっきの唄声はやみ、その代わりに小さくすすり泣く声が聞こえる。また泣き始めたのだ。彼女の唄声がいつの間にか泣き声に変わっているのを私はもう何度も聴いていた。常は病のことも忘れ腹の中に成長しつつある小さないのちに母らしい本能的な喜びを感じては口吟み始めるが、ふと院外《そと》に暮らしている夫を思い出したり、自分の病気が気にかかって来たりすると、頭がこんがらがって泣き出してしまうのであろう。彼女がほとんど同時に泣いたり笑ったりするのも珍しくはなかったのである。矢内の寝台から三つばかり離れて彼女と同年、すなわち三十四、五の女が肋膜を病んで寝ているが、彼女はそこへ来てよく話し込んで行くことがある。二、三日前もそこへ来て、腹の子供に与える名前のことなどを語り合っては、大きな、つつ抜けた声で笑っていたが、不意に黙り込んだかと思うとたちまちぽろぽろと涙を流し始めて、

「汝《にし》を育てることもできねえだよ。汝アお母アを恨むじゃねえぞ、お母アは好きで癩《れえ》病になったじゃねえ。んだからな、んだからな、汝アお母アを恨むでねえぞ……」

と腹に向かって口説《くど》きながら産室へ駈け込むのであった。また、彼女は夜中に姿をかくして附添夫たちを騒がせたことも二、三度あった。彼女は寒さに顫《ふる》えながら、雑木林の中でぼんやり佇《たたず》んでいた。附添夫がようやく見つけて、帰ろうと言うとおとなし

く帰って来る。なんのためにあんなところで立っていたのかと訊《き》いても、彼女はただ黙っていて返事もしなかった。首でも縊《くく》る気だったのかと訊くと、急に激しい調子で否定し、あとはのどをつまらせて泣いてしまう。彼女自身でも自分がどうして夜中に室を抜け出したりしたのか判らなかったのであろう。彼女は絶えず喜びと苦痛とを一緒くたに感じて、こんがらかったままとまどい続けていたのだ。そしてただどうにかせねばならぬということだけを切実に感じて、夢中のまま部屋を飛び出したのであろう。

　風が募《つの》り、雪は速力をもって走った。暗灰色に覆われた空は深い洞窟のように見え、私は頭上に重々しい圧迫を覚えた。

「野村さん。野村さあん。いませんか」

病室の方からそういう呼び声がその時聴こえて来た。私はとっさに矢内が眼をさましたのであろうと気づいて、

「ああいますよ、いますぐ」

と、急ぎ足で病室へはいった。とっつきの寝台にいる病人が私を見ると、

「矢内さんが呼んでいるよ」

　矢内は眼をさまして、じっと視線を近よって行く私の方へ向けている。

「気分、どう？」

彼は微笑をしたかったらしく、眼尻にちょっと皺《しわ》を寄せたが、すっかり肉の落ちた顔ではもはや表情をうごかすこともできなかった。

「何か、用？」

「いや、なんにも、用はない」

私は、ふと、彼の眼が異様な鋭さを帯びて来たのに気がつき、すると寒いものが胸をかすめるのを覚えた。彼はじっと私の顔に視線を当てていた。しかしよく見ると彼は私の顔を眺めているのではなく、どこか私の背後にでも注意をそそいでいるようである。彼の眼にはもう何も映っていないのではあるまいか、この鋭さは死を見る鋭さではあるまいか。私はじっとその眼を眺めているうち、その鋭さの内部に、暗黒なものを見つめてでもいるかのような恐怖の色がたゆとうているように思われるのであった。彼は弱々しい、衰えきった声で、途切れ途切れの言葉を吐いた。ひとことごとに忙しく呼吸し、ともすれば乱れそうになる頭を弱まった意識のうちに懸命につなぎ合わせているらしく、私も彼といっしょに息苦しくなって来るのだった。

「苦しい？」

「そんなに苦しくない」しばらく黙っていてから「苦しくないが、頭が、なんだかぼうっとして行くような気がする」

「熱があるのかもしれないね」

と言って私が額に掌《て》を置くと、彼は幼い児のように瞼を閉じた。熱はなかった。二時ちょっと前にあった午後の検温では、三十六度二分、という低い熱で、かえって低過ぎるのが心配であった。死ぬ前には妙に体温が下がるものだということをいつか聴いたことのあった私は、額に掌《て》を広げながらも、むしろ熱があってくれればと半ば願っていた。けれど、

「熱ないよ。これなら大丈夫だよ。さっき睡《ねむ》れたからよかったんだよ」

と私は彼を力づけた。

「眼をさましたら、君が、いないので……」

「淋しかったのか」

「うん、俺、今夜、死ぬよ、きっと」

「馬鹿なこと言っちゃいけない。しっかり気をもって、がんばるんだ」

私はじん、としたものを体に感じ、急いで、声に力を入れながら言った。

「あの子供、きっと、今夜生まれるよ。早く生まれないかなあ、俺、待っているんだけどなあ」

そういう彼の言葉の中には、今夜生まれるということを確信しているようなひびきがこもっていた。彼がどんなに子供の生まれることを待っていたか、私の想像も及ばぬほどであった。彼はもう何度となく、早く生まれないかなあ、とくり返していたの

である。

「生まれるよ。きっと生まれるよ」

と私は強く言いきって黙った。生まれ出る子供よりも、彼に死の迫っていることを強く感じさせられて、私はもはや言葉がなかった。しかし死の近づきつつある彼が、どうしてこれほど子供の生まれることを待っているのであろうか。ここへ来る前から小学校で子供を教え、また入院してからも病院の学園に子供たちを相手に暮らしていた彼の、本能的な子供好きのためであろうか。私には不可解なものに思われるのであった。あるいは生まれ出る子供の中に自己のいのちの再現を見ようとしているのか——。

「湯ざまし」

けんどんの上に載せた薬瓶をとって、私は静かに彼の開いた口中へ流し込んでやった。薬瓶の中にはかねてから造って置いた湯ざましがはいっているのである。仰向いているためのどを通しにくいのであろう、彼は口をもぐもぐと動かせていたが、やがてごくりと飲み込んだ。ごくりという音に、まだ彼が幾らかでも力をもっていることを私は知った。

「も。すこし」

と彼はまた骨ばかりの顎を突き出し、唇を尖《とが》らせるのであった。

深い寂寥が襲って来て、私は不意に何かにしがみつきたい衝動を覚えた。こうした施療院の堅い寝台の上で死んで行く彼ははたして幸福なのか不幸なのか、そして生き残る私自身は——看護《みと》られる彼が不幸か、それとも看護《みと》る私の方が不幸なのか、さらに今夜にも生まれるかもしれないあの子供は、いったい幸なのか不幸なのか、私はただそこに人間の手には動かし難いちから、運命的なちからを感ずるのみであった。だが、私は何にしがみつきたいのか、しがみつくものがはたしてあるだろうか。私がしがみつきたいと思ったのは、死んで行こうとしている彼の生命であった。だが死の迫った彼の命にどうして私を支える力があるのか。私は今までの彼との交遊を思い浮かべた。女性から遠ざかった私の対象を失った心は、彼の中に自分の力の源泉を見ようとした。あるいは彼の精神と私の精神との均衡裡の緊張に自己の墜落を防いで来たのである。だが、それも破れようとしているのだ。彼の死とともに、私の心は底知れぬ孤独の淵に墜落するであろう。

　桜の花が散って間もない時分、私は癩の宣告を身に受けて入院した。するとそこに矢内がいたのである。矢内は昨日入院したというのであった。私と彼とがめったにない親しさで交わるようになったのも、お互いに入院したばかりの孤独さ、お互いに病院に慣れきらない何を見ても恐怖と驚きとを感ずる感受性の一致が結びつけたためである。いやそれはお互いに結びついたというよりも、むしろ私が彼にしがみついて行ったという方が当たっていよう。二人の性質はほとんど正反対といってよかった。東北の果てに生まれ、雪の中に育った彼と、温暖な四国に生まれた私とは地理的にも反対のものを示している。彼の言葉使いには常に鈍い重さがつきまとい、動作は牛のようにスローであったが、彼と対立すると私はいつも圧迫感を覚えた。

「おい、一石いこうか」

と彼の部屋を覗いてみると、彼はたいていごろり横になって眠たそうな顔をしている。顔全体にかるいむくみが来て、眉毛はもうほとんど見えないくらい薄くなっている。癩の進行程度は私とほぼ同じくらいである。

「うん、よし来い」

もちろん二人とも定石も満足に知らぬのであるが、相伯仲しているため二人にとっては力のはいった勝負なのであった。彼は常に遠大な計画をもって迫って来る。私の石を遠巻きにしてじりじりと攻め寄って来る。時には私の石をみな殺しにかけようとでもするような、途方もない石の配りをすることもあった。しかし勝負は定まって私の勝になるのである。私の石は巧みにぬらくらと逃げ廻りながら敵の弱点を一個所だけ破る。一個所でも破られると定石を無視した彼の計画は、もはや収拾がつかないでばらばらに分裂したまま死んでしまうのであった。石を投げて「もう一ちょう」と彼は言う。口惜しそうにも見えないのである。師匠が弟子に負けた時のような悠悠《ゆうゆう》とした表情が彼の顔には流れている。

この病院にはいって来ると皆年齢をなくしてしまう。まだ十三、四の子供が大人に向かって相対の言葉を使い、大人もまた平気で自分の子のような相手の友達になってしまうのである。大人にも子供にも、ただで食わされているという意識があるからであろう。私もいつの間にかこの習慣になれて、七つも年上である矢内に向かって、おい、お前、君という風な言葉使いになっていた。私はこれをいけないと思うのであったが、矢内は少しも気にする風はなかったのみか、彼は私を鋭いところがあると言って尊敬さえもしているようであった。私の小賢しい部分が彼の眼には鋭敏なものと見えたのかもしれない。私はそれに対してただ少しでも誠実でありたいと願う以外にはなかった。彼は間もなく学園に奉職するようになった。彼はもともと美しい男ではなく、低い小さな鼻、小さな眼、狭い額、その額に波形にはいっている深い皺《しわ》、それらから来る印象はふとあの醜い、手を有《も》った動物を聯想させるのであったが、しかし子供たちに囲まれてにこにことしている時の彼の顔は、どこにもないほど美しいものであると私は思った。眼尻に皺をよせ、頬をふくらませて笑っている姿は、素朴な美しさをたたえて、私はそこに長閑《のどか》な田園の匂を嗅ぐのであった。そういう時、私は病気のことすらも忘れることができた。平常からめったに病気を忘れることのできなかった私は、そうした姿を見る時、なぜともなくほっと溜息を吐いた。

こういうことがあった。

その時私は二週間ばかり病院から暇をとって父の家へ帰ったのである。その記憶は今もなお頭の中に黒い斑黒として焼け痕を残しているが、私は実はもう病院へは帰るまいと決意していた。病院へ帰らないでどこへ行こうというのか、癩患者は療養所という小さな片隅をおいては、この地球上どこにも平和な住家はないのではないか――いうまでもない、私の心は死に向かって決意していたのである。

二週間の間、私は生と戦い続けた。父のもとから帰ると病院へは来ず東京の町々をさまよい、ある時は鉄道線路の横に立って夜を明かし、ある時は遠く海を見に行った。私は私の生を、私の意志によってねじ伏せようとしたのであった。だが意志とはなんだろうか、意志と生命とがどうして別物だと考えられるか、意志をもって生命をねじ伏せる、要するに言葉の綾ではないか。意志が強ければ強いほど生への欲求の強いのも当然であった。私は方向を失ってしまった。死ぬこともできない。しかし生きることもできない。生と死の中間に挟《はさ》まれて私は動きがとれなくなってしまったのだ。びしょびしょと雨の降る夜、電火の溢《あふ》れた街路に立って、折から火花を散らせながらごうごうと怪物のように駈けて行く電車の胴体へむしゃぶりついて見たかった。俺は癩病だ、俺は癩病だと叫びながら、人々でいっぱいの中を無茶苦茶に駈け廻りたくなったりした。犇犇《ひしひし》と迫って来る孤独が堪まらなかったのだ。雪崩《なだ》れるようにもみ合って通る人々、その中にぽつんと立っている私だけが病人であるとは！　私とその人々との間には越えられぬ山がそびえて、私だけが深い谷底から空を見上げて喘《あえ》いでいるように思われた。もし叫びまわることによって自分の五体がばらばらに分裂し去ることができたらどんなに良かったか。そういうところへ矢内からの手紙であった。

「――君の手紙を見ました。君の気持がどうであるかは僕はよく判ります。けれども、君は君の生命が君だけのものではないということを考えるべきです。君のものであるとともにみんなのものです。みんなの中の君であるとともに、君の中のみんななのです。君の中に僕が在るように僕の中に君が在ることを考え、どうでも生きてもらいたい僕の願いです」

手紙はいたって簡単で短かった。しかしこの短い中に流れている彼の真剣な声は、私の心にひびかずにはいなかった。この手紙の意味が私に十分読めているか疑わしいが、私はこの時切実に矢内のところへ帰りたくなった。彼の柔和な顔や、学園の子供たちを相手にしている姿などが蘇《よみが》えって、この孤独感から抜け出るには彼以外にないと感じさせられた。私はその夜再び病院の門を潜《くぐ》った。彼は待ちかまえていて、大きな手でがしりと私の肩を摑《つか》んで、きらりと涙を光らせた。私が真に友情を知ったのはこの時であった。

半年ばかりたって彼はこの病室に入室した。急性結節の発熱であった。そしてそれきり彼は寝ついてしまったのである。

初めはすぐ退室できるであろうと思って深く気にもとめなかった。また急性結節は小児のはしかのように、大切にさえすれば一命をとられるようなことは決してないのである。しかし不運にも急性結節の熱が退き、退室も間近になったと思われるころになって、激烈な癩性神経痛が両腕に襲って来たのであった。急性結節の高熱に痛めつけられ、体力を失った矢先に来たこの神経痛は、彼の抵抗力のほとんどを奪い尽くしたのである。毎日一回ずつ巻き更《か》えてやる繃帯の中で、彼の腕は見る間に痩《や》せ細って行き、摑んでみると堅い木の棒を摑んでいるような感じがした。その上へ極度な睡眠不足が重なり、一時的にもせよ痛みをとめて睡眠をとりたいと思って服用する強いアスピリンや、麻酔の注射はさらに彼の力を衰えさせたのである。そしてやがてはその注射もアスピリンも効果が薄れて行き、ついには一睡もできぬまま夜を明かさねばならなくなった。私は彼の寝台の前に立ちながら、何者に向かってともつかぬ憤ろしい思いになった。夜など、歯を食いしばり、額からだらだらと膏汗《あぶらあせ》を流しながらじっと堪えている彼を見ると、私自身も歯を食いしばらねばいられない苦痛を感じた。こうした痛みを前にしてただ呆然と立っていなければならぬ自分の無力さ、またこの痛みに対してほどこす術も知らぬ医学の無能さ、そういったものに対する激しい怒りとともに、やがては私自身もこうした苦痛を堪えて行かねばならぬであろうという恐怖に、私の心は暗い淵の底に沈んで行くのであった。しかし一たび狂い始めた病勢は最後まで狂い続けねばやまない。間もなく彼は胸の痛みを訴えるようになり、肋膜炎の診断を受けねばならなかったのである。そういう日々の苦痛な生活がもし内臓に影響を及ぼさなかったならばそれは奇蹟であろう。急坂を駈け下りて行くように彼の病勢は悪化した。やがて肺結核が折り重なって弱りきった病体の上にのしかかったのであった。

　吹雪はますます激しくなり、潮がおし寄せて来るように松林が音を立てた。入室以来、一ヵ月、一日として休まることなかった彼の病勢は、うち続いた長い嵐の日々であったのだ。彼の結核は俗にいう乾性であったため、喀血するというようなことは一度もなかったが、それだけまた悪性のものでもあったのである。しかしそうした中にあって、一日も意力の崩れることのなかった彼——私にはそう見えたのである——は、私に何者にも勝って生きる意義を教えてくれた。

　ある日のことであった。それは今から二ヵ月ばかり前であった。私はほとんど毎日彼の病室を見舞っていたが、その時ちょっとした用件のため四、五日訪ねることができなかったのであったが、その日はいって行くと、彼はいきなり、

「つくづく生きなければならないと思うよ」

と、堅い決意を眉宇に示して言うのである。いつものようにおっとりとした調子では

あったが、私はその底に潜んでいるおしつけるような力を見逃すことができなかった。

「うん、生きなければいけないよ。だから早く元気になってくれ、早くね」

彼は不快なものをふと顔に表わした。だから早く元気になってくれ、と言った私の言葉の日常的な卑俗さが気に触ったのであろう。が、間もなく彼らしく顔を柔らげ、

「昨夜、二人が死んだのだよ。一人はこの病室、も一人は×号の人」

人が死ぬとこの病院では、その病室の前で鐘を叩いて、病舎に住んでいる死人の知人を集める習わしがある。その鐘の音を昨夜、二度も聴かされて、彼はしみじみと考えたというのであった。

「そしてね、僕はもっと真剣に病気と戦わなくちゃいけないと思ったのだ。今まで僕は、心から戦おうとはしなかったんだよ。僕は戦うよ」

産室の妊婦が来たのはその翌日だった。この妊婦は彼の心に異常な衝動を与えたと見え、彼は珍しくその日一日興奮の色を浮かべながら、寝台の上に幾度も起き上がろうとするのであった。

「死ぬ人もあるけれど、生まれる者もあるんだね。僕は今まで、人間が生まれるということを知らなかった。忘れていた。僕は今まで、すでに生まれている者だけしか頭になかったんだ」

と、彼は熱のこもった声で言った。

「うん。僕もそうだったよ。いや、僕は僕だけしか、今まで見えなかった。君にあの手紙を貰うまではね」

「よかったよ。君にもみんなが見えるようになったんだから。そのうえに、生まれて来るんだよ。次々に生まれて来るんだよ。僕は初めて歴史を知ったんだよ」

彼の肉の落ちた頬には喜悦が昇っていた。が、それを見た刹那、私は、彼が意識しないにせよすでに死を感じていることをはっきりと知った。

彼はその後もたびたび子供のことを語った。そして語るたびに彼の顔に和《なご》やかな光がただようのであった。それは体内にかがまっている胎児をまのあたり見ながら、その成長を楽しむ父親のような様子があった。だが、自分の病勢が進むにつれて焦《あせ》り気味になり、ふと不安な影が顔を包むようになった。早く生まれないかなあ、と言う彼の声には、どこか絶望のひびきが感取されるのであった。

「おお、さむ。ひでえ雪になりやがったなあ」

矢内の寝台の向かい側の男が、起き上がって急いで襟を合わせながらそう言って便所へ立って行った。

「ほんとだ、ひどい雪になったのね」

とその横の女が寝台に坐って大きな欠伸《あくび》をした。それが動機になって方々で声がしだした。

「やあ、もう五、六寸はつもったぜ」
と片足の少年が叫んだ。少年は松葉杖をこっとんこっとんとつきながら窓際に立って行った。

矢内は仰向けに寝たまま、じっと窓外を眺めている。雪の少ないここでは珍しい大雪であった。彼は自分の生まれた土地を思い出しているのであろうか、私はふとあたりに北国の気配を感じるのであった。

「おうい諸君、お茶にしようか」
と当直の坂下が詰所から出て来て叫んだ。室内は急にざわめき始めた。けんどんの戸をがたがたとあける音や、湯呑の触れ合う音などが入り混じって聴こえた。

「何か食べたくない？」
と私は矢内に訊いた。彼は首をちょっと左右に揺った。なんにも食べたくはないのである。

夜になった。私は矢内の横の寝台を空《あ》けてもらってそこに宿ることにした。吹雪はますます激しさを加えて窓外に唸り続けている。ごうごうと林の音が聴こえる。どこか遠くで巨大な怪物が断末魔のうめきを呻《うめ》いているようである。窓にはすべてカーテンが広げられ、室内は無気味な沈黙が続けられていた。私はやがて襲いかかって来る不幸の前に立って、それを待つともなく待っているかのような不安が病室全体を満たしているように思われてならなかった。雪のため各病舎からの見舞いもほとんどなかった。それでも宵のうちは入口の硝子戸が二、三度明けたり締めたりされたが、間もなくその数少ない見舞人も帰ってしまうと、重苦しい静けさがいっそう人々の身にこたえるかのようであった。

「ああ、ああ、今日もこれで暮れたんだなあ」

と向こう端の男が呟きながら床の中から腕を伸ばして、脹《ふく》らんだ蒲団をとんとんと叩いて押えつけた。

「ほんとにねえ……いつまでこんなくらしがつづくんだろうねえ……」

それに応ずるともなく一人の女がこの世の人とも思われぬかすれた声を出して起き上がった。彼女はそろそろと手探りで寝台をおりると、便所へ行くのであろう。あさくさ紙を口に啣《くわ》えて寝台と寝台との間を探り探り歩き始めた。頭から顔、頸、手足へかけてすっかり繃帯につつまれていた。眼も鼻ももちろん繃帯の中になっている。外部から見えるのはただれくずれかかった唇だけであった。その姿はまだ仕上がらぬ人形の型であった。顔もなければ指もなく、また人間らしい頭髪もない。ただ頭らしいもの、二本の腕らしいもの、二本の足らしいものがようやく象《かた》どられている白い模型が、薄暗い電燈の下を怪しげにゆらゆらとうごいて行くさまである。慣れている私も長く見るに堪えなかった。

矢内の呼吸が速くなった。私はじんと全身の毛立つのを覚えた。死ぬんじゃないか、という不安が頭をかすめた。

「矢内！」

と私は思わず高い声を出した。彼はものうく眼を開いて私を見る。私はほっと息を抜きながら、

「苦しくなった？」

と低い声で訊いた。

「くるしい――」

と彼は力の無い声である。ほとんど聴きとれぬほど低い声であった。私はそっと彼の額に手を置いて見た。しかし熱はなかった。

「みみ、のなかで、なんだか、あばれて、あばれて、いる」

「ええ？」

と私は聴きとれないで訊きかえしたが、すぐうんと頷《うなず》いて解ったような表情をして見せてやった。一言を出すに彼がどんな努力をしているかが察せられて、私は訊きかえしたりした自分が無慈悲なものに思えたのである。が、私はすぐその言葉の聴こえた部分をつぎ合わすことができた。彼は以前にも耳の中で何かがあばれているように耳

鳴りがすると言ったことがあった。それから眼がかすんでならないとも言った。その時私がそれを医者に訴えると、まあ判りやすく言えば全身結核、といったような状態なのだと教えてくれたのであったが、それから推して考えると彼は眼も耳も破壊されつつあるのであろう。不安が私の心の中に拡がって来る。私は坂下に医者を呼ぶように頼んだ。坂下はさっきから心配そうに私らの方を眺めていたが、急いで廊下伝いに医局へ駈け出して行った。死んじゃいけない、生きてくれ、どんなことがあっても生きてくれ、と私は心の中で呟き続けた。坂下の足音が廊下の果てに消えてしまうと、室内の静けさが身にしみ、矢内の出す呼吸の音がかすかに耳にはいってきた。

間もなく医者が来、診察が終わると、彼は私を寝台の陰に呼んで言った。

「まだ一日二日は大丈夫と思いますが、危険はありますから気をつけてください」

そして変わったことがあればすぐ呼ぶようにとつけ加えて矢内の腕へカンフルを射して出て行った。医者の姿が硝子戸の向こうに消えてしまうと、私は取りつく島を失った思いがし、もはや頼り得るものが何ひとつとして無いことを深く感じた。窓外に咆哮《ほうこう》する雪嵐はあくまで、生きようとする人間に対して敵意に満ちているように思われ、私は人間というものの孤独さ、頼りなさが骨までもしみ入るのであった。私はあらためて室内を眺めまわした。繃帯に埋まれたこの人たちははたして生きているのであろうか。もし精神と肉体とを備えたものが人間であるなら、これは人間とは言えぬであろう。それならいったい何だというのか、おそらくは人間という外貌を失った生命であろう。これはもう動物ですらあり得ないのではないか、人間としての可能のいっさいを失って最後の一線に残された命とはこれであろう。だが、私はこの時はっきりと知った。生命に対する自然の敵意を。私は病室の一歩外に荒れ狂い、喚《わめ》き咆哮する自然の盲目な力を見た。自然は絶え間なく人間を滅ぼそうと試みているのだ。生命とは自然の力に戦う一つの意志なのだ。その時、矢内の唇がもぐもぐと動いているのに気づいて急いで耳を近づけた。

「うまれ、ない、かなあ、まだ、生まれないかなあ……」

咽喉の奥からしぼり出すような声であった。私は、はっと胸のしまる思いがし、

「生まれるよ。きっと生まれるよ」

何が私にそういう確信を与えたのか、私は夢中になって、しかし断乎と言いきることがこの時できた。一瞬、矢内の眼が異様に輝いてじっと私の眼に釘づけされた。

その時、突然、がらがらと何かの転がる音が附添詰所であがった。

「何を！」と喚く声がそれに続いて、烈しく罵《ののし》り合う声が聴こえたかと思うと、とたんに入口の硝子戸が荒々しくあけ放たれて附添夫の一人が転がるように病室の中へ駈け込んで来た。と、その後からまた一人が追って来るとたちまち室内で子供のようなつかみ合いが始まった。

「この、ひょうろく玉」「何を。この薄馬鹿」「畜生」「ぶっ殺してくれる」そういう悪罵《あくば》を喚き合いながら二人はどたどたと床の上でもみ合った。僧兵のように頭の禿《は》げ上がった方が、やがて小兵な相手をリノリウムの上にねじ伏せてぽかぽかと頭を撲《なぐ》った。小兵な男は二本の足と二本の腕をばたばたともがいていたが、そのうち隙を狙って下からしたたか相手の顎を小突き上げた。上の男はワッというような悲鳴をあげて一瞬ひるんだが、たちまち物凄い勢いで前よりもいっそう猛烈に打ち続けた。病人たちは仰天してみな起き上がった。静かにしろ、と誰かがどなった。病室だぞとまた一人が叫んだが、二人の耳にははいらなかった。と、そこへ当直の坂下が駈け込んで来た。彼はさっき医者を呼びに行ってから、どこか他の病室の附添詰所にでも用があったのであろう。そのまま帰って来なかったのである。彼は物凄い勢いで二人に飛びかかって行くと、

「ここをどこだと思ってやがるんだ。このかったい野郎！」

と叫んで、上になっている男の頬桁を平手でぴしゃりと叩いて、背後から抱きすくめた。と、下の男が猛然とはね起きて坊主頭をぶん撲った。

「馬鹿！」と坊主を抱いた坂下が叫んだ。そして彼はいきなり坊主を放すと小兵な男の胸ぐらを摑んでぐいぐいと当直寝台の上に押しつけた。「仲さいは時の氏神ってことを、この野郎、知らねえな！」

「おい、静かにしてくれないか」

と私はたまりかねて言った。

「それ見ろ！」と坂下が言った。「死にかかった病人がいるんだぞ、それで、き、貴様附添いか、ここをどこだと心得てやがるんだ」

「放してくれ、もう判った」と押えつけられた男が言った、が、にやにやと笑いながら立っている坊主を見ると、たちまち憎々しげな声で「あん畜生、生意気な野郎だ」

坊主は毒々しい嘲笑を顔面いっぱいに浮かべながら、

「ヘッ、どっちが生意気だ。口惜しかったら外へ出ろ。病室は喧嘩《けんか》をする場所じゃねえ」

「じゃ、なんで手前《てめえ》俺の頭を撲りやがったんだ」

「貴様が生意気だからさ」

「生意気なのは手前じゃねえか、バットを三本呑みや死……」

「よし判った」と坂下が押えた。「もっとやりたけりゃ外へ出てやれ、とめやしねえ」

そこへ詰所にいた残りの附添夫が二人、寝ていたと見えて単衣のまま寒そうに体をちぢめながらはいって来た。

「おい！」と坂下は小兵から手を放して立ち上がると、二人に向かって言った。「手前ら、何だって喧嘩をとめねえんだ、病室で騒いでいるのをほったらかしとくとは、ふとい奴らだ」

「ははは、ははは、ばかばかしくてな、とめられもしねえさ。こいつらときたら」

「何だい、いったい喧嘩のおこりは、ええ？」

と坂下は訊いた。

「この畜生が……」と小兵が言いかけるのを、「手前だまってろ！」と坂下は一喝を喰わせた。

「おこりはこうさ。初めこいつが――小兵が――バットを三本煎じて呑んだら死ぬって言ったんさ。するとこの坊主が、いや死なねえって反対した訳さ」

「ちぇッ。もっとましな喧嘩かと思ったらなんでえ、だらしのねえ喧嘩しやがる」

と坂下は唾でも吐くように言った。病人たちがどっと笑った。

「バットを三本煎じて呑みや死ぬに定まってるじゃねえか」

と小兵が苛立《いらだ》たしげに言った。

「ちぇッ死ぬもんか」

と坊主が言った。

「死ぬ」

と小兵も負けていなかった。

「死なねえ」

「死ぬ！」

「じゃ貴様ここで呑んでみろ。口惜しかったら呑んでみろ」

「馬鹿！」と坊主が大声でどなった。「もし呑んで死んだら手前どうするんだ！」

病人たちもみな思わず噴き出した。坊主は自分の失言に気づくと、急に真赤になって叫んだ。

「よし、呑んでやる！　持って来い」

病人たちはもう腹を抱えるようにして笑った。坊主はますます苛立って来た。その時であった、私は産室から伝わって来るうめき声を聴いた。陣痛だ。

「おい坂下君、大変だ、大変だ。子供が生まれそうだぜ」

と私は夢中になりながら言った。

「えッ、そいつあ大変だ。やい！　そんな糞にもならんこたあ明日にしろ。坊主、手前は人の頭をぶん撲った罰に医局へ行って来い、俺はこっちの用意だ」

異常な緊張した空気が病室を流れた。坊主が慌《あわただ》しく廊下を駆け出して行くと、坂下は産室の方へ飛んで行った。病人たちは寝台の上に坐って生まれるのを待った。急に水をうったように病室全体がしんと静まった。地響きをうって雪の落ちる音が聴こえてくる。吹雪はまだやまない。矢内の顔を見ると、彼もまた私の方へ衰えきった視線を投げた。視線が、かっちりと合うと、彼の骸骨のような面《おもて》に微かな喜びの色が見えた。

「矢内、生まれるよ」

と私は力をこめて言った。彼はちょっと瞼を伏せるようにして、また大きく見開くと、

「うまれる、ねえ」

とかすかに言った。今にも呼吸の絶えそうな力の無い声であったが、その内部に潜まっている無量の感懐は力強いまでに私の胸に迫った。死んで行く彼のいのちが、生まれ出ようともがいている新しいいのちにむかって放電する火花が、その刹那私にもはっきりと感じられた。

「いのちは、ねえ、いのちにつながってるんだ、よ。のむら君」

と彼はまた言った。私は心臓の音が急に高まって来るのを覚えながら、言葉も出ないのであった。生命と生命とのつながり、私は今こそ彼の手紙がはっきりとよめた。そして彼の確信がどのようなものであるかを知ったのだ。間もなく一とおりの準備を終えた坂下が産室から出て来た。彼は興奮の色を顔に表わしながら近寄って来ると、

「凄《すげ》えなあ」

と吃《ども》るような声で言った。

「俺アこの病院へ来てから、まだ一ぺんも赤児の泣き声を聴いたことがなかった、癩

病にゃ嬰児《こども》はねえと思ってたからな」

　私は思わず顔に微笑が漂って来るのを意識しながら、

「そうだよ」

　やがて廊下に急ぎ足が聴こえ、女医が看護婦を従えてはいって来ると産室の中へ消えた。坂下は夢中になって女医の後を産室へ再びはいって行こうとすると、看護婦が笑いながらとめた。

「だめよ」

「ちぇッ」

　と坂下は残念そうに私の横へ引き返して来た。

　激しい呻《うめ》きが聴こえて来た。緊張した呼吸づかいが誰もの口から出た。病人たちは寝ようとしないでじっと生まれるのを待っている。矢内は眼を閉じてじっとしている。

　私は不安になった。耳鳴りがしている彼の耳に、もし生まれた嬰児の声が聴こえなかったら——私は大切なものを今一歩というところで失ったような思いであった。

「矢内」

　と私は呼んだ。動かない。私はハッと全身に水を浴びたような思いで再び呼んだ。

「矢内」

　すると彼は静かに眼を開いて私をまじまじと眺めた。私はほっとしながら言った。

「矢内、きこえるかい？」

彼はちょっと瞼を伏せてまた開いた。こっくりをして見せる代わりであることを私は知っている。私は注意深く矢内の眼を眺めた。その眼の中にある感激に似た輝きがぱちぱちと燃え、空間の中に存在する見えぬ何ものかを凝視しているような鋭さが、その内部から湧き上がって来る真黒いものに没し去られそうになるのを私は感じる。それは戦いである。深淵の底に消え失せようとする生命が新しい生命に呼びかける必死の叫びである。私は再び彼を抱き起こしてしっかりと寝台の上に坐らせたい欲求を覚えた。それは私の心の奥底から烈しい力で突き上がって来る衝動であった。私は自分の腕がその時無意識のうちに動き出したのを知った。はっとして自省した時、その空間に差し出した手が震えるのを知った。空しいものが私の心の間隙に忍び込んで来た。私はまた何かにしがみつきたい欲求を覚えた。私自身が淵の底に吸い入れられて行くような気がしたのであった。私はその時絶望を感じているのか喜びを感じているのか判らなかった。その二つのものが同時に迫りぶつかって来るのだ。私を支えるものがほしかったのであった。

坂下は私の横に立ったまま息をつめ、産室から来る呻き声に調子を合わせて、彼もうううと唸るのであった。

間。

それは緊張しきった長い時間であった。

突然、何かを引き裂くような声が聴こえた。続いて泣き出した嬰児の声が病室いっぱいに拡がった。

「うー」と病人たちは低い呻き声をもらした。期せずしてみんなの視線は産室の方に集まった。異常な感激の一瞬であった。その時矢内が不意にむっくりと起き上がった。あっと私は声を出して彼の体を支えようと腕を伸ばしたが、その時にはもう彼の体はゆらゆらと揺れながら再び元の位置に倒れていた。私は驚きのあまりどきどきと心臓を鳴らせながら、歪んだ枕を直してやった。彼は静かに眼を閉じたまま何も言わなかった。

やがて看護婦が子供を抱いてはいって来ると、

「男の子よ」

と言って勝ち誇ったような顔つきをし、そのまま風呂場の方へ歩いて行った。堰が切れたように病室全体が遽《にわ》かに騒がしくなった。附添夫とともに病人たちも元気な者はその後について集まって行った。と、そこからどっとあがる笑い声が聴こえて来ると、

「癩病でも子供は生まれるんだ」

と一人が誇らかな声を出した。続いて口々に言う声が入り乱れた。

「看護婦さん。俺に一度だけ、抱かせてくれろ、な、たのむ」

「馬鹿言え、小っちゃくてもこの児は壮健だぜ。うっかり抱かせられるかってんだ」

「病気がうつる。みんな引き上げろ」

「だって俺あもう十年も子供を抱いたことがねえんだ。たった、一度でいい」

「いけねえに定まってるじゃねえか、このかったい」

「生まれたばかりで抱かれるかい」

「まるで小っちゃいが、やっぱり壮健だ。見ろ、この元気そうな面」

「全くだ。俺あこいつの手相を見てやるかな、大臣になるかもしれねえ」

「さわるな、さわるな」

「こら、赤児、こっち向いてみろ、いいか、大きくなったって俺たちを軽蔑するんじゃねえぞ、判ったな。しっかり手を握ってらあ。なんしろこいつあ病者じゃねえからな」

そのうち坂下が出て来ると彼は急いで私の横へやって来て言った。

「凄え凄え」

あくる日の午後、矢内は死んだ。空は晴れわたって青い湖のようであった。降り積もった雪の中を、屍体は安置室に運ばれて行った。屋根の雪がどたどたと塊《かたま》って地上に落ちた。産室からは勇ましく泣き声が聴こえて来る。私はその声に矢内の声を聴き、すると急にぽろぽろと涙が出た。喜びか悲しみか自分でも判らなかった。白い雲が悠々と流れている。

（昭和十三年『文學界』四月号）

あとがき

川端康成

北條民雄は昭和十二年十二月五日の朝、東京府下東村山の癩療養所全生病院で死んだ。

癩病で死んだのではなく腸結核で死んだ。

『北條民雄全集』は昭和十三年に創元社から発行された。

その上下二巻の下巻の巻尾に、光岡良二君の「北條民雄の人と生活」、東條耿一君の「臨終記」、於泉信夫君の「遺稿を整理して」の三篇がある。癩院内の友人に私が書いてもらったものである。北條民雄は「社会」から隔離されていたから、その風貌や生活を知り伝えられるのはこれら癩院内の友人だけである。

東條君は北條民雄の臨終の模様をこんな風に書いている。

「……彼は最後の一瞬まで、哀れなほど実に意識がはっきりしていた。文字どおり骨と皮ばかりに痩《や》せてはいたが、なかなか元気で、便所へなども、死の直前まで歩いて行ったほどである。その辛棒強さ、意志の強靭《きょうじん》さは驚くばかりであった。それでも死ぬ三、四日前には、起き上がるにも寝返りするにも、さすがに苦痛を覚えたらしく、私が抱き起こしてやるとほっとしたように、そうしてくれると助かるなあ、と嬉しげであった。寝台が粗末で狭いので、痩せこけている背中のあたりが悪く、あまつさえ蒲団《ふとん》が両脇に垂れ下がり、病み疲れた体にはその重量がいたく感じるらしく、よく蒲団が重いなあと……苦しげに呟《つぶや》いた。私が蒲団を吊《つ》ってやろう、と言うと、彼はにわかに不機嫌になって、ほっといてくれ、君、ここは施療院だぜ。施療院の、おれは施療患者だからな。できるだけ忍ばにゃならんよ。それに蒲団を吊ると重病人くさくていかん。と怒ったように言うのであった。平素の彼が、全くわがまま無軌道ときているので、こんな時、思いがけなく彼の真の姿に触れ、たじたじとさせられる事がよくあった。

……彼の死ぬ前の日、私は医師に頼んで、彼の隣寝台を開けてもらった。夜もずっと宿って何かと用事を足してやるためであった。私が、こん晩からここへ寝るからな、と言うと、そうか、済まんなあ、とただ一言。後はまた静かに仰向いていた。補助寝台を開けると、たいていの病人が、急に力を落としたり、極度に厭な顔を見せたりするのであるが、彼はすでに、自分の死を予期していたのか、目の色一つ動かさなかった。その夜の二時ごろ（十二月五日の暁前）看護疲れに不覚にも眠ってしまった私は、ふと私を呼ぶ彼の声にびっくりして飛び起きた。彼は痩せた両手に枕を高く差し上げ、しきりに打ち返しては眺めていた。何だかひどく昂奮しているようであった。どうしたと覗き込むと体が痛いから、少し揉《も》んでくれないか。と言う。早速背中から腰の辺を揉んでやると、いつもはちょっと触っても痛いと言うのに、その晩に限って、もっと強く、もっと強くと言う。どうしたのかと不思議に思っていると、彼は血色のいい顔をして、眼はきらきらと輝いていた。こんな晩は素晴らしく力が湧いて来る、どこからこんな力が出るのかわからない、手足がぴんぴん跳ね上がる。君、原稿を書いてくれ。と言うのである。いつもの彼とは容子が違う。それが死の前の最後に燃え上がった生命の力であるとは私は気がつかなかった。おれは恢復《かいふく》する、おれは恢復する。断じて恢復する。それが彼の最後の言葉であった。私はあわてふためいて、友人たちに急を告げる一方、医局への長い廊下を走りながら、何者とも知れぬものに対して激しい怒りを覚えバカ、バカ、死ぬんじゃない、死ぬんじゃない。と呟いていた。涙が無性に頬を伝わっていた。

……こうして彼が何の苦しみもなく、安らかに息を引き取ったのは、夜もほのぼのと明けかかった午前五時三十五分であった。もはや動かない瞼《まぶた》を静かに閉じ、最後の訣別をすますと、急に突き刺すような寒気が身に沁みた。彼の死顔は実に美しかった。彼の冷たくなった死顔を凝視《みつ》めて、私は何かしらほっとしたものを感じた。

その房々とした頭髪を撫でながら、小さく北條北條と呟くと、清浄なものが胸元をぐっと突き上げ、眼頭が次第に曇って来た」

この東條君も「臨終記」を書いて十年後の昨年、北條民雄と同じく癩病で死んだ。遺作の短篇小説や詩を全生病院の文芸雑誌『山桜』で見たが、静かに澄んだものであった。「北條民雄の人と生活」の光岡君は一時全快したということで退院していたが、近ごろまた再発して癩院に戻ったという感想文をやはり『山桜』で見た。

私は北條民雄君に生前一度しか会っていない。『文學界』に出した「いのちの初夜」がその雑誌の賞を与えられた時、賞金を受け取りかたがた東京に出て、鎌倉へも訪ねてくれた。しかし遠慮して家へは来ず、駅前から電話をかけてよこした。私は出向いて行って、駅の近くを少し歩きながら、またそば屋の二階に上がった。

「故人は友達から借りたという学生服を着ていたが、見すぼらしい風体だった」と私は『寒風』という小説に書いている。「その時は少し眉が薄く皮膚の色が悪いくらいのことで、目立って癩者らしいところはなかった。むろん怪しむ者はなかった」

二度目に会ったのは遺骸であった。

「小柄の故人はおかしいほど小さく寝ていた。子供のように小さいと言うより、安物の人形でも棄てたようだった。『死ぬ時はずいぶん痩せていました』と事務の人が言うとおり、人間の体らしい厚みはなかった。銘仙の袷《あわせ》を着せられていたが、長くて足はかくれていた。……全く衰えきって力つきて死んだ顔だった。瞼は深く窪み、眼球の形が突き上がっていた。貧相な顔が異常に小さくなっていた。眉も髪も薄い感じだ。可哀想にと言って、むしろ笑いたくなる。……骨ばかりの小さい手を胸に合わせていた。色の悪い蠟のように青白かった。しかし、癩の結節や斑点は現われていない。この意味では綺麗だった。また、おおかたの死顔にある、静かな安らぎは、この顔にもあり、精神の高さもかすかに匂い残っていた。ただ、いかにも可哀想な死顔だった」

　北條民雄の小説から顔に癩のこぶがあり肉のくずれた作者を連想する人がありがちなので、私は死顔のことまでここに書いておいた。北條民雄の癩はそう重症ではなかったようである。しかし、癩が今日まだ不治の悪病であるばかりでなく、感覚が麻痺し、精神が鈍弊し、肉体が腐爛《ふらん》する最後の予想は、北條民雄の絶え間ない不安の底にあった。

　東條耿一君が描いた油絵で北條民雄の肖像がある。私はその写真を厳秘にし密封しておいたが、今久しぶりで取り出してみると、大きい本棚の前で大きい机に向かった読書の図で、割合元気な顔である。近眼鏡をかけ、房々とした蓬髪《ほうはつ》が額の左にかぶさっている。目、鼻、口などは強い。しかし、額に幾筋もの横皺が刻まれていて、ずいぶん老けている。

「癩患者というものは、その生前にも縁者がなく、その死後にも遺族がないとしておくのが、血のつながる人々への恩愛なのだ。癩は遺伝でなく伝染だということがまだ一般によく徹底していない。その作家の死に際しても、私はその遺族は存在せぬこととした。のみならず、彼の現身は人知れず生き、人知れず死に、ただ彼の作品だけが人々の世に現われているとしておいてやりたかった。後に遺稿の全集本の巻尾につける年譜は、癩院内の遺友たちが書き、私が少し添削したが、出生地や家族関係はむろん、癩院へ入る前の履歴も省いてある。遺骨を受け取りに親がはるばる来た時、私の家へ立ち寄って、家庭の事情や死んだ息子の浮浪の有様をこまごまと話して行ったが、私が異常な健忘症で、今はもうほとんど覚えていないのはかえって幸いだ」と私は『寒風』に書いている。『寒風』は小説で事実と少しちがうところもあるが、これはそのとおりで、癩発病以前から異常に早熟であったらしい。二十前に結婚もしている。発病で破婚になった。

　発病してから癩院へ自分を埋伏するまでには、苦悩の彷徨《ほうこう》と死活の惑乱を通ったことは言うまでもない。自殺は終始北條民雄の念頭を去来していた。しかし自殺の思いが病衰と虚無とに沈まず、絶望がかえって精神を強めたのが北條民雄の文学であった。また北條民雄は左翼運動に加わっていたことがあるらしい。もちろん短い期間であり、北條民雄の自我癖と癩院生活とはこの社会思想に安住をゆるさなかったが、遺作「道化芝居」にもその一端が見えるように、北條民雄を狭い私小説家にはしなかった。北條民雄の生前その作品はすべて私が目を通して発表していたが、さらに肉づき熟する日を待って書き直せる余地があると私の思うものは返送していたところ、それを作者が破棄してしまったのを死後に知った。「そうして失われた作品のうち、『癩院受胎』や『道化芝居』とほぼ同じ長さの百枚を超える二篇は、北條君をよりよく知るために見のがせぬものであったから、ここに片鱗なりと伝えておきたい。その一は、『いのちの初夜』にひとたび獲た生命観をさらに深く懐疑否定し、その彼方に光明を捜ろうとするものであった。このように烈しい否定はついに他の作に見られなかった。その二は、社会運動に携わっていた青年が癩院に入って、全く四肢を切断し今はもう腐りゆく胴だけの身を待ちながら、なおあくまでも理想を信じてやまぬものであった。このように強い肯定は遂に他の作には見られなかった」と私は全集にあとがきしている。

北條民雄と私とのつながりは、全集にある私あての六十六通の手紙や日記に明らかだが、最初の手紙は昭和九年八月十一日づけ、処女作「間木老人」を発表したのが十年五月、同年十一月号の『文學界』に発表された。二十二歳であった。二十四歳の暮れに死ぬまで、その文学生活はわずかに三年であった。第二作「いのちの初夜」の脱稿が十年十二月、発表が翌年二月号の『文學界』、この作品が大きい反響を呼び、北條民雄の名は喧伝されたのだった。この作について私あての手紙に、

「……この作、自分でもよくできているような気がしますけれど、また大変悪いんではあるまいかと不安もございます。結局自分ではよく判断ができません。けれど、書かねばならないものでした。この病院へ入院しました、最初の一日を取り扱ったのです。僕には、生涯忘れることのできない恐ろしい記憶です。でも一度は入院当時の気持に戻ってみなければ、再び立ち上がる道がつかめなかったのです。先生の前で申しにくいように思いますけれど、僕には、何よりも、生きるか死ぬか、この問題が大切だったのです。文学するよりも根本問題だったのです。生きる態度はその次からだったのです。……ほんとに僕には、文学は第二の仕事なのです。こんなこと先生に申しにくいのですけれどほんとにそうなのです。でも、もう根本問題は解決いたしました。これからは生きることは書くこと、そうなろうと思っております……」と北條民雄は書いてよこした。

東條君が描いた北條民雄の肖像は本棚や机の上の書名も見える筆法であるが、目立つのは本棚のドストエフスキイ全集とフロオベル全集とである。北條民雄はドストエフスキイとフロオベルに最も傾倒し、影響も受けていた。

『ドストエフスキイ』

千八百二十一年生まる。医者の子。癲癇。千八百八十一年一月二十八日永眠。

『フロオベル』

千八百二十一年生まる。医者の子。癲癇。千八百八十年五月八日永眠。片やロシヤ。片やフランス。しかも作品は両極に位置す」と『頃日雑記』に書いている。「深夜私はフロオベルに黙禱を捧げる」とか、「フロオベルの全集が届いて以来、私は毎日驚いてばかりいる。峻厳胸を刺す驚きである」とかの言葉も見える。ドストエフスキイについてはもっと多く書いている。

『いのちの初夜』はさきにオスカア・ベンル氏によってドイツ訳されて感動を与え、近くはルイス・ブッシュ氏によってイギリス訳されるという。北條民雄の作品は外国にも通じやすいものに貫かれている。私の解説を必要としまい。

北條民雄の人と生活

光岡　良二

昭和九年の五月に北條は入院して来た。セルの着流しで何かの本を小脇に、療舎の間の道を、わき見もせず足早に通り過ぎてゆく長髪痩軀《そうく》の青年、それが彼の最初の印象だった。僕らが知り合ったのは、たしか入院後まだ二、三日にしかならないころだったと思う。医者のI先生から、文学をやっている人だということや、一度会ってみるようになどと言われていたので、ある午後、当時収容病室だった三号病室を訪ねると、その青年ももう僕のことを聴《き》いていて、笑いながら初対面の挨拶をかわしたが、僕は人なつこさをぐっと感じ、彼のベッドに並んで腰掛けたまま二時間ばかりも話したことを覚えている。それは何か永い飢えを充たすような感情だった。僕はもうその時一年をこの中で暮らしていた。はじめてこの異常な世界に踏み入った激動はさすがに隠せなかったが、彼は割合に元気な、しっかりした様子でよく話した。どんな時にも自分を見失わない、そんな強さがあった。ベッドの頭のけんどんの上には、所持品消毒が済んで帰って来たばかりの書物が積まれ、原稿用紙も拡げられていたが、もちろん何も手につかないようだった。それからしばらくは、毎日のように彼と会って過ごした。ちょうど病院の内にできた神社の祭礼のころで、病室の空気に堪えられず抜け出して来た北條と、患者たちの踊りを眺めたり、若葉の匂う夜気の中を歩き廻ったりした。その時すでに彼は、今自分が経験しているこの恐ろしい感動を、「一週間」という題で書いてみるつもりだと語っていたが、それがようやく一年半の後に「いのちの初夜」（原題「最初の一夜」）として成熟したのだった。

はじめて会った時から彼の眼は僕の中に強く灼《や》きついている。小刀ででも抉《えぐ》ったように細く小さなそしてどこか三角な眼、それは笑うとほとんど無くなってしまいそうになりながら、その奥にキラと光る何かがある。はじめての人ならまともに合わせていられない眼だ。それは苦しんでいる眼、絶えず相手の心理の裸形を感じ、それに傷つき続けている眼だ。また何かにしっかりと凭《もた》りかかり絶えざる憂鬱から逃れようとする無限の飢渇をひそめた眼だ。だがまた、感傷もなく卑屈もない、残忍なほど冷たい眼でもある。女の人など「北條さんに見られると何だかこわいわ」と言ったりした。

もともと彼は嫌人的な孤独な人間でなく、反対にむしろ快活な行動的な男だったろうと思う。子供のころは村じゅうの餓鬼大将で、いつも年上の子とばかり喧嘩《けんか》をし、一度も負けなかったと彼自身で威張っていたことがあった。彼には感傷的な詩歌の愛好時代は一度もなかったという。また上京してからも働いている小工場の争議をリードしたり、親友と無鉄砲な放浪生活を愉《たの》しんだり、等々のことから見ても、彼の本来の性情は明るい、人なつこい、ある意味で楽天的なものではなかったかと思う。そんな北條を今あるものにしたのは、もちろん一つは癩発病のせいでもあるが、また彼自身も言ったように肉親的愛情を知ること尠《すく》なく生い立った故でもあろう。北條の入院前の経歴について語ることは、遠慮しなければならないのだが、ただ君が十八歳で癩を発病する以前にすでにもう人生に対してどんなイリュージョンも失った、氷のような虚無を知っていたと言えば足りるだろう。

「お前の病気は癩だと医者に言われた時、私はなんとなく滑稽になってにやりと笑ったのを覚えている。あれは田舎の皮膚科病院の一室であったが、その時私の体内の熱は平衡に達していたらしい」

　と、彼はある所で書いているが、彼には入院ということもまた、その「熱平衡」を無意識に破ろうとする行動だったのだ。

「僕はここへ来て、かえって健康になったような気がする」

と、来たころ彼は僕に向けて言ったことがあったが、この暗い病的な世界の中ではかえって自分の中に残っている精神の健康が意識されたのであろう。だがこの健康はやがて、暗澹《あんたん》とした、抜け道のない苦痛の始まりだったのだ。

　入院して一年くらいは、誰でも色々なことをやって過ごすものである。崩壊してしまった自分の足場がなかなか納得できず、何かに縋《すが》り付こうとし、また何かに我を忘れて時を過ぎ行かそうとするのだ。彼もまた、僕もいた野球チームにはいって一塁手として、職工の時鍛えた洗煉《せんれん》されたプレイを見せたり、院内の印刷所に勤めて、退院してから働く時の準備だなどと言って文選工をやったりした。そうした間も絶えず筆を執ってはいたが、みな甘い、小さな試作ばかりだった。あまりに深刻な現実を前に、彼の内奥の感受性はまだ何の表現も見いだせなかったのであろう。入院の翌日すでに「一週間」の構想を得た彼には文学はやはり宿命の営みであったらしい。若く東京生活に敗れ、田舎で妻を迎えて百姓をやっていたころにも、別に作家として立つつもりもなくただ好きで何とはなく書いていたと言う。また発病してからまだ入院せず、東京の陋巷《ろうこう》に夜と昼を取り換えたような暗鬱な生活の中でも「罪と罰」や「悪霊」に読みふけっていたそうである。

だがやがて北條はどんなことにも慰まなくなって来た。不治の病患の現実を知りその運命を深く思うにつれて、ここでのどんな行動もが無意味で愚劣に思えて来た。ただ彼に残されたことは、自分の苦悩を文学の世界に紡《つむ》ぎ出してみることで、生きる力を模索するほかなかったのだ。昭和九年の十月に川端先生に作品を見ていただく許しを得、翌十年十一月にはじめて「間木老人」が文學界に掲載された。その時が彼にはいちばん嬉しかったらしい。次作「いのちの初夜」が好評を受けた時、彼の中にはもう何か単純に喜べないものがあったという。彼の癩者としての苦悶がもうそんな文学的成功をさえ嚙みやぶって疼《うず》き、創作という営み自体にさえ痛ましい否定の嘲笑《ちょうしょう》を浴びせねばならなかったのだ。だが嘲笑しながら、絶望しながら彼は書いた。彼の内から盛り上がる、彼自身にもわからぬ圧力で書き続けた。

北條民雄といえば癩の中に毅然《きぜん》と生き抜いて書いた作家と多くの人は想像している。嘘っぱちだ。彼ほど絶え間なく悩み、憂鬱にひしげ、精神の暗渠《あんきょ》ばかりをくぐって来た者があろうか。生きた外界から閉ざされ、健康も生長も文化もないこの世界に生きること自体が、彼には堪えがたい苦痛だったのだ。その上に、神経性の彼は自分の宿《しゅく》痾《あ》の将来を一日も忘れることができなかった。やがて病重り盲目になる——それが思い浮かぶと彼は、握っているペンもはたと止まって動かないのだ。

「そんな先のことを、今から考えて何になるんだ」と僕などが言うと、

「ふん、そうか。君は考えずに済むのか」

と、さも軽蔑した眼ざしで見つめたまま黙ってしまうのだ。彼にとって一作一作は、光一つない暗黒から自分の生を支えてくれるものを模索する必死の作業だったのだ。

「俺は死を思わない日は一日もない」

と、彼が言ったことがあったが、一年に一度は週期のようにその暗い念いが激しく高まったように思われる。「北條は死ぬ死ぬと言い出すと必ず一作書き上げる」とは

ある友の痛ましい冗談だった。たいていの凡庸なものはどんな環境にも苦痛にも慣れてしまうのだが、北條は死ぬまでまぎらしようのない不安と苦悩を抱いて終始した。それこそ何ものにもまさって彼の作家としての刻印だったと思う。
「俺はどんな思想も世界観も信じはしない。ただ俺の苦痛だけを信ずるのだ」
と、最後の年の年頭に彼は書いている。彼をして死を希いながらも、烈々とした気魄で書き続けしめたのは、ただこの「苦痛だけを信ずる」峻厳な作家性だったのだ。

　死ぬまでの彼の執筆の場所になったのは、彼の住んでいた療舎の附属の、小さな洋風まがいの応接間だった。その板の間に部厚な畳表を敷いて彼は使った。「まるで独房のようだな」と僕はよく冗談を言った。実際彼の一日そのものがほとんど独房だった。

　朝まず彼は十時ごろに目を覚ます。同室者たちはもうそれぞれの作業に出てしまっている。ひとりで朝食の汁を温めたり食卓を調えるのを面倒くさがって、そのまま書斎にはいり、粗末な菓子と茶で朝食に代え、それから昼までは書けても書けなくても机に向かって過ごす。午後も気が向けば書きつづける。または僕たちの所へ遊びに来て放談したり、いっしょに散歩したりする。そして夜はまたたいてい机に向かうのだ。夜の勉強は体を悪くしてからなるべくよすようにしたが、以前は消燈後も蠟燭の裸火で読んだり書いたりしたものだった。「いのちの初夜」を書いた時は、そのころ空き家だったある療舎を借りて、昼は眠り深夜書きつづけた。概して彼は執務時間など決めず、興が乗れば何時間でも書いた。やはり宿痾を意識しての焦燥があったろうが、こうした無理が彼の生命をどんなに削り取ったかを思って黯然《あんぜん》とする。だが彼にとってここの生活で、心をさわやかにするどんな休息があったろう。原稿用紙に向かって刻苦している時だけが、彼にとって苦しくもまた生きがいのある時間だったのだ。

北條には友達が少なかった。ことに文学に専心しだしてからは、もう交友の範囲は五指に満たないくらいだった。多くの人は彼の強いむき出しの我儘や孤高だけを見て、それが愛情への苦しいほど清潔な要求から出ていることを知らなかった。彼ほど愛情の飢えを知り、また愛情の虚偽を嫌ったものはなかったと思う。彼が笑うとどこか泣いたような顔になった。彼の本当の人なつこさも、気むずかしさとなって表われた。また彼ほど軽蔑に堪えられない男はなかった。「僕は悪意には堪えられる、だがどんなかすかな軽蔑にも堪えられない」と自分で言ったことがあった。それは彼のはげしく強い個我のせいだ。僕はついに彼の涙を見たことがなかった。

彼の死因は腸結核だった。だがその原因は遠い。不眠症はここでの生活の初めからのものだった。脈搏《みやくはく》はほとんどいつも九十、時に何かあれば百二十、三十に昇った。こんな状態の中で彼のすべての作品は生まれた。言わば彼は自分の文学の苦悶の中に精神と肉体を濫費しつくして逝《い》ったのだ。「俺は病気が重り、盲目にならないうちに、ペンが執れなくなる前に、結核にでもなって死にたい」などと彼はよく言ったが、そんな気持が肉体への落ちついた顧慮など根こそぎ奪い去っていたのだった。表面は元気そうで、僕らは彼の体がそんなに害われていることをずっと後まで気付かなかった迂《う》闊《かつ》さだった。病気がかなり進んでからも彼は自分の病気を「頭脳酷使症」と呼び、「一つくらいは死ねる病気をいつも持っていないと不安だ。だからこの腸も俺は癒す気がしないのだ」と乱暴なことを言ったりした。九月に最後の病室入りをしてからは彼の気持はかなり深い変化をうけたように思える。「俺はまだ死にたくない。もう一度よくなって書かねば川端先生に申しわけがない」と言い、医者の言葉を懸命に守って養生した。今はもう死を思わず、ひたすら生きようとしているようだった。「病気がよくなったら来年は結婚して、草津の国立自由療養地区に家を持とうと思う」と僕にそんな希望を語ったりした。だが暗い念いをようやく超えて、これからこそ本当に生きようと決めた時になって彼の肉体は消耗しつくされた。それから病勢は急激に悪化して行った。暗い闇にじりじり圧しつけられながら生命の灯を消されまいとして必死に焦ち抗っている彼の眼を見ていることは苦しかった。とうとう最後の静かな時が来て、僕はあるほっとした気持と取り返しのつかぬ悔いとをごっちゃに感じた。

　ああもっと彼の体を気をつけてやっていればと、今は詮もなく思うばかりである。彼の身のまわりを見、無暴な生活の過労に気を配ってくれる女人をもっていたら彼の健康もまだまだ保たれただろうと思う。北條の誇り高い青春の心を捉《とら》える女人はとうとう現われなかった。というよりは北條はその悲痛な青春をあげて文学の中に注ぎ込んだのだと言おう。

北條の本当の仕事はまだこれからだったと思う。今まで書いたものは皆彼には嫌悪と不満のまつわるものだったらしい。『いのちの初夜』など、絶版にしてしまいたいくらいだ」と言ったこともあった。そしてまた彼は、療養所の中で文学して行くことの絶望に最後までつきまとわれていた。生きた社会の流れから断たれ、新鮮な感受性を喪ってゆくことは、彼には病気そのものよりも苦痛だった。癩作家と呼ばれ、癩文学と称されることをどんなに彼が苦々しく聞いたことか。それは彼の自尊のせいではない。癩というものを社会と文化のまっただ中に据えて、その存在権を追求せずにはおれなかったのだ。しかもその答えは、マテリアリストの彼には否定的でしかなかったのだ。しかも彼は、癩を描きつづけた。それは彼には文学の一つの「場合」であったにすぎない。彼には癩文学などはなく、ただ一つ「文学」があるだけだったのだ。晩年の彼の精神の視野はすでに癩を超え、広大な人間社会に題材した幾つかの長篇を脳裡に持っていたらしい。「父子三代にわたる農村を描くのだ」と言って民事訴訟法など調べたりしていたこともあった。

「まずドストエフスキイ、トルストイ、ゲエテなどを読み、文壇小説は読まぬこと」

とは初めのころ彼が川端先生から言われた言葉だったが、トルストイの厳正なリアリズムに頭を垂れ、ドストエフスキイには狂熱的な傾倒を示した。がゲエテにはついに近づかなかった。最後の二年彼の座右の書は、常にフロオベルとドストエフスキイの書簡集だった。日々の恐ろしい単調と孤独に圧倒されながらも、彼はよく昂然として言った。

「だがいい。この小っぽけな書斎、二人のロシア人と一人のフランス人――これだけでいい。あと何がいるものか」と。

　彼は科学書を読むのが好きで、天文学や心理学など相当読んだ。最後の年の夏ごろは、創作に疲れると寝床で、加茂儀一の「家畜文化史」を読むことにしていた。九月に病室にはいったころは、パヴロフの「条件反射学」を読んでいた。そして見舞いの僕に「こんな仕事は立派だなあ」と深い口調で言った。その言葉の奥に僕は、彼の深い文学の苦悩を感じた。茫漠《ぼうばく》とした自らの文学の苦悶に比べて、彼はこうした確然とした実証科学の業績に思わずも激しい魅力を感じたのであろう。「俺はこれから、二年、三年でいいから社会へ出て暮らしたい。ここで獲得した今のこの眼で、もう一度生きた社会の現実の中に身を置きたいのだ。そしたら俺は間違いなく、まだ誰も書かなかったすばらしいものを書くんだがなあ」

　それは北條の痛々しい豪語だった。ああこの豪語をどんなに生かしてやりたかったろう。だがとうとう彼は逝った、こんなにも早く。彼が幾度も描いた重病室の一隅に、一人の当直医と数人の友に見守られて。十二月五日、寒気の骨に沁みる夜明け前だった。今にして初めて私は、自分が北條の苦悩を食って生きていたことに気付くのだ。北條はいつまでも私の中に、はげしく燃えながら残っているような気がする。

（昭和十三年四月二十九日記）

光岡良二氏の著作権継承者が不明です。お心当たりの方は編集部までご一報いただけますと幸いです。

（編集部）

解説

髙《たか》山《やま》文《ふみ》彦《ひこ》

北條民雄《ほうじょうたみお》を最初に読んだのは二十歳のとき、角川文庫版の『いのちの初夜』であった。それから二十年経って私は北條の評伝（『火花　北条民雄の生涯』）を書き、それからまた二十年あまりが経過するなかでこの文庫は刷られなくなり、世界もすっかり様変わりしてしまった。東日本大震災と福島《ふくしま》第一原発事故からの復興や解決のめども立たないうちに、列島各地を大規模な風雨災害や地震がくり返し襲い、そして今年はコロナ・パンデミックに世界中が蔽《おお》い尽くされて、私たちの文明は新しいあり方への転換を避けて通れなくなっている。

そんなときに本文庫の復刊は、生々しく鼓動するレアな心臓をポーンと中空から投げ込まれたような感触がある。どれを読んでも空疎な言葉はひとつもない。血の通った人間の誠実で切実で実感的な思考と正確に選びとられた言葉たちは、不安と恐怖に侵食されつつあるいまの私たちの精神をしかるべき位置にもどそうとするはずだ。

これらの作品が二十歳を過ぎて間もない無名の一青年によって書かれ、思いがけない場所から放たれたことに、いまさらながら驚きを禁じ得ない。しかもその小説は近代の作家たちがさまざまに取り組んできたテーマと手法を正統に受け継いでおり、同じこの世にあるものとは即座に理解できかねるような出来事を物語りながら、読む者の心を否応《いやおう》なく鷲掴《わしづか》みにしてしまうリアリズムとリリシズムを兼ね備えていた。

「今日のような世の万人に、人生と生命に就《つい》て新《あらた》に思うところあらしめ、或《ある》いは心の糧を与え柱を立てるであろう」と川端康成《かわばたやすなり》は彼の小説を手放しで評価しているが、八十年以上もまえに二十三歳の若さで尾羽打ち枯らすように死んでいったこの青年も、世間の悪しき俗信にとりまかれながら、不安と恐怖に押し潰《つぶ》される毎日を文学にすがって生きていたのだ。その精神の振れ幅はとても私たちの卑小さの比ではなかったはずだけれど、でもそれでも彼の言葉が人に「心の糧を与え柱を立て」たことは、戦前戦後を通じてその作品集が世代をこえて幅広く読まれ、ベストセラーでありつづけたことから見ても明らかであろう。

それはなぜか。生命の根源にたいする深い絶望と生存への強い願望、この二律背反する自我に悶《もだ》える近代人らしい懐疑や衝動が見事に文学として昇華され、読者ひとりひとりの心を揺り動かしたからである。「人生は暗い。だが闘う火花が一瞬の黒闇を照らすこともあるのだ」と病友への献辞にしるした北條の生と死の断崖《だんがい》に仁王立ちするような真情をまえにして、私たちは立ち止まり、自己の闇の奥を覗《のぞ》き込まざるを得なくなる。

彼の肉体と精神を苦しめたのは、そのむかし癩病《らいびょう》と呼ばれ恐れられたハンセン病であった。いまの日本には絶えて久しい伝染病で、たとえ罹患《りかん》しても特効薬の服用で快癒する。彼の生きた昭和初期には罹患者は全国の療養所に強制収容され、業病とか天刑病などと言われて、病者を出した家は住み慣れた土地を離れたり、一家離散する場合もあった。北條のように自殺を図った患者も、自死をとげた患者も数知れないだろう。私は彼が暮らした多磨《たま》全生園《ぜんしょうえん》（当時は全生病院といった）で園長をつとめた大西基四夫氏から、病名の診断を告げたときの母と息子の異常な取り乱しぶりを聞いているが、それはもう戦後の話なのである。患者が出た家は、たいてい患者を除籍した。北條もまた籍を抜かれ、社会には非在の者として療養所に入院し、「いのちの初夜」をはじめとする小説群を不自由な寮舎内で書きつづけたのだ。巻末の年譜を見てもらえばわかるように、作家として活動したのは正味二年半ばかりなのである。

とりわけ代表作の「いのちの初夜」の完成度は高くて、暗いとか悲惨とかそういった上辺の印象論など軽やかに粉砕して、眠りかけていた私たちの実存の底をはげしく揺さぶってくる。小林秀雄《こばやしひでお》は「悪臭を発して腐敗している幾多の肉塊に、いのちそのものの形を感得するという、異様に単純な物語」であると述べて、「作品というよりむしろ文学そのものの姿を見た」と驚きを述べているが、その小林に川端康成は「この小説を読むと、まず大概の小説がヘナチョコに思われる」と言っている。ふたりのこのような率直さに、衝撃の度合いがあらわれているだろう。

　ともに暮らす病者にしか見たり触ったりできぬ院内の日常を北條は生きていたし、顔が崩れ、盲目となり、手足も切断せざるを得なくなって仰臥《ぎょうが》するばかりの重症患者たちの呻《うめ》き声を、自分の未来の声として軽症者の彼はよく理解していた。そうした同病の人びとの苦しみや痛みや悲しみを拒絶したくなる自己の動揺についても、なるだけ冷静に眺めようとする観察者の目をもっていた。ある異様で限定的な世界でくりひろげられる人間の計り知れぬ悲喜劇が、彼らを苦しめてきた側につながる私たちの狭隘な精神を鍛えなおしてくれるというのも不思議なめぐり合わせではあるが、一方通行的な告発とか心情吐露ではない、第一級の芸術にまで仕上げられてみれば、驚きや衝撃は感動と共感に変わり、より深くわがこととして「人間とはなにか」という問いに向かい合わせてくれるだろう。

　ここで言い添えておかなければならないのは、川端康成と北條の関係である。この世（一般社会）とあの世（療養所）ほどの隔たりに両者はありながら、北條は原稿をつぎつぎに書きあげて川端に送り、川端はいちいち丁寧に読んで返事を書いている。

発表にかなうものは雑誌に発表した。それだけではない。たびたび激励の手紙を出し、原稿用紙や現金の世話までしてやっている。生前唯一の単行本となった小説集『いのちの初夜』も川端の尽力で創元社から出版され、著作権管理者でもある川端が増刷のたびに検印した。葬儀の日には療養所を訪れ、亡骸《なきがら》と対面し、病友たちと面会した。北條全集に必要な原稿執筆や資料集めを彼らに依頼して（本文庫所収の光岡良二《みつおかりようじ》「北條民雄の人と生活」もそのひとつ）半年後に出版している。

きびしい禁圧の時代、こうしたふたりの蜘蛛《くも》の糸をたぐりあうような師弟関係がなければ、秘密にされていた院内の赤裸々な生活記録はもとより、この世にありながらこの世にないとされてきた病者たちの内なる声は、こうやって後世にまで届くことはなかったのだ。これは内と外にある者とがはじめて手を結び合い成しとげた歴史的事業と言える。

川端は最初の手紙を北條から受けとったあと、専門医のもとを訪れ、ハンセン病は極めて感染力の弱い伝染病であるという説明を受けている。死者の骨からも感染《うつ》るなどと言われていた時代、多くの人びとがそれを信じ、遺伝病だと曲解する人びとまであったが、正確な科学的知見を得た川端は、療養所から消毒薬まみれになって送られてくる原稿用紙を縁側で乾かしながら端然と読み、「俺は俺の苦痛を信ずる。如何《いか》なる論理も思想も信ずるに足らぬ。ただこの苦痛のみが人間を再建するのだ」と人知れずメモした北條の魂そのものの作品を世の中に送り出しつづけた。情報分断や誘導によって思考停止に陥りやすい現代の私たちは、この一点においても静かに見つめなおす必要があろうと思う。

さて、北條はいまではもう幻の作家ではなくなっている。実名も故郷の町の名も公表されている。それは生誕百年にあたる二〇一四年のことで、二十三歳の死から七十七年が経過していた。彼の故郷である徳島県阿南《あなん》市文化協会の長年にわたる係累へのはたらきかけによって公表への了承が得られ、『阿南市の先覚者たち』（阿南市文化協会編）というコンパクトな本の最終ページに「彗星《すいせい》のように出現し／満月の如く輝き／幻として消えた作家」という見出しのあと、ことさら強調するでもなく、このようにしるされている。

　作家。阿南市下大野町《しもおおのちょう》出身の七條《しちじょう》林三郎の次男として、父の勤務地であった朝鮮の京城で生まれた。本名は七條晃司《てるじ》。

名前は「てるじ」と読む。実父の名前まで明記したところに、彼の存在を幻のまま終わらせはしないという行政・七條家双方の強い意志が感じられるだろう。いまもなお実名を名乗れぬ元患者が数多くあるなかで、人権問題には及び腰になりがちな行政側からの熱意によって公表への道をたどるという極めてまれな手続きを経て、あんなに望郷の念にかられていた彼の霊魂は、ようやく故郷の土に安息できたのではなかろうか。

実父が遺骨を持ち帰り、故郷の墓所に実名を刻んで小さな墓を建てたのは、発病後除籍したことへの罪滅ぼしの気持ちからであったろうが、戦後しばらくして、ある研究家によって墓影が雑誌に載り、嘆き悲しんだ実父は名前を墓石から削りとってしまった。四半世紀まえ、はじめてそこを訪れたときには、一基の集合墓にまとめられてその墓は確認できなかったが、彼が暮らした古い家も裏庭の蜜柑《みかん》の木も、小学校の木造校舎もそのまま残っていた。筆名を決めるとき「北條は母方の姓」だと川端への手紙に書いているけれど、実母は七條家の長女であって、実父は養子婿入りの身であったのだから、彼は嘘をついたのだ。「つくづく考えて見ますと、結局本名が一番好きに成りましたけれど、これは致し方ありません」と口ごもるように書き添えられているし、そうしてまで「條」の一文字にこだわる気持ちを思いやると、実名公表は本人の意志にも沿うものであったろう。

阿南市はつづけて一回きりの設定で北條民雄文学賞を創設し、広く一般の人びとから作品を募集した。正賞に選ばれたのは二十三歳の森水菜《みな》さんの「北條民雄様へ」という手紙形式の私小説で、不自由な身体ながらひとりで九州から多磨全生園を訪れ、北條が書き残した童話絵本に触れるまでの心の変遷を描いている。やっと資料館にたどり着いて、絵本をひらいているうちに外では雨が降ってくる。それでも少しもあわてずに彼女は「いずれ止むだろう」と、妙に静かな落ち着きのなかで思う。森さんは熊本の療養所に暮らす元患者と長い交流があるのだった。その後も小説を書きつづけ、地元新聞社主催の文学賞で奨励賞を受賞している。

昨年、阿南市は徳島文学協会と合同で北條の命日を「民雄忌」と定め、偲《しの》ぶ会をはじめて催した。私も出席し、七條家と旧交を温めた。夭折《ようせつ》の作家の投げた小石が大海に波紋をひろげていくことを願う。

（二〇二〇年十月二十二日記）

付記　巻末の年譜は株式会社飛鳥新社（当時）の山口泰生君が『火花　北条民雄の生涯』のために作成したものを参考に再構成した。記して謝意としたい。

年譜

大正三年（一九一四）　〇歳

九月二三日、陸軍経理部配属の軍人を父に、朝鮮京城府（現在のソウル）で生まれる。三つちがいの兄がいた。

大正四年（一九一五）　一歳

七月、母の急病死により、両親の郷里徳島県那賀郡に暮らす母方の祖父母にあずけられる。

大正六年（一九一七）　三歳

年初、父が退役によって帰郷、父と継母に引きとられる。

大正八年（一九一九）　五歳

三月八日、全生病院で、ガリ版刷り文芸誌『山桜』が創刊。

大正一〇年（一九二一）　七歳

四月、郷里の尋常高等小学校尋常科に入学。

昭和二年（一九二七）　一三歳

四月、同小学校高等科に進む。

昭和三年（一九二八）　一四歳

兄が肺結核で入院。

昭和四年（一九二九）　一五歳

三月、高等科卒業。三月一五日、山本宣治、渡辺政之輔合同労農葬に参加。四月六日、上京。その後、日本橋の薬問屋や亀戸の工場などで働き、夜間学校にも通う。この年、小林多喜二『不在地主』に強い影響を受ける。

昭和五年（一九三〇）　一六歳

春、ハンセン病の兆候が現れる。

昭和六年（一九三一）　一七歳

夏、城東区亀戸町（現在の江東区）に転居。一一月九日、兄危篤の報を受け帰郷。

昭和七年（一九三二）　一八歳

二月二三日、友人を伴い、家族に無断で上京。三月三日、日立製作所亀戸工場の臨時工員となる。四月下旬、徳島の実家に帰る。六月、葉山嘉樹に文学志望の手紙を書き返事をもらう。九月頃、友人らとプロレタリア文学同人誌『黒潮』を創刊、短編「サディストと蟻」を掲載するが警察に回収され、次号をまたず廃刊。一〇月、家族と別居。一一月、一七歳の遠縁の女性と結婚。

昭和八年（一九三三）　一九歳

二月、足の麻痺をはっきりと自覚、ハンセン病の疑いが強まるなか、妻と別離。三月、徳島市の病院でハンセン病の告知を受ける。一一月、三度目の上京、蒲田区大崎（現在の品川区）の従兄宅寄寓、その後亀戸の駒田家に下宿。この年、東京帝大文学部に籍を置く光岡良二が、全生病院に入院。

昭和九年（一九三四）　二〇歳

入院前、蒲田区町屋町に転居、陰鬱な生活を送る。五月上旬、親友と華厳滝への自殺行。親友だけが自殺。五月一八日、父に伴われ、全生病院に入院。七月号『山桜』に、小品「童貞記」を寄稿、以後同誌に作品を次々と発表。八月、別れた妻の死を知る。八月一一日、川端康成への最初の手紙を書く。九月、「一週間」などの執筆にとりかかる。また、上京した父と面会。一〇月、川端より好意的な返書を受け取る。一一月六日、熱瘤のため、重病室に入室（一五日間）。一二月八日、院内の山桜出版部に文選工として就職。

昭和一〇年（一九三五）　二一歳

一月三一日、入院後はじめての外泊に東京へ行く。二月、東條耿一、麓花冷、於泉信夫ら四名と「文学サークル」を結成。五月号『山桜』で「文学サークル結成記念」の特集、掌編「白痴」を寄稿。五月一二日、「間木老人」の原稿を川端に送る。五月三〇日、山桜出版部を辞める。六月、「晩秋」の原稿を書きはじめる（未完）。一〇月、「最初の一夜」の執筆をはじめる。一一月一四日、「間木老人」（筆名秩父號一）を掲載した『文學界』一一月号が手元に届く。一二月一五日、「最初の一夜」を清書し、川端に送る。

昭和一一年（一九三六）　二二歳

二月号「最初の一夜」が川端の手で「いのちの初夜」と改題され『文學界』に掲載、「文學界賞」を受賞。二月五日、東京・本郷の文圃堂を訪れ、式場俊三に会う。その後店員大内の案内で銀座に行き、横光利一、河上徹太郎と対面。二月六日、文圃堂の伊藤近三の案内で鎌倉へ行き、駅前の蕎麦屋にて川端、林房雄と最初で最後の面会を果たす。同日帰院。六月一〇日、二週間の外出許可を取り、文圃堂に文學界賞賞金の残りをもらいに行くが、かなわず。六月一六日、神戸から徳島行の汽船に乗り、生前最後の帰郷、父と会う。六月二三日、三笠書房版『トルストイ全集』をたずさえ帰院。六月二八日、昭和一一年度下半期予定表を机に貼りつける。夏、体調を崩し体力が衰えるなか、「危機」を執筆（川端が「癩院受胎」と改題）。また、川端より作品集出版の話を知らされる。九月号「眼帯記」（『文學界』）。一〇月号「癩院記録」（『改造』）。一〇月、中村光夫の文芸時評を契機に彼との文通が始まる。一二月号「癩家族」（『文藝春秋』）、「続癩院記録」（『改造』）。一二月三日、生前唯一の作品集『いのちの初夜』を創元社より出版。初刷二千五百部、一円五十銭。一二月三〇日、激しい神経痛に襲われ、年明けにかけて床につく。

昭和一二年（一九三七）　二三歳

一月一七日、精神科医、式場隆三郎と面会。一月二九日、七号病室（重病室）に入室、翌月一四日まで出られず。三月六日、一時帰省の名目で外出、神戸まで行くがついに帰省せず神戸、大阪、東京を放浪。四月号「重病室日誌」（『文學界』）。四月一三日、「道化芝居」の原稿が完成。検閲、推敲ののち川端に送る。六月半ば、腸結核が悪化し、著しく体調を崩しはじめる。七月五日、川端に体調の悪化を知らせる書簡をしたためる。夏、最後の小説「望郷歌」を執筆。九月二五日、九号病室（重病室）に入室。翌月はじめまで日記原稿を執筆。一一月初旬、光岡に求婚の仲介をたのむ。一一月半ば、東條、民雄の担当医より彼の深刻な病状を知らされる。一一月二六日、創元社東京支店長、小林茂に宛てて見舞いの返礼、これが最後の手紙となる。一二月号「続重病室日誌」（『文學界』）、「望郷歌」（『文藝春秋』）。一二月五日、早暁、九号病室にて息を引きとる。午後、川端が小林茂とともに弔問、亡骸と友人らに面会。一二月六日、父が来院し、遺骨を持ち帰る。

昭和一三年（一九三八）

一月、『いのちの初夜』一四版を重ねる。二月号　光岡「北條民雄の人と生活」、東條「臨終記」（『文學界』）。四月号「吹雪の産声」（『文學界』）、「道化芝居」（『中央公論』）。四月、川端康成編纂『北條民雄全集』上巻、創元社より刊行。六月、『全集』下巻刊行。

本書は、新字・新仮名遣いに改めた、一九七〇年一月十五日改版初版の角川文庫旧版を底本としました。

本文中には、今日の人権擁護の見地に照らして、不適切と思われる表現がありますが、著者自身に差別的意図はなく、また、著者が故人であること、作品自体の文学性を考え合わせ、原文のままとしました。

（編集部）

いのちの初《しょ》夜《や》

北條《ほうじょう》民《たみ》雄《お》

昭和30年 9月15日　初版発行
令和2年 11月25日　改版初版発行
令和5年 1月25日　改版5版発行

発行者●山下直久

発行●株式会社KADOKAWA
〒102-8177　東京都千代田区富士見2-13-3
電話　0570-002-301（ナビダイヤル）

角川文庫 22422

印刷所●株式会社KADOKAWA
製本所●株式会社KADOKAWA

表紙画●和田三造

Printed in Japan
ISBN 978-4-04-110975-5　C0193

◆◇◇

角川文庫発刊に際して

角川源義

第二次世界大戦の敗北は、軍事力の敗北であった以上に、私たちの若い文化力の敗退であった。私たちの文化が戦争に対して如何に無力であり、単なるあだ花に過ぎなかったかを、私たちは身を以て体験し痛感した。西洋近代文化の摂取にとって、明治以後八十年の歳月は決して短かすぎたとは言えない。にもかかわらず、近代文化の伝統を確立し、自由な批判と柔軟な良識に富む文化層として自らを形成することに私たちは失敗して来た。そしてこれは、各層への文化の普及滲透を任務とする出版人の責任でもあった。

一九四五年以来、私たちは再び振出しに戻り、第一歩から踏み出すことを余儀なくされた。これは大きな不幸ではあるが、反面、これまでの混沌・未熟・歪曲の中にあった我が国の文化に秩序と確たる基礎を齎らすためには絶好の機会でもある。角川書店は、このような祖国の文化的危機にあたり、微力をも顧みず再建の礎石たるべき抱負と決意とをもって出発したが、ここに創立以来の念願を果すべく角川文庫を発刊する。これまで刊行されたあらゆる全集叢書文庫類の長所と短所とを検討し、古今東西の不朽の典籍を、良心的編集のもとに、廉価に、そして書架にふさわしい美本として、多くのひとびとに提供しようとする。しかし私たちは徒らに百科全書的な知識のジレッタントを作ることを目的とせず、あくまで祖国の文化に秩序と再建への道を示し、この文庫を角川書店の栄ある事業として、今後永久に継続発展せしめ、学芸と教養との殿堂として大成せんことを期したい。多くの読書子の愛情ある忠言と支持とによって、この希望と抱負とを完遂せしめられんことを願う。

一九四九年五月三日

角川文庫ベストセラー

ポケットに名言を　寺山修司

世に名言・格言集の類は数多いけれど、これほど型破りな名言集はきっとない。歌謡曲から映画の名セリフ。思い出に過ぎない言葉が、ときに世界と釣り合うことさえあることを示す型破りな箴言集。

不思議図書館　寺山修司

けた外れの好奇心と独特の読書哲学をもった「不思議図書館」館長の寺山修司が、古本屋の片隅や古本市で見つけた不思議な本の数々。少女雑誌から吸血鬼の文献資料まで、奇書・珍書のコレクションを大公開！

幸福論　寺山修司

裏町に住む、虐げられし人々に幸福を語る資格はないのか？　古今東西の幸福論に鋭いメスを入れ、イマジネーションを駆使して考察。既成の退屈な幸福論をくつがえす、ユニークで新しい寺山的幸福論。

誰か故郷を想はざる　寺山修司

酒飲みの警察官と私生児の母との間に生まれて以来、家を出て、新宿の酒場を学校として過ごした青春時代を、虚実織り交ぜながら表現力豊かに描いた寺山修司のユニークな「自叙伝」。

二度はゆけぬ町の地図　西村賢太

日雇い仕事で糊口を凌ぐ17歳の北町貫多は、彼の前に現れた一人の女性のために勤労に励むが……夢想と買淫、逆恨みと後悔の青春の日々とは？　『苦役列車』の著者が描く、渾身の私小説集。